बेबीलोन
का
सबसे अमीर आदमी

बेबीलोन का सबसे अमीर आदमी

जॉर्ज एस. क्लासन

प्र

प्रभात प्रकाशन

प्रकाशक
प्रभात प्रकाशन प्रा. लि.
4/19 आसफ अली रोड, नई दिल्ली–110002
फोन : 23289777 • हेल्पलाइन नं. : 7827007777
इ–मेल : prabhatbooks@gmail.com ❖ वेब ठिकाना : www.prabhatbooks.com

संस्करण
2025

अनुवाद
राहुल त्रिपाठी

पेपरबैक मूल्य
तीन सौ पचास रुपए

मुद्रक
नरुला प्रिंटर्स, दिल्ली

★

BABYLON KA SABSE AMEER AADAMEE
by George S. Clason

Published by **PRABHAT PRAKASHAN PVT. LTD.**
4/19 Asaf Ali Road, New Delhi-110002

ISBN 978-93-90378-82-1

₹ 350.00 (PB)

आमुख

एक देश के तौर पर हमारी खुशहाली निजी तौर पर हर एक की वित्तीय खुशहाली पर बहुत हद तक निर्भर करती है।

यह पुस्तक हमारे बीच के हर एक व्यक्ति की निजी सफलता पर केंद्रित है। सफलता के मायने वे उपलब्धियाँ हैं, जो हमारे अपने प्रयासों और क्षमताओं से हासिल की गई हैं। बाकायदा तैयारी ही हमारी सफलता का मूल मंत्र है। हमारे प्रयास हमारे विचारों से बढ़कर बुद्धिमान नहीं हो सकते। हमारा चिंतन हमारी समझ से ज्यादा समझदार नहीं हो सकता।

दुबले-पतले पर्स का इलाज करनेवाली इस पुस्तक को वित्तीय समझ बढ़ाने में मददगार मार्गदर्शक का दरजा हासिल है। वास्तव में, इसका उद्देश्य है—वित्तीय सफलता के आकांक्षियों को पैसा हासिल करने, उसे सुरक्षित बनाने और ज्यादा-से-ज्यादा पैसा कमाने की दिशा में अंतर्दृष्टि प्रदान करना।

आगे के पृष्ठों में बढ़ते हुए हम बेबीलोन के इतिहास में पीछे जाएँगे, जहाँ के पालने में वित्त संबंधी आधारभूत नियमों को पाला-पोसा गया और उन्हें अब दुनिया भर में जबरदस्त स्वीकार्यता व सम्मान मिलने लगा है।

नए पाठकों के लिए लेखक की तरफ से ढेरों शुभकामनाएँ और यह कामना कि इन पृष्ठों से उन्हें बैंक खातों का विकास करने, बड़ी वित्तीय सफलता हासिल करने और निजी तौर पर पेश आनेवाली कठिन वित्तीय समस्याओं से उत्साहपूर्वक निपटने की प्रेरणा मिलेगी, जैसी कि दुनिया के

तमाम हिस्सों से पाठकों ने बताया है।

कारोबारी अधिकारियों ने इस पुस्तक को जिस ऊर्जा के साथ अपने दोस्तों, नाते-रिश्तेदारों, कर्मचारियों और सहयोगियों तक पहुँचाया है, लेखक इस अवसर पर उन सभी का आभार व्यक्त करता है।

जिन लोगों ने इस पुस्तक के सिद्धांतों पर अमल करते हुए सफलता हासिल की है, उनसे बेहतर इस पुस्तक के बारे में कोई नहीं बता सकता है। पुस्तक में दी गई शिक्षाओं को उनकी प्रशंसा मिलना हमारे प्रयासों की पुष्टि करता है।

किसी जमाने में बेबीलोन दुनिया का सबसे धनी शहर था, क्योंकि वहाँ के लोगों के पास उस समय काफी मात्रा में धन था। उन्होंने पैसे की कीमत को समझा था। उन्होंने पैसे के प्रबंधन में समझदारी भरे कदम उठाते हुए न केवल पैसा बचाया, बल्कि उसे संरक्षित किया और पैसे से ही और पैसा कमाने में वित्तीय सिद्धांतों का प्रयोग किया। उन्होंने अपने लिए वह हासिल किया, जो हम सबकी इच्छा रहती है—भविष्य के लिए आमदनी।

—जॉर्ज एस. क्लासन

अनुक्रम

वह व्यक्ति, जिसे सोने से कम कुछ भी मंजूर न था

बेबीलोन में रथ बनानेवाला बंसीर बुरी तरह हताश था। अपनी जगह पर ही बैठे-बैठे उसने जरा सी ऊँची दीवार के उस पार निराशा भरी नजर से अपने साधारण से घर और कारखाने की तरफ देखा, जहाँ बनकर लगभग तैयार एक रथ खड़ा था।

घर के खुले दरवाजे पर उसकी पत्नी अकसर उसके सामने आ खड़ी हो रही थी। वह इशारे से बता रही थी कि अनाज का थैला लगभग खाली हो चुका है और उसे रथ को तैयार करने का काम तेज कर देना चाहिए, ताकि जल्दी-से-जल्दी वह अपने ग्राहक को उसे सौंपकर कुछ पैसे हासिल कर सके। रथ में अभी काफी ठुकाई-पिटाई, रंग-रोगन का काम बाकी था और यहाँ तक कि पहियों पर चमड़ा भी चढ़ाया जाना रह गया था।

हैरत की बात नहीं थी कि थुलथुल शरीरवाला बंसीर दीवार के ऊपर बेजान तरीके से बैठा हुआ था। उसका परेशान मन धैर्यपूर्वक किसी उधेड़बुन में फँसा हुआ था, जिसका कोई समाधान उसे नजर नहीं आ रहा था; वहीं फरात घाटी की तीखी व गरम धूप भी उस पर अंगारे बरसा रही थी। उसके माथे से लगातार निकलती पसीने की बूँदें रिसकर उसके सीने में मौजूद बालों के जंगल में गुम हो रही थीं।

उसके घर से कुछ दूरी पर ऊँची दीवारोंवाला बादशाह का महल भी

दिखता था। उसी के पास नीले रंग में रँगे जन्नत से जरा हटकर बेल के मंदिर की रँगी हुई इमारत भी स्थित थी। ऐसे शानदार नमूनों के बीच में उसके जैसे तमाम साधारण लोगों के घर भी थे, जो न तो बहुत साफ-सुथरे थे और न ही सुसज्जित थे। बेबीलोन कुछ-कुछ ऐसा ही था, जहाँ एक ओर दौलत और शोहरत से लबरेज समुदाय बसा हुआ था, वहीं भीषण गरीबी के शिकार लोगों का हुजूम और पूरी तरह अनियोजित तरीके से बसा हुआ शहर सुरक्षा दीवार के अंदर अजीब-सा नजर आता था।

उसके पीठ पीछे रथों का शोर था, जिस पर वहाँ के धन्ना सेठ सवार होकर अपने-अपने रास्ते पर जा रहे थे और सड़क के दोनों तरफ चंदन की खुशबूवाले कारोबारी एवं साथ-ही-साथ नंगे पाँव घूम रहे भिखारी मौजूद थे। उधर से ही गुलामों का एक कारवाँ मशक में पानी भरकर गुजर रहा था और उन्हें रास्ता देने के लिए रईसों को भी नालियों की तरफ सिमटना पड़ रहा था। वे गुलाम शहंशाह के लिए पानी ले जा रहे थे, जिससे झूलते बगीचे को सींचा जाना था। बंसीर अपनी ही समस्याओं में इस कदर उलझा हुआ था कि आसपास के शोर की तरफ उसका ध्यान भी नहीं जा रहा था। अचानक ही असमय एक वाद्य-यंत्र लायर (एक प्रकार की वीणा) की जानी-पहचानी झंकार से उसका ध्यान टूटा। उसने पलटकर देखा तो उसका संगीतकार दोस्त कॉबी मुसकराता हुआ उसी की तरफ बढ़ा चला आ रहा था।

“खुदा तुझे बरकत बख्शे, मेरे प्यारे दोस्त!” कॉबी ने बंसीर को सलाम किया। “हाँ, खुदा तुझ पर पहले से ही मेहरबान नजर आ रहा है, इसलिए तुझे मेहनत करने की जरूरत नहीं। मैं भी तुम्हारी अच्छी किस्मत के चलते खुशी महसूस कर रहा हूँ, यहाँ तक कि मैं उस बरकत को तुम्हारे साथ साझा भी कर रहा होता। दुआ करो, अगर तुम्हारा बटुआ भारी-भरकम होता तो हम खरीदारी में मसरूफ होते, आज की रात दावत होती और दो शेकेल (मुद्रा) तो तुम मुझे उधार भी दे देते और इस बात की चिंता भी न करते कि वे वापस मिलेंगे या नहीं।”

“काश, मेरे पास दो शेकेल होते!” बंसीर ने निराशा भरे सुर में कहा,

"उन्हें मैं उधार तो नहीं दे पाता, यहाँ तक कि मेरे प्यारे दोस्त, तुम्हें भी, क्योंकि कुल जमा वे ही मेरी किस्मत होते, मेरी पूरी किस्मत। कोई भी बंदा अपनी पूरी किस्मत उधार नहीं दे सकता, अपने सबसे प्यारे दोस्त को भी नहीं।"

"क्या?" कॉबी हैरत से चीख उठा, "तुम्हारे बटुए में एक शेकेल भी नहीं है और तुम दीवार पर पुतले की तरह शान से बैठे हो! रथवाला अपना काम पूरा क्यों नहीं करते? इसके अलावा, तुम पेट की भूख शांत करने का उपाय कैसे कर पाओगे? तुम तो ऐसे नहीं थे, मेरे दोस्त। कहाँ गई तुम्हारी अपार ताकत? खुद को बदहाली से निकालने का उपाय करो। क्या खुदा ने तुम पर यह आफत बरपाई है?"

"लगता तो ऐसा ही है कि खुदा ही मुझे यातना दे रहा है।" बंसीर ने लगभग सहमति जताते हुए कहा, मैं सपने देखा करता था, वाहियात सपने कि मैं काबिल इनसान हूँ। मेरा बटुआ मोहरों से भरा हुआ है। मेरे पास ढेर सारे शेकेल हैं, जिन्हें मैं भिखारियों में बाँटता रहता हूँ। मेरे बटुए में चाँदी के सिक्के भी हैं, जिनसे मैं अपनी बीवी के लिए कीमती तोहफे खरीदता हूँ और अपने लिए जो भी चाहता हूँ, खरीद लेता हूँ। मेरे बटुए में सोने की मोहरें हैं, जिनसे मैं भविष्य के प्रति निश्चिंत रहता हूँ और चाँदी के सिक्के दिल खोलकर खर्च करता हूँ। मेरे अंदर संतोष की शानदार भावना रहती है! तुम भी मुझे एक कठोर परिश्रम करनेवाले के तौर पर नहीं जानते, न ही मेरी पत्नी को तुम उसके चेहरे पर पड़ी झुर्रियों से पहचानते हो; बल्कि खुशी से चमचमाते और चहकते चेहरे के तौर पर। मैंने सपना देखा था कि वह एक बार फिर शादी के शुरुआती दिनों की तरह कुँवारियों-सी मुसकान लेकर मेरे पास आ रही है।

कॉबी ने कहा, "वाकई, एक खूबसूरत ख्वाब देखा था तुमने! लेकिन इतने खूबसूरत अहसास ने तुम्हें इस कदर निराश क्यों कर दिया है कि तुम दीवार पर उदास होकर बैठे हो?"

बंसीर ने कहा, "वाकई, सही समझा तुमने। जब सपने के खूबसूरत अहसास के बाद मैं हकीकत की दुनिया में वापस आया और मुझे अहसास

हुआ कि मैं बदहाल हूँ और मेरा बटुआ खाली पड़ा है, तो मेरे अंदर आग लग गई। मेरी-तुम्हारी एक-सी कहानी है। हम एक ही नाव में सवार हैं। जब हम छोटे थे तो साथ-साथ मौलवी के पास तालीम हासिल करने गए थे। जवानी में हम दोनों ने एक-दूसरे के साथ हँसते-खेलते दिन बिताए। अधेड़ अवस्था में हम एक-दूसरे के सबसे अच्छे दोस्त साबित हुए। हमने एक-दूसरे का सुख-दुःख में साथ दिया। घंटों काम में मसरूफ रहने के बावजूद हम संतुष्ट थे और अपनी कमाई को मजे से अपने ऊपर खर्च करते थे। हमने अब तक काफी सिक्के कमाए, लेकिन फिर भी हम धन-दौलत से हासिल होनेवाली खुशी के लिए तरस रहे हैं। आह! क्या हम मंद बुद्धि से कुछ कम हैं? हम दुनिया के सबसे रईस शहर में रहते हैं। सफर करनेवाले बताते हैं कि धन-दौलत के मामले में इस शहर की किसी से तुलना नहीं की जा सकती है। हमारे चारों तरफ दौलत-ही-दौलत है, लेकिन हमारे हिस्से में कुछ भी नहीं है। आधी उम्र कठोर परिश्रम करते हुए गुजारने के बाद भी मेरे सबसे अच्छे दोस्त, तुम्हारा बटुआ खाली ही पड़ा है और तुम्हें मुझसे यह कहना पड़ रहा है—मेहमानों की रात की दावत के बाद तुम मुझसे दो शेकेल बतौर उधार लेते। तब, बताओ, मैं क्या कहूँ ऐसे हालात को? क्या मैं कहूँ—यह रहा मेरा बटुआ और जो तुम्हें चाहिए, खुशी-खुशी मैं दे दूँगा? नहीं, मैं कबूल करता हूँ कि मेरा बटुआ खाली पड़ा है। आखिर मामला क्या है? हम क्यों नहीं सोने व चाँदी हासिल कर सकते, जो कि खाने और कपड़े से कहीं ज्यादा हो?''

बंसीर ने अपनी बात जारी रखते हुए कहा, ''हमारे बच्चों की तरफ देखो। क्या वे अपने पिता के ही रास्ते पर नहीं बढ़ रहे हैं? उनका परिवार और उस परिवार के बच्चे और फिर उनके बच्चे। वे भी हमारी तरह सोने के खजाने के बीच ही मौजूद हैं और फिर भी, हमारी ही तरह उन्हें भी बकरी के बेस्वाद दूध और दलिया के सहारे पेट भरना पड़ रहा है तथा जिंदगी जहालत में गुजारनी पड़ रही है।''

बंसीर की बातें सुनकर कॉबी हैरत में पड़ गया और बोला, ''बंसीर, इससे पहले आज तक मैंने तुम्हें इस तरह की बातें करते नहीं सुना, मेरे दोस्त।''

बंसीर ने कहा, ''आज तक मैं खुद इस तरह से कभी सोच नहीं पाया। दिन निकलने से लेकर रात होने तक मैं एक से बढ़कर एक शानदार रथ बनाने के अपने काम में मशगूल रहता हूँ। शायद ही कोई मुझसे बढ़िया रथ बनानेवाला यहाँ मौजूद हो। सिर झुकाकर मैं अपना काम करता रहा कि एक दिन ऐसा जरूर आएगा कि खुदा मुझ पर मेहरबान होगा और मेरे काम को तवज्जो देगा तथा मुझ पर धन-दौलत की बरसात करेगा। लेकिन आज तक ऐसा नहीं हुआ। आखिरकार, मैं समझ गया कि ऐसा कभी नहीं होगा। इसी वजह से मेरा दिल दु:खी है। मेरी ख्वाहिश है कि मैं अमीर आदमी बनूँ। मेरे पास भी जमीन-जायदाद हो, शानदार कपड़े हों और मेरा बटुआ भरा हुआ हो। इसे हासिल करने के लिए मैं जी-तोड़ मेहनत करने के लिए भी तैयार हूँ, चाहे इसके लिए क्यों न अपनी सारी कारीगरी झोंकनी पड़े और क्यों न अपने दिमाग की सारी चतुराई दिखानी पड़े। मेरी बस, एक ही ख्वाहिश है कि मेरी मेहनत को उचित इनाम मिले। लेकिन ऐसा नहीं होता तो आखिर कमी कहाँ है ? मैं फिर तुझसे पूछता हूँ, जिस तरह औरों के पास धन-दौलत है, उसी तरह हमारे पास अच्छी चीजें भरपूर मात्रा में क्यों नहीं हो सकतीं, ताकि हम भी जो चाहें, खरीद सकें ?''

कॉबी ने कहा, ''काश, मैं इसका जवाब जानता, मेरे दोस्त, तो मुझसे संतुष्ट इस दुनिया में शायद ही कोई और होता। लायर बजाकर होनेवाली आमदनी आनन-फानन में खर्च हो जाती है। मैं अकसर परेशान हो जाता हूँ कि अपने परिवार को भूख से बचाने के लिए क्या करूँ? इसके साथ ही, मेरी ख्वाहिश है कि मैं बड़े आकार का लायर हासिल कर सकूँ, ताकि मैं अपने संगीत को और ऊँचाई तक पहुँचा सकूँ और नई-नई धुन निकाल सकूँ। उससे मेरा संगीत इस कदर बेहतर हो सकता था, जैसा शहंशाह ने भी पहले न सुना होता।''

''वैसा लायर तुम्हारे पास निश्चित तौर पर होना चाहिए था। पूरे बेबीलोन में ऐसा कोई नहीं है, जो तुम जैसा मीठा गा सकता हो। तुम उस लायर से इतना मीठा गाते कि न केवल शहंशाह, बल्कि खुदा भी खुश हो जाता; लेकिन

ऐसा कैसे संभव हो सकता है; जबकि हम इस कदर गरीब हैं, जितने कि शहंशाह के गुलाम भी न होंगे। घंटियों की आवाज सुन रहे हो! वे इधर ही आ रहे हैं।'' बंसीर ने उस ओर इशारा किया, जिधर से पसीने से तर-ब-तर अधनंगे गुलाम नदी से पानी का भारी-भरकम मशक भरकर, अपने कंधे पर रखकर सँकरी-सी गली से लेकर आ रहे थे। उनके साथ पाँच लोगों का समूह एक साथ चल रहा था।

''जो आगे-आगे चल रहा है, उसे देखो, कितनी अच्छी कद-काठी का है। अपने देश का वह प्रमुख शख्स है। उसे पहचानना कितना आसान है।'' कॉबी ने घंटी लेकर आगे-आगे चलनेवाले की तरफ इशारा किया, जिसके ऊपर किसी तरह का भार नहीं लदा हुआ था।

बंसीर ने सहमति जताते हुए कहा, ''कतार में और भी बहुत से अच्छी कद-काठीवाले लोग हैं, जो हमसे भी बेहतर दिख रहे हैं। लंबे-चौड़े, सुनहरे बालोंवाले उत्तर दिशा से, हँसते-मुसकराते हुए काले लोग दक्षिण से, छोटे व भूरे बालोंवाले लोग आसपास के देशों से आए हुए हैं। ये सभी एक साथ चलते हुए नदी से बगीचे तक का सफर तय कर रहे हैं—एक के बाद एक, दिन-ब-दिन, साल-दर-साल। इनके अंदर खुशी की उम्मीद नजर नहीं आती। इन्हें सोने के लिए पुआल दे दिया जाता है और खाने में कड़े अनाजवाला दलिया ही मिलता है। जानवरों-सा जीवन जीनेवाले इन गरीबों को देखकर दुःख होता है, कॉबी!''

कॉबी ने कहा, ''मुझे भी इन पर तरस आता है। फिर भी, देखो कि हम इनसे मामूली ही सही, लेकिन बेहतर हालात में हैं। हम खुद को आजाद तो कह ही सकते हैं।''

बंसीर ने कहा, ''यह सच है, कॉबी। यह सोचना ही अपने आप में दुःखदायी है। हम ऐसी कल्पना भी नहीं कर सकते कि साल-दर-साल गुलामों की तरह से जिंदगी बिताते रहें। केवल काम, काम और काम! हासिल कुछ भी नहीं।''

कॉबी ने कहा, ''क्या हम यह पता नहीं लगा सकते कि और लोग

कैसे सोना हासिल कर पाते हैं और उन्हीं की तरह हम भी वैसा ही करें?''

बंसीर ने गंभीर मुद्रा में सोचते हुए कहा, ''निश्चित रूप से कोई ऐसा रहस्य है, जिसे हमें सीखना है; लेकिन जिन्हें उसका पता होगा, उन्हीं से यह जाना जा सकता है।''

कॉबी ने सुझाव दिया, ''आज ही सुबह मैं अपने दोस्त अर्काड के बँगले से गुजरा। वह सोने के रथ पर सवार होकर कहीं जा रहा था। उसने रास्ते में लोगों का हाथ हिलाकर अभिवादन किया और मुझे देखकर मुसकराया और दोस्त के तौर पर संगीतकार कॉबी की तरफ मुखातिब हुआ।''

बंसीर ने धीरे से कहा, ''उसे बेबीलोन का सबसे रईस आदमी माना जाता है।''

''इतना रईस है वह कि शहंशाह भी खजाने के सिलसिले में उसी की राय लेते हैं।'' कॉबी ने जवाब दिया।

बंसीर ने उसे टोकते हुए कहा, ''इतना रईस कि मैं चाहता हूँ कि उससे रात में मिलूँ और उसका बटुआ चुरा ले आऊँ।''

कॉबी ने कहा, ''बेवकूफ, धनी आदमी की संपत्ति उसके बटुए में नहीं होती। भारी-भरकम बटुआ भी जल्दी ही खाली हो जाए, अगर उसे लगातार भरने का रास्ता न पता हो। अर्काड की आमदनी ऐसी है कि वह लगातार उसके बटुए को पूरा भरे रहती है। फिर वह किस तरह दिल खोलकर खर्च करता है, इससे फर्क नहीं पड़ता।''

तभी बंसीर तपाक से बोल उठा, ''आमदनी ही वह चीज है। काश, मेरी भी आमदनी ऐसी होती, जो मेरे बटुए को लगातार भरे रहती, चाहे मैं इस दीवार पर ही क्यों न बैठा रहता या दूर कहीं सफर कर रहा होता। अर्काड निश्चित ही यह जानता होगा कि खुद के लिए आमदनी कैसे बनाई जा सकती है। क्या ऐसा हो सकता है कि वह इसे कुछ इस तरह समझाए कि मेरे जैसा मद्धिम दिमागवाला भी समझ जाए?''

कॉबी ने जवाब में कहा, ''मुझे लगता है कि उसने निश्चित तौर पर

इसके बारे में अपने बेटे नोमासिर को बताया होगा। क्या वह निनेवेह शहर नहीं गया और जैसा कि सराय में कहा जाता है, वह बगैर अपने पिता की मदद के शहर का सबसे रईस आदमी बन गया?''

बंसीर की आँखों में नई चमक जाग उठी। उसने कहा, ''कॉबी, तुमने मेरे मन में बिल्कुल अजूबा सोच पैदा कर दिया है। एक अच्छे दोस्त से बुद्धिमान सलाह लेने में कुछ खर्च नहीं होता और अर्काड से बेहतर कोई नहीं है। इससे फर्क नहीं पड़ता कि हमारा बटुआ उसी तरह खाली है, जैसे कि साल भर पहले किसी बाज का घोंसला रहा होगा। केवल उस वजह से हमारा रुक जाना उचित नहीं होगा। सोने के खजाने के बीच होते हुए भी हम हारे हुए हैं। हमारी यह ख्वाहिश है कि हम भी धन-संपत्तिवाले बनें। आओ, अर्काड के पास चलें और उससे पूछें कि हम अपने लिए आमदनी का बंदोबस्त कैसे कर सकते हैं?''

कॉबी ने कहा, ''बंसीर, तुमने सच्ची व प्रेरणादायक बात कही है। तुमने मेरे मन में एक नई समझ पैदा की है। तुमने मुझे महसूस कराया है कि हम क्यों नहीं संपत्ति खड़ी कर सकते हैं। हमें कभी उसके दर्शन नहीं हुए। तुमने कितने धैर्य से एक से बढ़कर एक शानदार रथ बनाकर खड़ा कर दिया है। तुमने उसके लिए अपनी कारीगरी का नायाब नमूना पेश किया। इसलिए, तुम्हें तो निश्चित रूप से सफल होना चाहिए था। मुझे लायर बजाने में महारत हासिल है और मुझे भी इस वजह से सफल होना चाहिए था।''

''हमने जो भी काम अब तक किया, उसमें अपनी सर्वश्रेष्ठ मेहनत की और उसमें सफल भी हुए। हमें उसी अनुरूप आगे बढ़ता देखकर खुदा को भी संतोष हुआ होगा। आखिरकार, अब हमें एक नई रोशनी दिखी है, जो किसी उगते सूरज की तरह ही चमकदार है। इससे हमें और भी कुछ सीखने की प्रेरणा मिली है, ताकि हम और भी अधिक खुशहाल बन सकें। नई समझ के साथ हमें उम्मीद है कि हम और भी सम्मानजनक तरीके सीख पाएँगे और अपनी इच्छाओं को पूरा कर पाएँगे।''

बंसीर ने कहा, ''हमें अर्काड के पास आज ही चलना चाहिए; साथ ही,

हमें अपने बचपन के उन दोस्तों को भी साथ चलने के लिए कहना चाहिए, जिनकी हालत हमारी ही तरह है। इस तरह, वे भी काम की बातें सीख पाएँगे और उनके दिन भी बदल सकेंगे।''

कॉबी ने कहा, ''बंसीर, तुम हमेशा से अपने दोस्तों के हित के बारे में सोचते रहे हो। यही वजह है कि तुम्हारे पास दोस्तों का खजाना है। जैसा तुम कहोगे, वैसा ही होगा। हम आज ही चलते हैं और अपने सभी दोस्तों को साथ ले लेते हैं।''

□

बेबीलोन का सबसे रईस आदमी

पुराने बेबीलोन में किसी समय अर्कांड नाम का एक बेहद अमीर आदमी रहता था। धन-संपत्ति को लेकर चारों तरफ उसकी चर्चा होती थी, साथ ही वह अपनी उदारता के लिए जाना जाता था। समाज के हित में तमाम परोपकारी कार्यों में भी वह शामिल रहता था। इसके अलावा, वह अपने परिवार के लिए भी बेहद व्यावहारिक था; साथ ही, वह अपने खर्चों को लेकर भी काफी उदारता बरतता था; लेकिन इन सबके बावजूद जितनी तेजी से वह खर्च करता था, हर साल उसकी संपत्ति उससे भी तीव्र गति से बढ़ जाती थी।

उसके बचपन के कुछ दोस्त उससे इन्हीं सब मुद्दों पर बात करने के लिए उसके पास पहुँचे और बोले, ''अर्कांड, तुम हम सभी से अच्छी किस्मतवाले हो। हम जहाँ अपना अस्तित्व बचाने में ही संघर्ष करते रह गए, वहीं तुम बेबीलोन के धनाढ्यों में शामिल हो गए। तुम बेहतरीन कपड़े पहन सकते हो और विलक्षण व्यंजन चख सकते हो; जबकि हमें जो मिल जाए, वही कपड़ा पहनना पड़ता है और खाने को जो भी मिल जाए, उसी में संतोष करना पड़ता है।

''हालाँकि एक समय था, जबकि हम एक बराबर थे। हमने एक ही मौलवी से तालीम ली और न तो पढ़ाई में, न ही खेलकूद में तुम कभी हम लोगों से आगे रहे और इतने वर्षों के दौरान भी तुम हमसे ज्यादा सम्मानित नागरिक नहीं साबित हुए।

''न तो तुमने कठोर परिश्रम किया या ज्यादा विश्वासपात्रता दिखाई, जहाँ

तक हम आकलन करते हैं। तो फिर ऐसा क्या हुआ कि तुम्हारे जैसा चंचल स्वभाववाला जीवन की तमाम अच्छी चीजों का आनंद ले रहा है और हम, जो कि बराबरी के हकदार थे, वे दरकिनार कर दिए गए?''

तत्पश्चात् अर्काड ने उन सभी के साथ उलाहना भरे अंदाज में पेश आते हुए कहा, ''अगर तुम सभी ने जवानी से लेकर अब तक महज अपनी मौजूदगी के और कुछ हासिल नहीं किया तो इसके पीछे या तो तुम्हारी संपत्ति बनाने से जुड़े नियमों को सीख न पाने की विफलता जिम्मेदार है या हो सकता है कि तुमने कभी उस पर ध्यान न दिया हो।

''चंचल किस्मत महज एक दुश्चक्र की देवी है, जो किसी के लिए भी स्थायित्व से भरी अच्छी चीज नहीं मुहैया कराती है; बल्कि इसके विपरीत, जिस पर वह देवी धन की वर्षा भी करती है तो जल्दी ही उससे सबकुछ छीनकर उसे बरबाद भी कर देती है। वह देवी लोगों को लालच देकर खर्च करने को उकसाती है और लोग जो कुछ भी अपने पास धन जमाकर रखे होते हैं, उनसे सबकुछ खर्च करवाकर उन्हें बदहाल करके छोड़ती है और वे फिर से अधूरी इच्छाओं के साथ खुद को कोसते रह जाते हैं। वहीं, जिन पर वह मेहरबान होती है, वे कंजूस बन जाते हैं और संपत्ति इकट्ठा करते रह जाते हैं; साथ ही वे भयभीत भी रहते हैं कि अगर उन्होंने अपनी संपत्ति में से खर्च किया तो वे खाली हाथ रह जाएँगे। उन्हें लगता है कि जो वे खर्च कर देंगे, उसकी भरपाई नहीं कर पाएँगे। इसके साथ ही वे चोरों और ठगों के खतरे से भी डरे रहते हैं। ऐसे में उनका जीवन खोखला रह जाता है और वे अपनी संपत्ति से जरा सा भी आनंद नहीं उठा पाते हैं।

''कुछ ऐसे भी लोग होते हैं, जो बिना कमाया हुआ सोना हासिल करते हैं और उसमें कुछ-न-कुछ जोड़ते चले जाते हैं। इसमें वे खुश रहते हैं और संतुष्ट नागरिक का दरजा भी हासिल कर लेते हैं; लेकिन ऐसे लोग बेहद कम हैं। मैं उनमें से कुछ को जानता हूँ, लेकिन उनके बारे में इधर-उधर से जितना सुना, उसी आधार पर। आप ऐसे लोगों के बारे में सोचो, जिन्हें अचानक ही संपत्ति हासिल हो गई हो और तब देखो कि क्या ऐसे नहीं होता।''

उसके दोस्तों ने स्वीकार किया कि वे ऐसे लोगों के बारे में जानते हैं, जिन्हें संपत्ति विरासत में मिली। उन लोगों ने उससे विस्तार से बताने को कहा कि उसे यह खुशहाली कैसे हासिल हुई? इस पर अर्काड ने उन्हें आगे बताना शुरू किया—

''मैं जब युवावस्था में था तो मैं अपने आपको देखा करता था और वे तमाम अच्छी चीजें देखता था, जिनसे मुझे खुशी व संतोष मिलता और मैंने महसूस किया कि संपत्ति के बल पर ही इनकी क्षमता में भी बढ़ोतरी होती है। संपत्ति ही ताकत है। संपत्ति हो तो हर चीज संभव है। आप चाहें तो महँगे-महँगे सामानों से अपना घर सजा सकते हैं और कोई चाहे तो सुदूर समुद्र में सैर कर सकता है और तो और, सुदूर देशों के एक से बढ़कर एक व्यंजन चख सकता है, सोने और बेशकीमती नगों से जड़ा आभूषण पहन सकता है। आप चाहें तो देवताओं के लिए सशक्त मंदिर भी बनवा सकते हैं।

''इन सब कामों को करते हुए कोई चाहे तो ऐसे भी काम कर सकता है, जिससे आत्मा तृप्त हो सकती है और शरीर को भी संतुष्टि हासिल हो सकती है। और जब मैंने यह सब महसूस किया तो खुद ही तय किया कि मैं भी अपने जीवन में अच्छी चीजों को हिस्सेदार बनाऊँगा, अच्छी चीजों से जीवन को भर दूँगा। मैंने तय किया कि मैं उन लोगों में शामिल नहीं होऊँगा, जो दूसरों को आनंद उठाता देखकर दूर से ही तरसते रह जाते हैं। मैं सस्ते-से-सस्ते कपड़े पहनकर खुद को संतुष्ट नहीं करूँगा, जो कि देखने में भी सम्मानजनक न लगे। मैं गरीब बनकर संतुष्ट नहीं रह पाऊँगा; बल्कि इसके विपरीत, मैं खुद को अच्छी चीजों के दरबार में बतौर मेहमान देखना पसंद करूँगा।

''जैसा कि आप जानते हैं, मैं एक विनम्र व्यापारी का बेटा हूँ, जिसके पास बड़ा परिवार है और विरासत की कोई उम्मीद नहीं है और न तो संपन्न ही हूँ, जैसा कि आपने अभी-अभी स्पष्ट रूप से कहा भी है और न ही ताकत या बुद्धिमत्ता में ही मैं किसी से बढ़कर हूँ। मैंने तय किया कि मुझे जो भी चाहिए, वह हासिल करना पड़ेगा और इसके लिए समय व अध्ययन जरूरी होगा।

''जैसा कि आप जानते हैं, समय सभी के पास प्रचुर मात्रा में मौजूद

है। आप सभी लोगों ने काफी बड़ी मात्रा में समय को निकल जाने दिया, जो कि आपको धनी बना सकता था। अब आप स्वीकार कर रहे हैं कि आपके पास अपने अच्छे परिवारों को देने के लिए अपेक्षाकृत कुछ भी संतोषजनक मौजूद नहीं है, जिस पर आप गर्व महसूस कर सकें।

''जहाँ तक पढ़ाई की बात है, तो क्या हमारे बुद्धिमान मौलवी साहब ने हम सभी को यह नहीं बताया कि शिक्षा दो तरह की होती है—एक, जो हम सीखते हैं तथा जानते हैं और दूसरा, प्रशिक्षण कार्यक्रम, जिससे हम उन चीजों के बारे में पता लगाते हैं, जिन्हें हम नहीं जानते?

''इसलिए, मैंने तय किया कि मैं धन एकत्रित करने की कला सीखने की प्रक्रिया का पता लगाऊँगा और जब मैंने इसका पता लगा लिया, तब मैं इस काम में जुट गया और उसे अच्छे से करने लगा। क्या यह बुद्धिमानी नहीं कहलाएगी कि अपने जीवन के खूबसूरत दिनों का हम जमकर आनंद उठाएँ और जब हमारे जीवन की शाम हो तो सारे गम उन पलों के लिए छोड़ दें, जब हमारी आत्मा हमारे शरीर को छोड़ने के लिए तैयार हो?

''मुझे मुंशी की नौकरी मिल गई। मेरा काम रिकॉर्ड तैयार करने का था। मैं रोज पूरे दिन मिट्टी के ढूहे पर बैठकर मेहनत करता था। हफ्ते-दर-हफ्ते और महीने-दर-महीने मैं मेहनत करता गया; लेकिन मेरी कमाई ऐसी होती कि नजर ही नहीं आती थी। लगता ही नहीं था कि मेरे पास बताने लायक रकम जमा है। मेरी सारी कमाई खाने व कपड़े और खुदा की खिदमत तथा तमाम अन्य चीजों में ही खर्च हो जाती, जो कि मुझे याद भी नहीं है; लेकिन अपनी जिद को मैंने छोड़ा नहीं कभी।

''और एक दिन की बात है। सूद पर पैसे देनेवाला साहूकार अल्कमिश शहर के मुखिया के घर पहुँचा और नौवें कानून की एक प्रति की माँग की साथ ही उसने मुझसे कहा, मुझे यह प्रति दो दिन के अंदर चाहिए और अगर यह काम समय पर हो गया, तो इसके बदले में मैं तुम्हें ताँबे की दो मुहरें दूँगा।

''इसलिए मैं उस काम में जी-जान से जुट गया। लेकिन चूँकि कानून बेहद लंबा था, इसलिए अल्कमिश जब लौटा, तब तक वह काम पूरा नहीं

हो सका था। यह देखकर वह बहुत नाराज हुआ और मानो उसने मुझे अपना गुलाम समझा हो, कुछ इस तरह से उसने मेरी पिटाई करने की भी ठान ली। लेकिन मुझे पता था कि नगर मुखिया इस बात की इजाजत नहीं देंगे, अतः मैं बेखौफ था। मैंने उससे कहा, अल्कमिश, आप बहुत धनी आदमी हैं। मुझे भी कुछ बताइए कि मैं भी कैसे रईस बन सकता हूँ ? मैं रात भर आपके लिए रिकॉर्ड तैयार करूँगा और सूरज उगने से पहले काम पूरा करके दे दूँगा।'

''मेरी बात सुनकर मुसकराते हुए उसने जवाब दिया, 'तुम मुझे धोखेबाज लगते हो; लेकिन चलो, हम आपस में एक समझौता करते हैं।'

''रात भर मैं रिकॉर्ड तैयार करता रहा। मेरी पीठ में भयानक दर्द भी होता रहा और मेरे सिर में लगातार दर्द होता रहा। मैं तब तक काम करता रहा, जब तक मेरी आँखों से दिखना बंद नहीं हो गया। लेकिन दिन उगने पर जब वह लौटा, तब तक मेरा काम पूरा हो चुका था।'

''मैंने कहा, 'अब आप अपना वादा पूरा करो।' उसने मुझसे प्यार से कहा, समझौते के तहत तुमने अपने हिस्से का काम पूरा कर दिया, मेरे बेटे। मैं तुम्हें वे सारी चीजें जरूर बताऊँगा, जो तुम जानना चाहते हो; क्योंकि अब मैं भी बूढ़ा हो रहा हूँ और बूढ़ी जबान चलते रहना पसंद करती है। और जब कोई जवान बूढ़ों के पास सलाह के लिए आता है तो उनके पास बरसों का इकट्ठा किया हुआ अनुभव होता है। लेकिन अकसर युवा यह सोचते हैं कि दिन बीतने के बाद हासिल हुए अनुभव से कुछ हासिल नहीं होता, क्योंकि उससे लाभ नहीं कमाया जा सकता। लेकिन याद रखो, यह सूरज आज चमक रहा है, वह तब भी चमक रहा था, जब तुम्हारे पिता पैदा हुए होंगे और यह तब भी चमकेगा, जब तुम्हारे पोते-पोतियाँ दुनिया से रुख्सत हो रहे होंगे। लेकिन यह हमेशा याद रखना, जवानी धूमकेतु की तरह होती है, जो कुछ समय के लिए आकाश में खूबसूरती से चमक सकती है और उसे जगमग कर सकती है। लेकिन अनुभव ध्रुव तारे के समान अटल है, जो कभी जगह नहीं बदलता और नाविकों को अपनी राह खोजने तथा मंजिल की ओर बढ़ने में मददगार होता है।

''मेरे शब्दों पर गौर करना, क्योंकि अगर तुम मेरी बातों को ध्यानपूर्वक सुनकर उन्हें अपने मन में नहीं बैठा लोगे तो यह निश्चित रूप से जान लो कि तुम्हारा रात भर जागकर मेरे लिए मेहनत करना बेकार हो जाएगा।'

''इतना कहने के बाद उसने अपनी बेतरतीब घनी भौंहों के भीतर से मुझे घूरकर देखा और धीमे, लेकिन मजबूत लहजे में बोला, ''मैं संपत्ति की राह तब ढूँढ़ पाया, जब मैंने यह तय किया कि जो भी मैं कमाऊँगा, उसका एक हिस्सा केवल और केवल मेरे लिए बचत के रूप में सुरक्षित रहेगा, और यही तुम्हें भी करना है।'

''इसके बाद वह मुझे लगातार घूरता ही रहा और मैं यह महसूस करने लगा, मानो उसकी आँखें मुझमें छेद कर देंगी; लेकिन उसने कहा कुछ नहीं।

''मैंने कहा, 'बस, इतना ही?' उसने जवाब दिया, 'एक भेड़ चरानेवाले को उधार देनेवाला साहूकार में तब्दील करने के लिए इतना ही काफी है।'

''इस पर मैंने कहा, 'लेकिन मैं जो कुछ भी कमाऊँ, वह सब अपने लिए बचाकर सुरक्षित रखूँ, क्या ऐसा नहीं हो सकता?' उसने जवाब दिया, 'जो तुम कमाओगे, क्या उसमें से तुम्हारे लिए कपड़े बनानेवाले को नहीं दोगे? तुम्हारे लिए जूते बनानेवाले को भुगतान नहीं करोगे? खाओगे तो उसके लिए पैसे नहीं चुकाओगे? क्या तुम बेबीलोन में बिना खर्च किए रह पाओगे? पिछले महीने जो तुमने कमाया, उसका क्या किया या जो तुमने बीते सालों में कमाया, वह कहाँ गया? मूर्ख! तुम हर किसी को भुगतान करते हो, सिवा खुद को देने के। दुःखी आत्मा, तुम दूसरों के लिए मेहनत करते हो। इससे बेहतर तो यह है कि गुलाम बन जाओ और अपने मालिक के लिए काम करो, जो बदले में तुम्हें खाने और पहनने को देगा। अगर तुमने अपनी कमाई का एक दहाई, यानी दसवाँ हिस्सा भी बचाया होता तो सोचो कि दस साल में तुम्हारी कितनी बचत हुई होती?'

''आँकड़ों को लेकर मेरी जानकारी ने मुझे हताश नहीं होने दिया और मैंने उसका जवाब दिया, 'साल भर में मैं जितना कमाता हूँ, कम-से-कम उतना तो बचाया ही होता।'

"उसने प्रतिक्रिया में कहा, 'सही कहा, लेकिन आधा सच। सोने का हर टुकड़ा, जो तुमने बचाया होता, आज वह तुम्हारे लिए काम करनेवाले गुलाम की तरह होता। उससे जो भी ताँबा कमाया जाता, वह उसके बच्चे के समान होता और वह भी तुम्हारे लिए कमा रहा होता। अगर तुम रईस हो चुके होते तो जो कुछ भी तुमने बचाया होता, वह तुम्हारे लिए कमा रहा होता और उससे पैदा होनेवाला बच्चा भी निश्चित रूप से कमाई कर रहा होता। वह सब मिलाकर इतना ज्यादा हो जाता, जो तुम्हारी सोच से कहीं आगे पहुँच चुका होता।'

"उसने अपनी बात जारी रखते हुए कहा, 'तुम सोच रहे होगे कि इस तरह की बातें करके मैं तुम्हारी रात भर की मेहनत के बदले धोखेबाजी जैसी बात कर रहा हूँ; लेकिन ऐसा नहीं है। मैं तुम्हारी मेहनत के बदले हजार गुना ज्यादा चुका रहा हूँ, बशर्ते, जो सच्चाई मैं बयाँ कर रहा हूँ, उसे समझ पाने की तुम्हारे पास क्षमता हो।

" 'तुम चाहे जितना भी कमाओ, लेकिन उसका एक हिस्सा तुम्हें अपने लिए जरूर बचाना चाहिए। तुम चाहे जितना ज्यादा कमाओ या चाहे जितना कम कमाओ, बचत का वह हिस्सा तुम्हारी कमाई का दसवाँ हिस्सा जरूर होना चाहिए। इससे आगे तुम चाहे जितना बचाना चाहो, तुम्हारी क्षमता और तुम्हारी मरजी पर निर्भर करता है। पहले खुद को भुगतान करो। कपड़ेवाले या जूतेवाले पर अनावश्यक खर्च मत करो और खाने व दान और खुदा की खिदमत के लिए खर्च करने के बाद भी तुम पाओगे कि तुम्हारे पास काफी पैसा बच जाएगा।

" 'संपत्ति पेड़ की तरह होती है, जो एक छोटे से बीज से आकार लेता है। पहला ताँबा, जो तुम बचाओगे, वह संपत्ति के विशाल पेड़ के बीज की तरह काम करेगा और बढ़ेगा। जितनी जल्दी तुम वह पेड़ लगा लोगे, उतनी जल्दी वह बढ़ना शुरू कर देगा और जितनी ईमानदारी से तुम उसका पालन-पोषण करोगे, समय पर पानी-खाद दोगे, जो कि नियमित बचत के रूप में होगी, वह पेड़ उतनी जल्दी बड़ा होकर तुम्हें छाया देनेवाला बन जाएगा,

जिसकी छाँव में तुम खुद को संतुष्ट महसूस कर पाओगे।'

''इतना कहने के बाद उसने अपना रिकॉर्ड उठाया और चलता बना। उसके जाने के बाद मैंने उसकी कही बातों पर काफी सोच-विचार किया और मुझे उसकी बातें तार्किक लगीं। इसलिए मैंने तय किया कि मैं भी एक बार उस पर अमल करके देखूँगा। इसके बाद जब भी मुझे पैसे मिलते तो उसका दसवाँ हिस्सा निकालकर मैं छिपा देता और हैरत की बात यह कि उस समय के बाद से कभी भी मैं पैसे को लेकर तंगी में नहीं रहा। मैं इस दिशा में जैसे-जैसे आगे बढ़ता गया, थोड़ा-थोड़ा अंतर महसूस करने लगा; लेकिन जैसे-जैसे मेरे पास पैसा बढ़ने लगा, मैंने महसूस किया कि अकसर अपने पास जमा-पूँजी को देखकर मैं उसे खर्च करने के लिए लालायित हो उठता। मैं सोचता कि फीनिशिया (Phoenicia) से कारोबारियों ने ऊँट पर रखकर कुछ बेहतरीन चीजें बाजार में ला रखी हैं, चलकर वे खरीद लूँ, लेकिन मैंने बुद्धिमानी से उन सब विचारों पर विराम लगा दिया।

''बारहवें महीने में अल्कमिश एक बार फिर लौटा और मेरे पास आया तथा बोला, ''बेटे, क्या तुमने साल भर के दौरान खुद को कमाई का दसवाँ हिस्सा रकम देना शुरू किया?'

''मैंने गर्व से जवाब दिया, 'हाँ, मालिक, मैंने वैसा ही किया।' उसने मुझे शाबाशी देते हुए कहा, 'यह तो बहुत अच्छा किया। पर तुमने उस पैसे का किया क्या?'

''मैंने जवाब दिया, 'मैंने वह सारा पैसा ईंट बनानेवाले अजमूर को दे दिया है। उसने कहा है कि वह समुद्र के उस पार टायर जाएगा और वहाँ से मेरे लिए बेशकीमती फीनिशियन गहने खरीदकर लाएगा। उसके लौटने पर हम उसे यहाँ ऊँची कीमत पर बेचेंगे और उससे होनेवाली कमाई आधी बाँट लेंगे।'

''इतना सुनते ही वह भड़क उठा और बोला, 'हर बेवकूफ को सीखना चाहिए। लेकिन गहनों के मामले में ईंट बनानेवाला क्या जानता होगा? क्या तुम सितारों के बारे में जानने के लिए रोटी बनानेवाले के पास जाओगे? मेरी निम्न बुद्धि के मुताबिक भी तुम ऐसा नहीं करोगे; बल्कि अगर तुम्हारे पास

सोचने की क्षमता होगी तो तुम ज्योतिषी के पास जाओगे। तुम्हारी बचत नष्ट हो गई, नौजवान! तुमने अपनी संपत्ति के पेड़ को जड़ से उखाड़ डाला। लेकिन अब दूसरा पेड़ लगाओ, दोबारा प्रयास करो और अगली बार अगर तुम्हें गहनों के बारे में राय लेनी हो तो किसी गहने के कारोबारी के पास जाना। अगर तुम भेड़ों के बारे में जानना चाहो तो चरवाहे के पास जाना। सलाह ऐसी चीज है, जो मुफ्त में दी जाती है; लेकिन इतना गौर करो कि केवल काम की बातें ही तुम्हें हासिल हों। बचत के मामले में अगर कोई किसी अनाड़ी से सलाह लेगा तो वह उसकी राय पर अमल करके अपनी थोड़ी-बहुत बचत भी गँवा बैठेगा।' इतना कहकर वह चला गया।

"और वैसा ही हुआ, जैसा कि उसने कहा था। फीनिशियन धूर्त थे और उन्होंने अजमूर को बेकार के शीशे के टुकड़ों को बेशकीमती पत्थर बताकर बेच डाला। लेकिन जैसी कि अल्कमिश ने मुझे सलाह दी थी, मैंने एक बार फिर रकम जोड़नी शुरू कर दी। अब तक यह मेरी आदत भी हो चुकी थी और अब मुझे इसमें जरा भी दिक्कत महसूस नहीं होती थी।

"एक बार फिर बारह महीने बाद अल्कमिश मुंशियों के कमरे पर पहुँचा और मुझसे बोला, 'पिछली बार जब मैं तुमसे मिला था, तब से लेकर अब तक कितना आगे बढ़े?'

"मैंने जवाब दिया, 'मैंने खुद को ईमानदारी से पगार दी और बचत को ढाल बनानेवाले अक्कर को देकर उससे काँसा खरीद लिया। उस काँसे से हर चौथे महीने मुझे किराया मिलता है।'

" 'यह तो बहुत ही अच्छा रहा। और जो किराया मिला, उससे तुमने क्या किया?'

" 'उससे मैंने बढ़िया खाना खाया, शहद और शानदार शराब पी और केक खाया, साथ ही मैंने लाल रंग की ट्यूनिक पोशाक खरीदी और किसी दिन मैं एक युवा गधा खरीदूँगा, ताकि आराम से सफर कर सकूँ।'

"इस पर अल्कमिश हँस पड़ा और बोला, 'तुमने अपनी बचत से पैदा हुए बच्चे को खा डाला। ऐसे में तुम यह अपेक्षा कैसे करोगे कि वे तुम्हारे

लिए काम करें, और आगे उनके बच्चे कैसे पनपेंगे और तुम्हारे लिए कैसे काम कर पाएँगे? पहले सोने के गुलामों की फौज तैयार कर लो और तब, जब रईस दरबार तैयार कर लो, तब बिना किसी मलाल के आनंद उठाओ।' इतना कहकर वह फिर चला गया।

''इसके बाद मैंने अगले दो साल तक उसे नहीं देखा। जब वह लौटा तो उसके चेहरे पर झुर्रियाँ और गहरी हो चुकी थीं और आँखें धँस गई थीं। साफ था कि वह बहुत बूढ़ा हो चुका था। इस बार उसने मुझसे कहा, 'अर्काड, क्या तुम संपत्ति को लेकर वहाँ तक पहुँचे, जिसका ख्वाब तुमने देखा था?'

''और मैंने जवाब दिया, 'अब तक तो वहाँ नहीं पहुँच सका हूँ, जहाँ तक पहुँचने की तमन्ना थी, लेकिन कुछ तो मैं हासिल कर ही चुका हूँ और मेरी कमाई मुझे और कमाकर भी दे रही है।'

'' 'और क्या अब भी तुम ईंट बनानेवालों की सलाह लेते हो?' मैंने जवाब दिया, 'ईंट बनाने के बारे में वे अच्छी सलाह देते हैं।'

''उसने आगे कहा, 'अर्काड, तुमने अपना पाठ अच्छे से समझ लिया है। तुमने पहले जितना कमाया, उसमें भी कम-से-कम में काम चलाना सीखा। फिर तुमने उन लोगों से सलाह लेना सीखा, जो अपने-अपने फन में माहिर थे और अंत में, तुमने सीखा कि तुम्हारा सोना तुम्हारे लिए कैसे काम कर सकता है।

'' 'तुमने खुद ही यह सीखा कि धन कैसे हासिल किया जाए, कैसे उसे सुरक्षित रखा जाए और कैसे उसका इस्तेमाल किया जाए। इसलिए, अब तुम एक जिम्मेदार हैसियत के लायक बन चुके हो। मैं अब काफी बूढ़ा हो चुका हूँ। मेरे बच्चे केवल और केवल खर्च करने के बारे में ही सोचते हैं और कमाने को लेकर जरा भी विचार नहीं करते। मैंने कई जगह पैसा लगा रखा है और मुझे लगता है कि शायद उनकी देखरेख मैं न कर पाऊँ। अगर तुम निप्पूर जाकर मेरी जमीन की देखरेख करो तो मैं तुम्हें अपना साझेदार बना सकता हूँ और मेरी संपत्ति में तुम्हारा भी हिस्सा रहेगा।'

''इसलिए मैं निप्पूर चला गया और वहाँ पर उनकी संपत्तियों की देखरेख

का जिम्मा सँभाल लिया। वे संपत्तियाँ बहुत ज्यादा थीं और चूँकि मैं बेहद महत्त्वाकांक्षी था और मैंने संपत्ति से संबंधित तीन नियमों पर अपनी पकड़ बना ली थी, इसलिए मेरे पास वह क्षमता थी कि मैं उनकी संपत्तियों को और बढ़ाने में मददगार साबित हुआ। इस तरह मेरा भी विकास हुआ और जब अल्कमिश का इंतकाल हुआ, मैं तब भी कानून के अनुसार उनकी संपत्ति का साझेदार था, जैसा कि वे तय करके गए थे।''

इस तरह, अर्काड ने अपनी बात खत्म की। उसकी कहानी सुनकर उसके एक दोस्त ने कहा, ''तुम वाकई खुशकिस्मत थे कि अल्कमिश ने तुम्हें अपना उत्तराधिकारी चुना।''

''खुशकिस्मत मैं केवल इसलिए बन सका, क्योंकि खुशहाल होने की तमन्ना मेरे अंदर थी और वह उनसे मिलने से काफी पहले से बनी हुई थी। अगर चार साल तक मैंने अपनी निरंतरता साबित न की होती और अपनी कमाई के दसवें हिस्से को न बचाया होता तो कहानी कुछ और ही होती। क्या आप उस मछुआरे को खुशकिस्मत कहेंगे, जिसने बरसों का समय मछलियों की आदत को समझने में लगाया हो कि हवा के रुख के बदलाव के साथ ही उनके तैरने की दिशा भी बदल जाती है और यह सीखने के बाद उसने उसी तरीके से उन्हें पकड़ने के लिए जाल बिछाया हो? अवसर एक ढीठ देवी है, जो आधी-अधूरी तैयारीवालों के पास अपना जरा भी समय बरबाद नहीं करती।''

एक अन्य दोस्त ने कहा, ''तुम्हारे पास मजबूत इच्छा-शक्ति भी थी कि पहले ही साल अपनी बचत गँवाने के बावजूद तुमने हिम्मत नहीं हारी। इस तरीके से तुम असाधारण हो।''

अर्काड ने प्रतिक्रियावश कहा, ''इच्छा-शक्ति! यह बकवास है! क्या तुम सोचते हो कि इच्छा-शक्ति किसी इनसान को वह ताकत दे सकती है कि वह इतना वजन उठा सके, जितनी कि एक ऊँट की भी क्षमता नहीं है, या किसी साँड़ की वजन खींचने की क्षमता से ज्यादा वजन खींच सकता है कोई? इच्छा-शक्ति का महत्त्व है; लेकिन महज इतना कि जो काम आपने हाथ में लिया, उसे अंजाम तक पहुँचाकर ही आप दम लें। अगर मैंने किसी

काम को अपने हाथ में लिया तो वह भले ही कितना भी छोटा काम हो, मैं उसे पूरा करने तक उसके साथ रहता हूँ। अगर ऐसा न होता तो अहम चीजों को हाथ में लेने का आत्मविश्वास मेरे अंदर कहाँ से आता? अगर मैंने खुद से यह कहा कि अगले सौ दिनों तक मैं शहर के पुल पर से गुजरूँगा और हर बार सड़क किनारे से एक पत्थर उठाकर नदी में फेंकूँगा तो मैं ऐसा करूँगा। अगर सातवें दिन ही मैं पुल पर से गुजरा और अपना काम भूल गया तो मैं यह नहीं कहूँगा कि अगले दिन मैं दो पत्थर उठाकर फेंकूँगा। मैं अपनी भूल सुधारते हुए वापस पुल पर जाऊँगा और एक पत्थर उठाकर, नदी में फेंककर आगे बढ़ जाऊँगा। न मैं ऐसा करूँगा कि इक्कीसवें दिन मैं खुद से कहूँ कि अर्काड, यह बेकार का काम है। हर दिन एक पत्थर नदी में फेंकने से अब तक तुम्हें क्या हासिल हुआ है? इससे तो बेहतर है कि एक बार में ही सारे पत्थर उठाकर नदी में फेंक डालो। नहीं, मैं ऐसा नहीं करूँगा, न कहूँगा। जब मैंने अपने लिए एक काम चुन लिया तो मैं उसे पूरा करूँगा। इसलिए मैं किसी भी काम को शुरू करने से पहले सतर्क रहता हूँ कठिन और अव्यावहारिक कामों को हाथ लगाने से बचता हूँ, क्योंकि मुझे आराम करना भी पसंद है।''

और फिर, एक अन्य साथी ने अपनी बात रखते हुए कहा, ''तुम जो कह रहे हो, अगर वह सच है और चूँकि तुमने कहा है तो वह तार्किक लगता भी है, तो ऐसा करना इतना सरल है कि अगर सभी ऐसा करने लगें, तब तो संपत्ति लोगों के पास इकट्ठा हो जाएगी और उसका आदान-प्रदान एवं लेन-देन भी घट जाएगा?''

इस पर अर्काड ने जवाब दिया, ''जहाँ भी इनसान ऊर्जा लगाता है, संपत्ति वहीं विकास करने लगती है। अगर एक अमीर आदमी नया महल बनवाता है तो क्या उसका सोना चला जाता है या खत्म हो जाता है? नहीं, सोने का कुछ हिस्सा ईंट बनानेवाले के पास जाता है, कुछ मजदूरों के हिस्से आता है और कलाकार के पास भी तो कुछ सोना जाएगा ही। फिर, जब महल बनकर खड़ा होता है तो क्या उसकी कीमत नहीं होती है? जिस जमीन पर वह महल बनाया जाता है, क्या उसकी कीमत नहीं होती? इन सबकी

कीमत कहीं ज्यादा होती है और महल के आसपास की जमीन की कीमत भी महल की वजह से बढ़ जाती है। संपत्ति जादुई तरीके से बढ़ती है। कोई भी व्यक्ति इसकी क्षमताओं का आकलन नहीं कर सकता। फीनिशियनों के बारे में सोचो कि क्या उन्होंने बंजर जमीन पर शानदार शहर नहीं खड़ा कर लिया? यह सब केवल उनके व्यापारिक जहाजों के जरिए लाई गई संपत्ति से ही तो संभव हो पाया।''

उसके एक और दोस्त ने पूछा, ''तो तुम हम सबको क्या सलाह देना चाहोगे, ताकि हम भी अमीर बन सकें? इतने साल गुजर गए, हम अब जवान भी नहीं रहे और हम ज्यादा धन जोड़ भी नहीं पाए!''

अर्काड ने कहा, ''मैं आप लोगों को अब भी वही सलाह दूँगा कि अल्कमिश की कही बात मानें और खुद से यह बात कहें—'मैं जो कमाऊँगा, उसका एक हिस्सा अपने लिए बचाऊँगा।' यह बात अपने आप से सुबह उठते ही कहें, फिर दोपहर में दोहराएँ, रात में सोते समय बोलें। अगले दिन से हर घंटे यह बात दोहराएँ। यह बात तब तक दोहराएँ, जब तक कि यह वाक्य आपको बड़े-बड़े अक्षरों में आकाश पर लिखा हुआ न दिखने लग जाए।

''इस विचार से खुद को प्रभावित करें। इस सोच से अपने आपको तर-ब-तर कर लें। फिर कमाई का जो भी हिस्सा आपको दुरुस्त लगे, वह बचाना शुरू कर दें। किसी भी स्थिति में यह कमाई के दसवें हिस्से से कम नहीं होना चाहिए और इसे अनवरत जारी रखें। जरूरी लगे तो अपने खर्चों को घटाने का प्रयास करें, लेकिन उस हिस्से को पहले ही अलग कर लें। जल्दी ही आप महसूस करेंगे कि आपके अंदर किस कदर अमीरों वाली भावना आने लगेगी, जब आप उस खजाने की तरफ देखेंगे, जिसके कि आप अकेले मालिक हैं। खजाना जैसे-जैसे बढ़ेगा, वैसे-वैसे आपको प्रेरित करेगा। जीवन में एक नई तरह की उमंग से आप रोमांचित महसूस करेंगे। आप और कमाने के लिए ज्यादा-से-ज्यादा प्रयास करेंगे। आपकी बढ़ी हुई आमदनी में से क्या उतना ही निश्चित फीसद बचत का हिस्सा ज्यादा नहीं होगा आपके पास बचत के लिए?

"इसके बाद उस खजाने को आपके लिए काम करनेवाला बनाना सीखना होगा। उसे अपना गुलाम बनाना है आपको। उसके बच्चों और उसके बच्चों के बच्चों को भी अपने लिए काम करने लायक बनाइए।

"उस संपत्ति से अपने भविष्य की आमदनी सुनिश्चित करें। बुजुर्गों को देखिए और मत भूलिए कि आनेवाले दिनों में आप भी उन्हीं में गिने जाएँगे। इसलिए अपने खजाने का निवेश अतिरिक्त सतर्कता के साथ करें, ताकि यह खोने न पाए। अत्यधिक ब्याज दर के आधार पर आमदनी करानेवाली योजनाओं से हमेशा सावधान रहें, क्योंकि ये हमेशा धोखा देने की नीयत से लाई जाती हैं। ऐसी योजनाओं के झाँसे में न आएँ, नहीं तो आपकी गाढ़ी कमाई एक झटके में गायब हो सकती है और फिर पछतावे के सिवा कुछ नहीं रह जाता।

"अपने परिवार के लिए भी एक निश्चित रकम सुनिश्चित करें, क्योंकि ईश्वर ने आप पर उनका हक दे रखा है और आपका उनकी देखरेख का जिम्मा है। उनकी देखरेख के लिए यह हमेशा संभव है कि आप कुछ ऐसी व्यवस्था करें, ताकि उन्हें एक निश्चित रकम समय-समय पर मिल जाए। इसलिए समझदार इनसान कभी भी इस उम्मीद में नहीं रहता कि जब खजाना विशालकाय हो जाए, तभी वह उसमें से अपने परिवार के खर्च जैसे बुद्धिमानी भरे उद्देश्य के लिए पैसा निकाले।

"हमेशा बुद्धिमान लोगों से सलाह लें। उन लोगों से सलाह लें, जिनका रोज का काम ही पैसे को सँभालने का हो। उन्हें मौका दें कि वे आपको किसी भी गलती से बचाएँ, जैसी कि मैंने अपने मामले में की थी और शुरू-शुरू में मैंने गलत फैसला करते हुए अपना पैसा ईंट बनानेवाले अजमूर को सौंप दिया था और मेरा वह पैसा डूब गया था। छोटा रिटर्न और वह भी धन को सुरक्षित रखते हुए पाना, जोखिम भरे निवेश से लाख गुना बेहतर उपाय है।

"आप इस दुनिया में हैं तो अपने जीवन में आनंद उठाइए। खुद पर ज्यादा तनाव हावी न होने दें और न ही ज्यादा बचत का प्रयास करें। अगर

आप अपनी कमाई का दसवाँ हिस्सा भी बचा लेते हैं तो आप आराम से रह सकते हैं और संतुष्ट जीवन जी सकते हैं, साथ ही यह भी ध्यान रखिए कि आपको अपनी आमदनी के अनुसार ही जीने की आदत डालनी चाहिए और न ही बहुत ज्यादा और न बहुत कंजूसी से खर्च करना चाहिए। फिर आप महसूस करेंगे कि आपका जीवन आनंदमय है और आपके पास हर वह चीज है, जो आपको खुशी दे सकती है तथा आपके जीवन को बेहतर बना सकती है।''

अर्काड की बात खत्म होने के बाद उसके दोस्तों ने उसका शुक्रिया अदा किया और अपने-अपने रास्ते पर चल पड़े। कुछ शांत थे, क्योंकि उनके पास किसी तरह की कल्पनाशीलता नहीं थी और वे ज्यादा कुछ समझ नहीं पाए थे। कुछ अर्काड की बातों का मजाक उड़ा रहे थे, क्योंकि वे सोच रहे थे कि अमीर होने के चलते अर्काड को अपने बदकिस्मत दोस्तों के बीच भी कुछ पैसा बाँटना चाहिए था। वहीं कुछ ऐसे भी थे, जिनकी आँखों में एक नई चमक नजर आ रही थी। उन्होंने महसूस किया कि अल्कमिश हमेशा से मुंशियों के कमरों की तरफ जरूर जाता था; क्योंकि वह एक आदमी को देखता था वहाँ काम करते हुए, जो अपने अँधेरे जीवन को उजाले की तरफ ले जाने के लिए प्रयासरत था और मेहनत कर रहा था। जब उस आदमी ने रोशनी पा ली तो एक खूबसूरत जगह उसका इंतजार कर रही थी। उसने जो जगह हासिल की, उसे कोई दूसरा नहीं दिला सकता था; क्योंकि उस जगह तक पहुँचने के लिए मेहनत उसे खुद करनी थी और इस क्रम में उसे अपनी समझ भी बढ़ानी थी और अनुभव भी। इस तरह से उसे अवसर के लिए तैयार होना था।

अर्काड के ये समझदार दोस्त आनेवाले सालों में समय-समय पर उससे मिलने के लिए जाते रहे और अर्काड खुशी-खुशी उनका स्वागत करता रहा। वह उन्हें समझाता और उन्हें जरूरी सलाह भी देता, क्योंकि उसके जैसे जबरदस्त अनुभववाले इनसान को सलाह बाँटने में खुशी महसूस होती थी। उसने उन लोगों की बचत का निवेश ऐसी योजनाओं में कराया, जिससे उन्हें अच्छा ब्याज मिलता था और इससे भी बड़ी बात यह कि उनका पैसा सुरक्षित

रहता था। उसने अपने दोस्तों को ऐसे बहकावे से दूर रखा, जिसमें फँसकर वे अपनी पूँजी भी गँवा बैठते।

उन लोगों के जीवन में अहम मोड़ तब आया, जब उन्होंने एक दिन उस सच्चाई को महसूस किया, जो अल्कमिश से अर्काड तक और अब अर्काड से उन लोगों तक पहुँच चुकी थी।

आपकी कमाई का एक हिस्सा आपको बचाना ही है।

□

दुबले बटुए के लिए सात इलाज

बेबीलोन का वैभव स्थायी था। सदियों से उसकी ख्याति दुनिया के अमीर शहरों में हमारे सामने आती रही है—एक ऐसा शहर, जिसके पास शानदार खजाना था। हालाँकि हमेशा से ऐसा नहीं था। बेबीलोन की अमीरी वहाँ के लोगों की अक्लमंदी का परिणाम थी। उन्होंने पहले यह सीखा कि वे कैसे संपत्ति इकट्ठा कर सकते हैं।

बेबीलोन का योग्य और दयालु राजा सारकॉन जब अपने शत्रु एलामाइट्स को हराकर वापस अपने देश लौटा तो उसका सामना बेहद गंभीर हालात से हुआ। शाही चांसलर ने बादशाह को कुछ इस तरह से हालात बयाँ किए—

''महामहिम, आपकी दूरदर्शिता के चलते सिंचाई के लिए नहर बनवाने और ईश्वर के मंदिर का निर्माण कराने के चलते हमारे लोगों को जो बरसों की ऐतिहासिक खुशहाली मिली थी, उसे आगे भी बरकरार रखने के लिए कुछ नए विचारों की जरूरत है; क्योंकि ये काम पूरे हो चुके हैं और लोगों के पास काम नहीं बचा है कि वे उससे कमाकर अपना गुजारा कर सकें।

''मजदूरों के पास रोजगार नहीं बचा है। कारोबारियों के पास बेहद कम ग्राहक पहुँच रहे हैं। किसान अपनी फसल नहीं बेच पा रहे हैं। लोगों के पास इतना सोना नहीं बचा है कि वे भोजन खरीद सकें।''

यह सुनकर बादशाह ने पूछा, ''लेकिन वह सारा सोना चला कहाँ गया, जो हमने तमाम सुधारात्मक चीजों पर खर्च किया था?''

चांसलर ने कहा, ''मुझे आशंका है कि सोने ने अपना रास्ता ढूँढ़ लिया। हो सकता है कि हमारे शहर के कुछ अमीरों ने उसे अपने पास दबा रखा हो। यह भी हो सकता है कि सोना लोगों के हाथ से उसी तरह छनकर निकल गया हो, जैसे बकरी का दूध छलनी से छनकर किसी बरतन में पहुँच जाता है। चूँकि सोने का बहाव रुक गया है, अतः हमारे ज्यादातर लोगों के पास कमाई दिखाने के लिए कुछ भी नहीं रह गया है।''

बादशाह कुछ देर के लिए सोच में पड़ गया। उसने फिर पूछा, ''ऐसा कैसे हुआ कि कुछ लोगों के पास सारा सोना पहुँच गया?''

चांसलर ने कहा, ''क्योंकि उन्हें पता है कि ऐसा कैसे किया जा सकता है। किसी इनसान की सफलता की निंदा नहीं की जा सकती, क्योंकि वह जानता है कि कैसे सफल होना है, न ही इसे न्याय कहा जाएगा कि अगर किसी ने ईमानदारी से धन कमाया है तो उससे उसका धन वापस ले लिया जाए, ताकि उसे कम क्षमतावान् लोगों में बाँट दिया जाए।''

बादशाह ने इच्छा जताई, ''लेकिन क्यों सभी लोगों को सोना जुटाने की कला नहीं सिखाई जा सकती, ताकि वे खुद ही अमीर बन सकें और खुशहाल रह सकें?''

''शायद संभव हो, बादशाह सलामत; लेकिन कौन उन्हें सिखाएगा? निश्चित रूप से मौलवी इस काबिल नहीं हैं, क्योंकि उन्हें खुद ही धन कमाने की कला का पता नहीं होता।''

बादशाह ने पूछा, ''तो फिर हमारे शहर में कौन सबसे योग्य अमीर है, जो लोगों को अमीर बनाने की कला सिखा सकता है, चांसलर?''

''आपके सवाल में ही जवाब छिपा है, बादशाह सलामत। बेबीलोन का सबसे अमीर आदमी जो होगा, वह ही इस काबिल होगा।''

''तुमने बिल्कुल दुरुस्त कहा, मेरे काबिल चांसलर। वह केवल अर्काड ही हो सकता है। बेबीलोन का सबसे अमीर आदमी वह ही है। कल उसे हमारे सामने पेश करो।''

अगले दिन, जैसा कि बादशाह ने आदेश दिया था, अर्काड उनके सामने हाजिर हुआ। वह बिल्कुल सीधा खड़ा था और उसके चेहरे पर तेज साफ झलक रहा था। हालाँकि उसकी उम्र लगभग 70 वर्ष के आसपास रही होगी।

बादशाह ने कहा, ''अर्काड, क्या यह सच है कि तुम ही बेबीलोन के सबसे अमीर आदमी हो?''

''ऐसा कहा जाता है, बादशाह सलामत, और इस पर कोई विवाद या आपत्ति भी नहीं है।''

''तुम इतने अमीर कैसे बने?''

''हमारे बेहतरीन शहर में जो अवसर समस्त जनता के लिए उपलब्ध हैं, उनका लाभ उठाते हुए मुझे यह हैसियत हासिल हुई है।''

''तुम्हारे पास तो शुरू करने के लिए भी कुछ नहीं था?''

''केवल दौलत इकट्ठा करने की अदम्य इच्छा के बल पर। इसके अलावा, कुछ भी नहीं था मेरे पास।''

बादशाह ने कहा, ''अर्काड, हमारा शहर बेहद निराश हालत में है, क्योंकि कुछ लोग ही यह जानते हैं कि दौलत कैसे इकट्ठा की जा सकती है और उस पर एकाधिकार कैसे कायम हो सकता है; जबकि हमारे नागरिकों की बड़ी संख्या के पास इसकी तालीम नहीं है कि जो सोना वे हासिल करते हैं, उसे कैसे बचाकर रखें।

''मेरी यह इच्छा है कि बेबीलोन दुनिया का सबसे रईस शहर बन जाए। इसलिए इस शहर को अमीरों का शहर होना पड़ेगा। इसलिए हमें सभी नागरिकों को यह सिखाना पड़ेगा कि वे कैसे अमीर बन सकें। मुझे बताओ, अर्काड, कि क्या दौलत इकट्ठा करने का कोई गुप्त तरीका भी है? क्या इसे सिखाया जा सकता है?''

''बादशाह सलामत, यह एक व्यावहारिक ज्ञान है। एक आदमी, जो इसके बारे में जानता है, वह दूसरों को सिखा भी सकता है।''

बादशाह की आँखें चमक उठीं—''अर्काड, तुमने वह बात कह दी, जो

मैं सुनना चाहता था। क्या तुम इस महान् काम के लिए अपना कीमती समय दे सकोगे? क्या तुम इसकी तालीम मदरसों के मौलवियों को दोगे, ताकि वे दूसरों को इसके बारे में तब तक बता सकें, जब तक कि हर एक व्यक्ति इसके बारे में अच्छे से जानकारी हासिल नहीं कर लेता और कुछ इस तरह से सीख नहीं लेता कि इस विषय पर उसकी पकड़ बन जाती?''

अर्काड ने अदब में सिर झुकाया और बोला, ''जहाँपनाह, मैं आपके आदेश का विनम्रता से पालन करने वाला हूँ। मेरे पास जो भी जानकारी है, उसे मैं अपने साथियों की बेहतरी और बदशाह सलामत की शान में इजाफे के लिए उनमें जरूर बाँटना चाहूँगा। आपके काबिल चांसलर से गुजारिश है कि वे एक कमरे की व्यवस्था कर दें, जिसमें कम-से-कम सौ लोग बैठ सकते हों और मैं उनको वे सभी सात उपाय बताऊँगा, जिससे मेरा बटुआ भारी-भरकम हो पाया। एक समय था, जब मेरे पास बेबीलोन में सबसे दुबला बटुआ हुआ करता था।''

पंद्रह दिनों के बाद बादशाह के आदेश के पालन में चुने हुए सौ लोग तालीम के लिए एक बड़े कमरे में दाखिल हुए। उसमें बने रंग-बिरंगे छल्लों में वे सभी अर्द्ध-गोलाकार बनाते हुए बैठ गए। अर्काड ने भी सामने एक छोटी गोलाकार मेज पर आसन ग्रहण कर लिया। बगल में एक लैंप जल रहा था, जिससे निकलनेवाले धुएँ से बिल्कुल अलग और अनजानी सी खुशबू निकल रही थी।

जैसे ही अर्काड वहाँ पहुँचा, एक छात्र कुहनी से अपने बगलवाले साथी को इशारा करके फुसफुसाते हुए बोला, ''बेबीलोन के सबसे अमीर आदमी को देखो, वह हम सभी की तरह ही दिख रहा है, लेकिन है हमसे अलग।''

अर्काड ने शुरू करते हुए कहा, ''जैसा कि बादशाह सलामत का हुक्म हुआ है, मैं उस विषय के संदर्भ में आप सभी के सामने उनके आदेश का पालन करने के लिए मुखातिब हुआ हूँ; क्योंकि एक दौर था, जब कि मैं एक गरीब युवक था, जिसकी दिली ख्वाहिश यह थी कि उसके पास काफी सोना हो। और क्योंकि मुझे वह तालीम हासिल हुई, जिससे मुझे दौलत हासिल

हो सकी, इसलिए उन्होंने मुझे अपना ज्ञान आपसे बाँटने के लिए कहा है।

''मैंने अपनी किस्मत बेहद विनम्र तरीके से शुरू की। मेरे हिस्से में किसी भी तरह की फायदे की स्थिति नहीं थी, जैसा कि पैदा होने के बाद आपने और बेबीलोन के तमाम नागरिकों ने माता-पिता से विरासत में पाई होगी।

''मेरे खजाने का सबसे पहला गोदाम मेरा बटुआ ही था। मैं उसके व्यर्थ खालीपन से नफरत करता था। मेरी हमेशा से यह ख्वाहिश रहती थी कि यह आकार में गोल होना चाहिए और पूरा भरा हुआ होना चाहिए तथा उसमें से सोने की प्यारी आवाज आनी चाहिए। इसलिए मैं अपने दुबले बटुए के लिए हर संभव उपाय की तलाश में जुट गया। मुझे इस क्रम में सात उपाय मिले।

''मेरे सामने आप सब, जो यहाँ एकत्र हुए हैं, उनको मैं ऐसे सात तरीके बताने जा रहा हूँ, जो मैं सोने की तलाश करनेवाले हर शख्स को सलाह देता हूँ। अगले सात दिन तक रोज मैं आपको एक उपाय के बारे में बताऊँगा।

''मैं अब जो बताने जा रहा हूँ, उसे बहुत ध्यान से सुनिएगा। मेरे साथ बहस करें। अपने लोगों के बीच इस पर चर्चा भी करिएगा। इन पाठों को बेहद गंभीरता से याद रखिएगा, ताकि आप भी अपने बटुए में दौलत के बीज बो सकें। सबसे पहले, आप सभी के लिए यह निहायत जरूरी है कि अपनी किस्मत अपने हाथों सँवारें। तभी आप योग्य बन सकेंगे और तभी आप इस सच्चाई को दूसरों को भी सिखा पाएँगे।

''मैं आपको बेहद सरल तरीके से उन तरीकों के बारे में बताऊँगा, जिससे आपका बटुआ मोटा और भारी-भरकम होता जाएगा। दौलत हासिल करने की राह में यह पहला कदम है और जिस इनसान ने पहला कदम मजबूती से नहीं रखा, वह कभी भी ऊँचाई पर नहीं पहुँच पाएगा। आइए, हम पहले उपाय पर गौर करें।''

□

पहला उपाय :
अपने बटुए को भरना शुरू करें

अर्काड ने दूसरी कतार में गंभीर मुद्रा में बैठे एक व्यक्ति की ओर मुखातिब होते हुए पूछा, ''मेरे अच्छे दोस्त, आप क्या काम करते हैं ?''

उसने जवाब दिया, ''मैं मुंशी हूँ और मिट्टी की तख्ती पर रिकॉर्ड उकेरने का काम करता हूँ।''

''मैं भी यह काम करके ही अपने जीवन का पहला ताँबा कमा पाया था। इसलिए तुम्हारे पास भी वही अवसर है अपनी किस्मत को चमकाने क।''

फिर वह दूर बैठे एक चमकते चेहरेवाले शख्स की तरफ मुखातिब हुआ और बोला, ''अर्ज है कि आप भी बताएँ कि कमाई के लिए आप क्या काम करते हैं ?''

उस शख्स ने जवाब दिया, ''मैं कसाई हूँ। मैं किसानों से बकरियाँ खरीदता हूँ और उन्हें मारकर मांस को घरेलू महिलाओं को और बेकार के हिस्सों को सैंडल बनानेवालों को बेच देता हूँ।''

''चूँकि तुम भी कमाने के लिए मेहनत करते हो, इसलिए सफलता पाने का गुर, जो मैं बताने जा रहा हूँ, उसे सीखने का तुम्हारे पास भी बराबर का मौका है।''

इस तरह से अर्काड ने उन लोगों से यह जानकारी हासिल कर ली कि वहाँ मौजूद लोग किस तरह के काम करके अपना जीवन-यापन कर रहे हैं।

जब उसने सभी से यह जानकारी ले ली, तब वह बोला, ''अब, मेरे दोस्तो, आप सबने देखा कि यहाँ अनेक प्रकार के काम करनेवाले लोग हमारे बीच बैठे हैं और हर काम में आप कुछ-न-कुछ कमाते हैं। हर काम में वह कूवत है कि वह सोने की नदी बहा सकता है, बशर्ते वह अपनी कमाई के एक हिस्से को बटुए में ही सुरक्षित रख सके। इस तरह से आपके बटुए में आपकी कमाई के हिसाब से धीरे-धीरे छोटे-बड़े सिक्के भरने शुरू हो जाएँगे। ऐसा होगा कि नहीं होगा?''

सभी ने सहमति जताई कि ऐसा हो सकता है।

अर्काड ने अपनी बात जारी रखते हुए कहा, ''अगर आप में से हर एक यह तय कर ले कि उसे अपनी किस्मत खुद चमकानी है तो क्या उस स्रोत का उसे लाभ नहीं उठाना शुरू कर देना चाहिए, जिससे कमाई पहले से होती आ रही है?''

उन सभी ने इस पर सहमति जताई।

इसके बाद अर्काड एक व्यक्ति की तरफ मुड़ा, जो कि अंडों का व्यापारी था और उससे बोला, ''अगर आप अपनी एक टोकरी अलग कर लो और रोज सुबह दस अंडे उसमें डालो और शाम तक नौ अंडे निकाल लो, तो अंत में क्या हासिल होगा?''

''कुछ ही समय में उसमें अंडे रखने की जगह नहीं रह जाएगी।''

''क्यों?''

''क्योंकि हर दिन मैं जितने अंडे निकालूँगा, उससे एक अंडा अधिक रखूँगा।''

अर्काड मुसकराते हुए सभी से मुखातिब हुआ, ''क्या यहाँ किसी के पास दुबला-पतला बटुआ है?''

पहले तो सभी हैरान रह गए, फिर वे हँसने लगे। अंततः वे अपने बटुए हाथ में लेकर उसे लहराने लगे।

उसने कहा, ''ठीक है। अब मैं आपको पहला उपाय बताता हूँ, जो मैंने

सीखा था अपने दुबले बटुए को ठीक करने का। बिल्कुल वैसा ही करें, जैसा मैंने अभी अंडे के व्यापारी को सुझाया था। मान लीजिए कि आप अपने बटुए में दस सिक्के रखते हैं तो कभी भी खर्च करें तो नौ सिक्के ही खर्च करें, लेकिन आखिरी सिक्का बचा लें। इससे धीरे-धीरे आपका बटुआ मोटा होने लगेगा और जब आप उसे हाथ में उठाएँगे तो उसका वजन आपको खुशी देगा और आपकी आत्मा को सुकून मिलेगा।

"मैंने जो कहा, उसकी सरलता पर मत जाइए और उसका मजाक न उड़ाइए। सच हमेशा सरल होता है। मैंने वही बताया कि कैसे मैंने अपनी किस्मत को सँवारा है। यह अभी मेरी शुरुआत है। मैं भी कभी बेहद दुबला बटुआ रखता था और उसे कोसता रहता था, क्योंकि उसमें मेरी इच्छाओं को पूरा करने लायक कुछ भी नहीं था। लेकिन जब भी मैं अपने बटुए से मुहरें निकालता तो केवल नौ ही निकालता, जबकि उसका दसवाँ हिस्सा उसी में रहने देता था। इस तरह, धीरे-धीरे बटुआ मोटा होने लगा। इसी तरह आपके साथ भी होगा।

"अब मैं आपको एक विचित्र सत्य बताऊँगा, जिसकी वजह के बारे में मुझे भी नहीं पता। जब मैंने अपने बटुए से नौ मुहरों से ज्यादा निकालने से खुद को रोक दिया तो भी मैं अपना जीवन उसी सामान्य तरीके से आगे बढ़ाता रहा। मेरे रहन-सहन में पहले की अपेक्षा जरा भी कमी नहीं आई, यानी कोई खास अंतर नहीं पड़ा। साथ ही, लंबे समय तक पैसे पहले की अपेक्षा मेरे पास और आसानी से आने लगे और जमा होते रहे। मुझे लगा कि निश्चित रूप से यह खुदा का नियम होगा कि अगर कोई अपनी कमाई का एक निश्चित हिस्सा बचाता है और उसे किसी कीमत पर खर्च नहीं करता तो सोना उसके पास और आसानी से आने लगता है। इसी तरह, जिसका बटुआ खाली रहता है, उसमें सोना आने से इनकार कर देता है।

"आप सभी को कौन सी स्थिति ज्यादा पसंद आएगी ? क्या आपको हर दिन की इच्छाएँ, जैसे कि एक गहना, छोटा सा ठाट-बाट, बेहतर पोशाक, ज्यादा खाना आदि ऐसी चीजें पसंद हैं, जो तेजी से गायब हो जाती हैं और

भुला दी जाती हैं? या उचित यह होगा कि आपके पास समुचित मात्रा में संपत्तियाँ हों; सोना, जमीन, भेड़ों का झुंड हो, कारोबार हो और आमदनी करानेवाले निवेश हों? आपने जिन सिक्कों को अपने बटुए से बाहर किया, उन्हें पहले वापस लाने का प्रयास करें। जिन सिक्कों को आप बटुए में जमा कर देंगे, वे ही बाहर के सिक्कों को अंदर ले आएँगे।

''मेरे छात्रो! अपने बटुए को मोटा करने के लिए यह पहला उपाय मैंने खोजा था—हर दस सिक्के, जो मैं बटुए में रखूँगा, उसमें से केवल नौ ही खर्च करूँगा। इस पर आप लोग आपस में बहस करिए। अगर कोई इस नियम को गलत साबित करता है तो अगले दिन जब हम मिलेंगे तो उस पर एक बार फिर चर्चा करेंगे।''

□

दूसरा उपाय :
खर्च पर लगाम जरूरी

‘‘आपके बीच से कुछ सदस्यों और मेरे छात्रों ने मुझसे यह पूछा है—ऐसा कैसे संभव है कि एक शख्स अपनी पूरी कमाई का एक-दहाई बचा पाएगा, जबकि उसकी जरूरत का ही खर्च पूरा नहीं हो सकेगा तो ?'' इस तरह अर्काड ने अपने दूसरे दिन की शुरुआत छात्रों के सामने की।

‘‘कल आप में से कितने लोग दुबला बटुआ लेकर आए थे ?''

पूरी कक्षा ने जवाब दिया, ‘‘हम सभी।''

‘‘जबकि, निश्चित रूप से सबकी कमाई एक समान नहीं होगी। कोई ज्यादा कमाता होगा तो कोई कम। किसी को बड़े परिवार से भी सहारा मिला होगा। फिर भी, आप सभी के पास एक समान स्थितिवाला बटुआ मौजूद है। अब मैं आपको इनसानों और इनसानों के बच्चों से जुड़ा एक विलक्षण सत्य बताऊँगा। यह कुछ इस तरह है, जिसे हम जरूरी खर्च बताते हैं, वह हमेशा हमारी कमाई की तुलना में समान रूप से बढ़ता रहा है और अगर हम इस व्यवस्था का विरोध न करें तो यह स्वत: हम पर हावी हो जाता है।

‘‘आप लोग अपने जरूरी खर्चों एवं इच्छाओं में अंतर को समझें और दोनों को मिलाने तथा भ्रमित होने से बचें। आप में से प्रत्येक के पास आपके भले परिवार के साथ ज्यादा-से-ज्यादा इच्छाएँ हैं और ये इच्छाएँ

आपकी कमाई की तुलना में कहीं ज्यादा हैं। इसलिए आपकी सारी कमाई अब तक आपकी इच्छाओं को संतुष्ट करने में विफल रही है और इसलिए जल्दी-से-जल्दी आपकी मेहनत से कमाई दौलत गायब हो जाती है। इसके बावजूद आपके पास तमाम ऐसी इच्छाएँ अधूरी ही रह जाती हैं, जो आपको तकलीफ पहुँचाती हैं।

''सभी लोगों के साथ ऐसा होता है कि उनकी इच्छाएँ शांत होने की बजाय बढ़ती जाती हैं। चूँकि मेरे पास अकूत दौलत है, अतः मैं अपनी इच्छाएँ पूरी कर सकता हूँ—यह एक भ्रामक सोच है। मेरे समय की एक सीमा तय है। मेरी क्षमताओं की भी एक सीमा है। मैं कितनी यात्राएँ कर सकता हूँ, इसकी भी एक सीमा है। इसकी भी मात्रा तय है कि मैं कितना खा सकता हूँ। मैं कितना आनंद उठा सकता हूँ और अपना मनोरंजन कर सकता हूँ, उसकी भी एक सीमा बनी हुई है।

जैसे खेतों में खरपतवार उगती है, भले ही किसान कितनी ही मेहनत करके उसकी जड़ों का सफाया क्यों न कर दे, फिर भी वे उग ही आती हैं। इसी प्रकार इनसान के अंदर इच्छाएँ उसी तरह से उग आती हैं, वह चाहे जो उपाय उन्हें रोकने का कर ले या उनको कितना भी पूरा कर डाले। आपकी इच्छाएँ जितनी संतुष्ट होती जाती हैं, उतने गुना तेजी से वे बढ़ती भी जाती हैं।

''गंभीरता से उन आदतों का अध्ययन करिए, जिनके साथ आप जीने के आदी हो चुके हैं। बहुत संभव है कि आपके ऐसे तमाम खर्च होंगे, जो अकारण होंगे और उन्हें या तो घटाया जा सकता है या हटाया जा सकता है। आपका उद्देश्य यह होना चाहिए कि जो भी सिक्का आप खर्च करने जा रहे हों, वह सौ फीसदी संतुष्टि प्रदान करने की दिशा में खर्च होना चाहिए।

''इसलिए आप जिन चीजों पर खर्च करना चाहते हैं, उन्हें कहीं लिखना शुरू कर दीजिए। उन खर्चों को चुनिए, जो निहायत जरूरी हैं और आपके बटुए में रखे पैसे के नौवें हिस्से के खर्च में ही पूरे हो सकते हों। बाकी खर्चों को काट दीजिए। उनको यह मानकर चलिए कि उन्हें पूरा करने से आपकी इच्छाएँ खत्म होने वाली नहीं थीं और उनके पूरा न होने पर बिल्कुल भी

अफसोस न करें।

''अपने जरूरी खर्चों को लेकर बजट बनाइए। उस दसवें हिस्से को बिल्कुल भी न छुएँ, जो आपके बटुए को मोटा बना रहा है। इसे ही अपनी सबसे बड़ी इच्छा बनाइए, जिसे पूरा किया ही जाना है। अपने बजट में काम करने की आदत डालिए, अपने उद्देश्य को पूरा करने के लिए सामंजस्य बिठाते रहिए। इसे अपना पहला सहयोगी बनाइए, जो कि आपके बटुए को मोटा करने के क्रम में आपका साथ दे रहा है।

इस मोड़ पर छात्रों के बीच में एक लाल व सुनहरे रंग का कपड़ा पहने हुए एक छात्र अपनी जगह से उठा और बोला, ''मैं एक आजाद इनसान हूँ। मेरा मानना है कि यह मेरा अधिकार है कि मैं जीवन में अच्छी चीजों का उपभोग करूँ और आनंद उठाऊँ। इसलिए, क्या मुझे अपने बजट की गुलामी का विरोध नहीं करना चाहिए, जो यह तय करने में लगा है कि मैं कैसे और कितना खर्च करूँ और किस चीज पर खर्च करूँ? मुझे लगता है कि बजट के अनुसार चलने से मेरे जीवन को मिलनेवाली आनंद की अनुभूति कम हो जाएगी और मेरे ऊपर एक अनजाना-सा भार हमेशा बना रहेगा।''

अर्काड ने उसे जवाब दिया, ''मेरे दोस्त, आपका बजट और कौन निर्धारित करेगा?''

विरोध करनेवालों में से एक ने कहा, ''मैं खुद तय करूँगा।''

''उस मामले में क्या कोई जेवरात व कपड़े और सोने की भारी-भरकम ईंट को अपने बजट में शामिल करके अपना बोझ बढ़ाएगा? शायद नहीं। रेगिस्तान में सफर के दौरान वह अपने पास अनाज, खाने का सामान और पानी से भरा एक थैला रखेगा।

''बजट का उद्देश्य आपके बटुए को मोटा करना है। इसे आपकी मदद करनी है, ताकि आपकी जरूरतें भी पूरी हो जाएँ और जहाँ तक संभव हो, आपकी ख्वाहिशें भी पूरी हो सकें। इसका प्रभाव इस तरह से पड़ना चाहिए कि आप खुद अपनी प्रबल इच्छाओं को महसूस करें और उनमें से हलकी-फुलकी तरह की इच्छाओं को एक तरफ कर सकें। अँधेरी गुफा में रोशनी

की तरह ही आपका बनाया बजट आपके बटुए में कहाँ छेद है, यह दिखाता है और आपको उस छेद को बंद करने की राह दिखाता है तथा आपके खर्चों को निश्चित रूप से रोकने एवं संतोषपरक उद्देश्यों की ओर ले जाता है।

"इस तरह यह दुबले बटुए को तंदुरुस्त करने का दूसरा उपाय है। अपने खर्चों को लेकर कुछ इस तरह बजट बनाइए कि आपकी जरूरतें पूरी करने के लिए पैसा मौजूद रहे, आपके मनोरंजन के लिए पैसा कम न पड़े, जरूरी शौकों की पूर्ति भी संतोषपरक तरीके से हो जाए और आपकी आमदनी का दसवाँ हिस्सा भी बचा रहे।"

□

तीसरा उपाय :
सोना सहेजते रहें

कक्षा के तीसरे दिन अर्काड ने कहा, ''अपने दुबले बटुए को मोटा करने की परंपरा बनाए रखें। आप जल्दी ही अपनी कमाई का दसवाँ हिस्सा बचाने की आदत बना लेंगे और अनुशासित तरीके से आगे बढ़ते रहेंगे। अब तक आप अपने खर्चों को रोकना भी सीख चुके होंगे और इस तरह आपका खजाना बढ़ने लगेगा। इसके बाद, हम अब यह सीखेंगे कि आपका खजाना आपके लिए कैसे मेहनत करे और उसे आगे बढ़ाने में मददगार साबित हो। बटुए में रखा सोना खुद को सुकून तो देता है और लालची आत्मा को भी इससे संतोष मिलता है, लेकिन वह सोना कमाता कुछ भी नहीं है और बटुए में बोझ बनकर पड़ा रहता है। हमें अपनी कमाई से सोना इकट्ठा करना चाहिए, लेकिन केवल शुरुआत में। कमाई का फायदा तभी है, जब उससे हमारी किस्मत भी सँवरने लगे।

''तो हम कैसे अपने सोने को काम में लगाएँ? मेरा पहला निवेश दुर्भाग्यपूर्ण रहा था, क्योंकि मैं अपना सबकुछ गँवा बैठा था। यह एक कहानी है, जो मैं आपको बाद में सुनाऊँगा। मेरा पहला लाभदायी निवेश एक कर्ज था, जिसे मैंने अक्कर नाम के एक शख्स को दिया था, जो ढाल बनाता था। साल में एक बार वह ताँबे की बड़ी खरीदारी करता था, जो कि समुद्र के रास्ते उसके पास कारोबारी पहुँचाते हैं। बड़े कारोबारियों को देने के लिए

बड़ी मात्रा में पूँजी न होने के कारण उसने उन लोगों से कर्ज लिया, जिनके पास अतिरिक्त पैसा बचा हुआ था। वह एक सम्मानित आदमी भी था। ढाल बेचने के बाद हुए फायदे से वह उचित सूद के साथ कर्ज चुकाता था।

''हर बार जब भी मैं उसे कर्ज देता था तो जो ब्याज जोड़कर वह मुझे देता, वही फिर मैं उसे कर्ज के तौर पर लौटा देता। इस तरह न केवल मेरी पूँजी बढ़ती रही, बल्कि हर बार उससे कमाई भी बढ़ती जाती थी। सबसे ज्यादा सुकून की बात तो यह थी कि यह बढ़ोतरी मेरे बटुए में ही लौट रही थी।

''मेरे छात्रो! मैं आपको बताता हूँ कि एक इनसान की संपत्ति केवल वही नहीं है, जो वह बटुए में लेकर घूमता है; बल्कि वह आमदनी है, जो वह विकसित करता जाता है, जिससे सोने की धारा उसके बटुए की तरफ बहे और उसे हमेशा भरा-पूरा बनाए रखे। हर इनसान की यही तो ख्वाहिश होती है। यही तो है, जो आप सभी की इच्छा है; आप चाहे सफर करें या चाहे जो भी काम करें, जरूरी यह है कि आपकी आमदनी बढ़ती रहनी चाहिए।

''मैंने काफी बड़ी मात्रा में आमदनी हासिल कर ली। यह इतनी ज्यादा हो गई कि मैं एक बेहद अमीर आदमी कहलाने लगा। मैंने अक्कर को जो कर्ज दिया, वह मेरा पहला प्रशिक्षण था, जिसने मुझे फायदेमंद निवेश सिखाया। इस अनुभव से जो जानकारी मुझे मिली, उससे जैसे-जैसे मेरी पूँजी बढ़ती गई, मैं कर्ज देने और निवेश करने के दायरे को बढ़ाता गया। शुरुआत में गिनती के स्रोतों से लेकर बाद के ढेर सारे विकल्पों के माध्यम से मेरे बटुए में सोने की धारा निरंतर बहती रहती है और दौलत कुछ इस तरह से हमेशा उपलब्ध रहती है, जिसे मैं उचित जरूरत के मुताबिक इस्तेमाल कर पाता हूँ।

''गौर करिए, मैंने जो विनम्र तरीके से कमाई की, उससे मुझे सोने के गुलामों की फौज तैयार करने में मदद मिली और हर गुलाम मेरे लिए ज्यादा सोना कमाने में पूरी मेहनत करता है। वे मेरे लिए जितनी मेहनत करते हैं, उतनी ही मेहनत उनसे पैदा हुए उनके बच्चे भी करते हैं और उनके बच्चों से पैदा हुए बच्चे भी। इस तरह उनका एकजुट प्रयास विशालकाय आमदनी के रूप में मेरे पास आ जाता है।

''आपके सामने एक उदाहरण रखता हूँ, जिससे आप समझ पाएँगे कि सोना कितनी जल्दी विकास करता है और उचित मात्रा में आपकी कमाई बढ़ाता है। एक किसान के घर जब पहला लड़का पैदा हुआ तो उसने चाँदी के 10 सिक्के साहूकार के पास जमा किए और उससे बोला कि वह उन सिक्कों को किराए पर रखे, जब तक कि उसका बेटा 20 साल का नहीं हो जाता। मुद्रा कारोबारी ने उसके सिक्के जमा कर लिये और बोला कि इसका किराया चार साल में एक-चौथाई कीमत से बढ़ेगा। किसान ने कहा कि चूँकि यह पैसा उसने अपने बेटे की अमानत के तौर पर अलग रखा था, इसलिए किराया मूल धन में जुड़कर बढ़ना चाहिए।

''जब लड़का 20 बरस का हुआ, तब किसान पिता साहूकार के पास अपने सिक्कों का हिसाब जाँचने पहुँचा। साहूकार ने बताया कि चूँकि कुल जोड़ चक्रवृद्धि में जुड़ता गया, इसलिए शुरुआती 10 सिक्के अब बढ़कर 30.5 सिक्के हो चुके हैं।

''किसान इससे बेहद खुश हुआ और चूँकि उसके बेटे को इन सिक्कों की फिलहाल जरूरत नहीं थी, अतः उसने साहूकार से उन सिक्कों को अपने पास ही रखने और बढ़ने देने के लिए कहा। जब बेटा 50 साल का हुआ, उस दौरान पिता का निधन हो गया। जब साहूकार ने उसे वह पैसा लौटाया, तब तक रकम बढ़कर 167 सिक्के तक जा पहुँची थी।

''इस तरह 50 वर्षों में छोटा सा निवेश 17 गुना बढ़ गया। तो इस तरह, दुबले-पतले बटुए का तीसरा उपाय यह है कि आपका कमाया हुआ हर सिक्का आपके लिए मेहनत करे और जो वह पैदा कर सकता है, वह करे। इसी तरह यह सिलसिला चक्रानुक्रम में चलता रहे, ताकि आपके बटुए में बहकर आनेवाली संपत्ति की धार निरंतर बरकरार रह सके।''

□

चौथा उपाय :
अपने खजाने को नुकसान से बचाएँ

चौथे दिन की कक्षा में अर्काड ने अपनी बात शुरू करते हुए कहा, ''बदकिस्मती वहीं शुरू होती है, जहाँ उसे चमचमाता हुआ निशान मिलता है। किसी के भी बटुए में रखे सोने की दृढ़ता से सुरक्षा होनी चाहिए, अन्यथा उसे निकल भागने में जरा भी देर नहीं लगेगी। इसलिए बुद्धिमानी इसी में है कि पहले छोटी-छोटी संख्या में पैसा बचाया जाए, ताकि ईश्वर को भी भरोसा हो जाए कि हममें बड़ी रकम सँभालने का माद्दा है।

''सोने का हर मालिक अवसरों को लेकर लालायित रहता है कि वह इनका ऐसी प्रभावशाली योजनाओं में निवेश करे कि थोड़ा सा सोना जल्दी-से-जल्दी बड़ी रकम में तब्दील हो जाए। अकसर दोस्त और रिश्तेदार बेचैन होकर ऐसे निवेश में शामिल हो जाते हैं और सोने के मालिक से भी साथ होने के लिए कहते हैं।

''निवेश का पहला सरल सिद्धांत है कि आपके मूल धन की रक्षा जरूर होनी चाहिए। क्या यह बुद्धिमानी कहलाएगी कि आप बड़ी कमाई के दिखावे से भ्रमित होकर अपना मूल धन भी गँवा बैठें ? मैं तो कहूँगा—हरगिज नहीं। जोखिम के दंड के रूप में मिलता है संभावित नुकसान। अपने खजाने को खुद से अलग करने से पहले हर पहलू को ध्यान से पढ़ें कि जब भी आप अपना पैसा वापस लेना चाहेंगे तो वह सुरक्षित तरीके से आपको मिलेगा। धन

को तेजी से बढ़ाने की अपनी मामूली रोमांटिक इच्छा से भ्रमित होने से बचें।

''अपना पैसा किसी को भी कर्ज के रूप में देने से पहले खुद को आश्वस्त कर लें कि जिसे आप दे रहे हैं, उसमें पैसा लौटाने की क्षमता है और जो काम वह कर रहा है, उसमें उसकी विश्वसनीयता बरकरार है, ताकि आप अनजाने में ही अपनी कड़ी मेहनत से कमाई गई रकम किसी के हाथ में यों ही उपहार-स्वरूप न सौंप दें। किसी भी क्षेत्र में निवेश से पहले आप उससे जुड़े जोखिमों से जरूर परिचित हो लें, तभी उस पर विश्वास करें।

''मेरा पहला ही निवेश मुझे इसी वजह से गर्त में ले गया था कि मैं तमाम चीजें न जानता था और न समझ ही सका था। साल भर की अपनी मेहनत से बचाई रकम मैंने ईंट बनानेवाले अजमूर को भरोसा करके दे दी थी, जो कि सुदूर समुद्र में जा रहा था और उसने वादा किया था कि टायर क्षेत्र से वह मेरे लिए फीनिशियनों से विलक्षण जेवर खरीदकर लाएगा। उनको अपने शहर में बेचकर उससे होनेवाला फायदा हम आपस में आधा-आधा बाँट लेते। फीनिशियन धोखेबाज निकले और उन्होंने उसे काँच के टुकड़े, खास पत्थर के झाँसे में, बेच डाले। मेरा खजाना लुट चुका था। आज मैं आपको जो सिखा रहा हूँ, वह यही दिखाता है कि ईंट बनानेवाले पर जेवर खरीदने के लिए भरोसा नहीं करना चाहिए।

''इसलिए, मैं आपको अपने तजुरबे से इतनी तो सलाह दे ही सकता हूँ—अपनी छोटी बुद्धि के आधार पर आप अति आत्मविश्वास का शिकार न हों और अपने खजाने को अनजान निवेश के संभावित गड्ढे में डालने से बचें। बेहतर यह है कि जो लोग लाभ कमाने के लिए पूँजी का कारोबार करते हैं और इस क्षेत्र में अनुभवी हैं, उनसे मशविरा लिया जाए और फूँक-फूँककर कदम आगे बढ़ाया जाए। पूछने पर ऐसी सलाह मुफ्त में मिलती है और इसमें यह संभावना होती है कि आपके निवेश के समतुल्य ही सोना अर्जित करने का उसमें माद्दा भी हो। दरअसल, निवेश की यही वास्तविक कीमत होती है, जो आपको नुकसान से बचाती है।

''इस तरह, बटुए को मोटा करने का यह चौथा इलाज और साथ-ही-

साथ एक बार भर जाए तो यह बटुए को खाली होने से भी बचाता है। ध्यान रखें कि निवेश वहीं करें, जहाँ आपका मूल धन निश्चित रूप से सुरक्षित रहे और जब आप चाहें, तब आपको यह वापस मिल सकता हो और सबसे अहम तो यह कि बेहतर आय अर्जित करने का सुनहरा अवसर भी हो। जानकार लोगों से सलाह लें। सोने के लाभदायी निवेश में माहिर और अनुभवी लोगों की सलाह लेते रहें। उनके अनुभव से आप अपने खजाने को असुरक्षित हाथों में जाने से बचाएँ और बढ़ाते भी जाएँ।''

□

पाँचवाँ उपाय :
लाभदायी निवेश में जुटे रहें

अर्काड ने कक्षा के पाँचवें दिन की शुरुआत करते हुए कहा, ''अगर कोई शख्स अपनी कमाई को अपने जीवन-यापन एवं मनोरंजन पर खर्च करता है और उसमें से भी किसी हिस्से को वह लाभदायी निवेश में शामिल कर सके और यदि वह ऐसा अपने जीवन-यापन को सीमित किए बगैर कर सके तो वह अपने खजाने को सामान्य से काफी तेज गति से भर सकेगा।

''बेबीलोन में रहनेवाले हमारे लोगों को हमने देखा है कि वे किस तरह मामूली घरों में रहते हैं। वे मकान मालिकों को तो काफी ज्यादा किराया देते हैं, लेकिन उनके कमरे इतने छोटे होते हैं कि महिलाओं के लिए कमरों को सजाना-सँवारना भी संभव नहीं होता, जो मन को खुशमिजाज बना सके और बच्चों के लिए खेलने-कूदने की भी जगह नहीं होती और इसके लिए उन्हें पड़ोस की गंदी गलियों में जाना पड़ता है।

''किसी भी व्यक्ति का परिवार अपने जीवन का पूरी तरह आनंद नहीं उठा सकता, जब तक कि उसके पास अच्छी-खासी जमीन न हो, जिसकी मिट्टी में बच्चे खेल-कूद सकें और जहाँ पत्नियाँ न केवल अपनी खूबसूरती निखार सकें, बल्कि अच्छी घनी जड़ी-बूटियाँ भी उगा सकें और अपने परिवार को बेहतर चीजें खिला सकें।

''किसी भी इनसान की यह दिली तमन्ना होती है कि वह अपने बगीचे

में लगे पेड़ का फल खाए और अंगूर की बेलों से मीठे-मीठे अंगूर चखे। अपना खुद का घर बनाने के लिए और एक ऐसी जगह तैयार करने के लिए, जिसका खयाल रखकर वह फख्र महसूस कर सके। उसे अपने दिल में भरपूर आत्मविश्वास रखना होगा और अपनी तमाम आकांक्षाओं की पूर्ति में अत्यधिक मेहनत करनी होगी। इसलिए, मेरी यह सलाह है कि हर इनसान को अपने लिए छत हासिल करने का प्रयास जरूर करना चाहिए, ताकि वह उसे और उसके परिवार को छाँव दे सके।

''अपने लिए एक अदद घर हासिल करना क्षमता से बाहर की बात नहीं है, बशर्ते कि व्यक्ति एक गंभीर उद्देश्य बनाकर चले। क्या हमारे महान् बादशाह ने बेबीलोन की दीवारें इस कदर चौड़ी नहीं की हैं, जिसके आगोश में तमाम बेकार की जमीनें पड़ी हैं और जिन्हें किफायती दामों पर खरीदकर हम एक घर नहीं खड़ा कर सकते ?

''इसके साथ ही मैं यह भी कहूँगा, मेरे छात्रो, कि अगर लोग अपने परिवार के लिए घर और जमीन की तलाश में होते हैं तो साहूकार खुशी-खुशी उनकी इच्छा पूरी करने की कोशिश करते हैं। आप इस सराहनीय काम के लिए ईंट बनानेवाले और मकान बनानेवाले को भुगतान देने के लिए आसानी से उधार ले सकते हैं और पूर्व में आपने जो अपनी मेहनत की कमाई में से कुछ हिस्सा इस काम के लिए बचा रखा है, उसे भी इस उद्देश्य में लगा सकते हैं।

''जब घर बन जाता है तो आप साहूकार को नियमित रूप से किस्तों में उसका उधार चुका सकते हैं और उसके बाद आपको मकान मालिक को भुगतान करने की जरूरत नहीं रह जाती। चूँकि आपका किया हुआ हर भुगतान आपके कर्ज के अंतर को कम करता है, इसलिए कुछ ही वर्षों में आप अपना कर्ज चुका भी देंगे।

''अपना मकान पाकर आपका दिल खुश हो जाएगा और आप अपनी संपत्ति के मालिक हो जाएँगे तथा आपको भुगतान के नाम पर केवल बादशाह के कर का ही भुगतान करना रह जाएगा।

''इसके साथ ही आप अपनी पत्नी के साथ अकसर नदी किनारे जाकर

कपड़े आदि धुलवा सकेंगे और वहाँ से मशक भर पानी लेकर भी आ सकेंगे, ताकि अपनी जमीन में लगाए गए पौधों व ताजा सब्जियों के लिए पानी दे सकें और उन्हें भी उगने का मौका प्रदान कर सकें।

"इस तरह, अपना मकान हासिल कर लेनेवाले इनसान पर तमाम तरह की बरकतें खुदा बख्शता है और बड़ी बात यह कि इससे उसके जीवन-यापन का खर्च भी घट जाता है, जिससे बचा हुआ पैसा जीवन में और आनंद घोल देता है और व्यक्ति अपनी इच्छाओं की ज्यादा बेहतर तरीके से पूर्ति कर पाता है। इस तरह, यह आपके दुबले बटुए को भरने का पाँचवाँ इलाज है—अपना घर जरूर हासिल करें।"

□

छठा उपाय :
भविष्य की आय सुनिश्चित करें

हर व्यक्ति अपने जीवन में बचपन से बुढ़ापे की तरफ बढ़ता जाता है। यह जीवन-पथ है और कोई भी इससे अलग नहीं जा सकता, बशर्ते ईश्वर उसे असमय ही अपने पास न बुला ले। इसलिए मैं कहता हूँ कि किसी भी व्यक्ति का हित इसी में है कि वह अपने भविष्य के दिनों के लिए वर्तमान में इतनी आय अर्जित करने की तैयारी करे कि जब वह युवा न रह जाए तो उसके दुनिया से चले जाने के बाद उसके परिवार को किसी तरह की दिक्कत न हो और वह आपके न रहने पर भी सुकून से अपनी जिंदगी गुजार सके। इस पाठ में हम यह सीखेंगे कि किस तरह हम अपने बेहतर समय में अपना बटुआ भारी-भरकम कर सकें, ताकि जब हमारी क्षमताएँ घट जाएँ तो वही पैसा हमारे काम आ सके। इस तरह अर्काड ने अपने छठे दिन की शुरुआत इन बातों से की।

अर्काड ने कहा, ''एक इनसान, जो संपत्ति के कानून की समझ रखता है, बढ़ती हुई संपत्ति हासिल कर लेता है तो उसे भविष्य के दिनों के बारे में भी सोच लेना चाहिए। उसे कुछ ऐसे निवेशों या प्रावधानों की योजना बनानी चाहिए, जो उसे ऐसी अवस्था में तमाम वर्षों तक सुरक्षित रख सकें, जिसकी उसने बुद्धिमत्तापूर्ण कल्पना कर रखी हो।

''किसी भी व्यक्ति के पास उसके भविष्य को सुरक्षित बनाने के लिए

तमाम प्रकार के तरीके होते हैं। उसे छिपाने के लिए एक ऐसी गुप्त जगह बनानी चाहिए, जहाँ वह अपना सारा खजाना दबा सके। यह काम वह चाहे जिस तरीके से भी करे, इससे फर्क नहीं पड़ता है; लेकिन यह चोरों की नजर में कभी-न-कभी आ ही जाता है। इसलिए मैं इस योजना पर काम करने के लिए आपसे नहीं कहूँगा।

''आप चाहें तो अपनी इस रकम से अपने लिए घर खरीद सकते हैं या जमीन हासिल कर सकते हैं। अगर इनका चयन बुद्धिमानी से किया जाए तो उनकी उपयोगिता में बढ़ोतरी होती है और भविष्य में कीमत भी उतनी ही तेजी से बढ़ती है। वे अपनी कीमत में स्थायित्व भी रखते हैं और उनकी कमाई या उनकी बिक्री से विशालकाय संपत्ति हासिल की जा सकती है, क्योंकि उनकी कीमत बढ़ती जाती है।

''एक व्यक्ति चाहे तो साहूकार को कर्ज के रूप में कुछ रकम दे सकता है और अपनी नियमित आय में बढ़ोतरी कर सकता है। साहूकार उस रकम में जो ब्याज जोड़ता जाएगा, उससे भी मूल धन बढ़ता जाएगा और एक समय आएगा, जब वह बढ़कर पहाड़ की तरह विशालकाय हो जाएगा। मैं एक सैंडल बनानेवाले को जानता हूँ, जिसका नाम अनसान है, जिसने मुझे कुछ दिन पहले बताया था कि आठ साल तक हर हफ्ते वह चाँदी के 2 सिक्के साहूकार को रखने के लिए देता था। उसने बताया था कि साहूकार ने उसे कुछ दिन पहले उसकी जमा रकम का हिसाब दिया, जिसे सुनकर उसकी खुशी का ठिकाना न रहा। हर चार साल में उसकी जमा रकम के एक-चौथाई के बराबर रकम जुड़ती जाती थी। यही रकम अब बढ़कर 1,040 चाँदी के सिक्कों तक जा पहुँची थी।

''आँकड़ों को लेकर मेरी समझ के मुताबिक मैंने उसे खुशी-खुशी प्रोत्साहित किया कि अगर वह अपनी उस रकम को न छेड़े और उसी साहूकार के पास उसे जमा रखे और सिक्के जमा करने की रफ्तार बरकरार रखे तो बारहवें साल में उसके नाम से 4,000 चाँदी के सिक्के जमा हो जाएँगे, जो कि उसकी बाकी की उम्र आराम से बिताने के लिए काफी होंगे।

''निश्चित रूप से, जब नियमित तौर पर इतना छोटा भुगतान किया जाता है तो उससे इसी तरह लाभदायक परिणाम सामने आता है। यह काम इस कदर आसान है कि शायद ही कोई ऐसा शख्स होगा, जो अपने बुढ़ापे और परिवार की सुरक्षा को ध्यान में रखते हुए इस तरह से अपना खजाना बढ़ाना नहीं चाहेगा और इसमें खुद को अक्षम पाएगा। इससे भी फर्क नहीं पड़ता कि किसी का कारोबार और उसके निवेश कितने भी लाभदायक क्यों न हों, परिवार के नाम पर एक छोटा हिस्सा तो निवेश किया ही जा सकता है।

''मैं चाहता हूँ कि मैं इस मुद्‌दे पर कुछ और भी कहूँ। मेरे मन में एक मान्यता यह भरी हुई है कि आगे चलकर बुद्धिमान सोचवाले लोग कोई-न-कोई ऐसी योजना लेकर सामने आएँगे, जिसमें व्यक्ति अपनी मृत्यु का बीमा करा सकेगा, जिसके तहत बहुत से लोग एक निश्चित रकम नियमित तौर पर जमा करेंगे और वह रकम उनकी मृत्यु के बाद उनके परिवार को मिलेगी, ताकि घर के मुखिया के न रहने पर उसके परिवार के सदस्यों का जीवन कठिनाई में न आने पाए। इस चीज को मैं जरूरी मानता हूँ और इस तरह की योजना को आगे बढ़ाने का सबसे बड़ा पक्षधर हूँ; लेकिन आज यह संभव नहीं है, क्योंकि यह किसी व्यक्ति के जीवन के बाद भी चलती रहनी चाहिए या इसे किसी साझेदारी व्यवस्था के तहत संचालित किया जाए। यह उसी तरह से स्थायी होनी चाहिए, जैसे बादशाह का तख्त स्थायी है। मैं सोचता हूँ कि किसी-न-किसी दिन ऐसी योजना आएगी और बहुत सारे लोगों के लिए यह किसी दुआ की तरह होगी, क्योंकि पहला छोटा सा भुगतान ही परिवार के भविष्य को सुरक्षित करने की दिशा में एक बड़ा कदम साबित होगा।

''लेकिन चूँकि हम वर्तमान में जीते हैं, न कि उन दिनों में, जो कि आनेवाले हैं तो बुद्धिमानी इसी में है कि हम अपने उद्‌देश्यों को पूरा करने के तरीकों और मौजूदा साधनों का भरपूर लाभ उठाएँ। इसलिए यहाँ मौजूद सभी लोगों को मेरा सुझाव है कि वे भलीभाँति हर तरीके पर विचार करें और अपने दुबले बटुए के लिए कुछ-न-कुछ निवेश जरूर करते रहें। अगर किसी व्यक्ति को अपने बुढ़ापे में भी दुबला-पतला बटुआ ही हाथ लगेगा या वह

अपने परिवार को बेहद दुबला बटुआ सौंपकर दुनिया से कूच कर जाएगा, तो इससे बड़ी आपदा और नहीं कही जाएगी।

"इस तरह, यह छठा उपाय है, जो आपके दुबले बटुए को ठीक कर सकता है। अपने बुढ़ापे और परिवार की सुरक्षा के लिए अग्रिम योजनाओं पर अमल करते हुए पैसे बचाने की जरूरत पर जरूर विचार करें।"

□

सातवाँ उपाय :
कमाई बढ़ाने के लिए अपनी क्षमता बढ़ाते रहें

"मेरे छात्रो, दुबले बटुए के इलाज के तौर पर आज मैं आपसे सबसे अहम बात कहने जा रहा हूँ। मेरी यह बात सोने के बारे में नहीं, बल्कि आप सब के बारे में, उन लोगों के बारे में है, जो मेरे सामने तरह-तरह के रंग-बिरंगे कपड़ों में बैठे हैं। मैं आप सभी से दिमाग और मानवीय जीवन से जुड़ी तमाम ऐसी चीजों के बारे में बात करूँगा, जो या तो उनके पक्ष में काम करती हैं या उनके विरोध में।" इस तरह सातवें दिन की कक्षा की शुरुआत करते हुए अर्काड ने अपने छात्रों में कौतूहल बढ़ा दिया।

"अभी ज्यादा समय नहीं हुआ है, जब एक युवक मेरे पास उधार की तलाश में पहुँचा। जब मैंने उससे उसकी जरूरत के बारे में पूछा तो उसने शिकायती लहजे में कहा कि वह जो कुछ भी कमाता है, वह उसके खर्चों को पूरा करने में काफी नहीं होता। उसकी बात सुनकर मैंने उससे कहा कि ऐसी स्थिति में तो उसे कर्ज नहीं मिल पाएगा, क्योंकि उसके पास अपनी कमाई में से कर्ज चुकाने की क्षमता है ही नहीं।

"मैंने उससे कहा, 'नवयुवक, तुम्हें अपनी कमाई बढ़ाने की जरूरत है। कमाई बढ़ाने के लिए तुम क्या करते हो?'

"उसने कहा, 'मैं जो कर सकता हूँ, वह करता हूँ। महीने भर के अंदर मैं अपने मालिक के पास कम-से-कम छह बार जाकर उससे तनख्वाह बढ़ाने की

मिन्नत कर चुका हूँ, लेकिन उसने मेरी बात नहीं सुनी। कोई भी शख्स इससे ज्यादा मिन्नत नहीं कर सकता।'

''हम उसकी सरलता पर मुसकरा सकते हैं; लेकिन उसके पास कमाई बढ़ाने की एक अहम वजह तो थी ही। उसके अंदर ज्यादा कमाने की मजबूत इच्छा थी, जो कि किसी के भी लिए उचित और जरूरी इच्छा मानी जाती है।

''पहले काबिलीयत हासिल करने की इच्छा होनी चाहिए। आपकी इच्छाएँ मजबूत और दृढ़ होनी चाहिए। सामान्य इच्छाएँ भी होती हैं, लेकिन लंबी अवधि में वे कमजोर साबित होती हैं। किसी शख्स के लिए अमीर होने की इच्छा रखना काफी छोटा उद्‌देश्य माना जाता है। मान लें, अगर किसी की इच्छा महज पाँच सोने के सिक्के जुटाने की हो तो यह बेहद मामूली ख्वाहिश मानी जाएगी, जिसे वह आसानी से पूरा कर सकता है। जब वह सोने के 5 सिक्के हासिल करने की इच्छा पूरी कर ले तो उसे सुरक्षित करने में ताकत लगाने के बाद उसे उसी तरह के तरीकों पर काम करते हुए आगे 10 सिक्के जुटाने पर ध्यान देना चाहिए, फिर 20 सिक्के और यह प्रक्रिया 1,000 सिक्के जुटाने तक चलने देनी चाहिए और इस तरह वह भी अमीर बन सकता है। अपनी एक छोटी सी इच्छा को पूरा करना सीखने के क्रम में वह खुद को इस तरह से प्रशिक्षित करता जाता है कि उस क्रम में वह बड़ा हिस्सा भी बचा ले जाता है। यही वह प्रक्रिया है, जिससे संपत्ति जुटाई जा सकती है—पहले छोटी बचत, फिर उससे बड़ी और जैसे-जैसे सीखते जाएँ, बचत बढ़ाते जाएँ और खुद ज्यादा क्षमतावान् बनते जाएँ।

''इच्छाएँ सहज, लेकिन दृढ़ होनी चाहिए। अगर इच्छाएँ ज्यादा बड़ी संख्या में होंगी तो वे अपने ही उद्‌देश्य में विफल हो जाएँगी, साथ ही वे इस कदर इनसान को उलझा देंगी कि वह उन्हें हासिल करने की काबिलीयत ही विकसित नहीं कर पाएगा।

''जैसे-जैसे व्यक्ति खुद को बेहतर बनाता जाता है, उसी क्रम में ज्यादा-से-ज्यादा कमाने की उसकी क्षमता में भी बढ़ोतरी होती जाती है। उन दिनों में, जब मैं एक अदना सा मुंशी था, जो कुछ ताँबे की मुहरों के बदले मिट्टी

के उपले पर पूरे दिन लिखता रहता था, तब मैं गौर करता था कि साथ काम करनेवाले दूसरे लोग मुझसे ज्यादा काम करते थे और उन्हें ज्यादा पैसा भी दिया जाता था। इसलिए मैंने तय किया था कि मैं कुछ ऐसा करूँगा कि कोई मुझसे आगे नहीं निकल पाएगा। उनकी बड़ी सफलता के पीछे छिपी वजह का पता लगाने में भी मुझे ज्यादा समय नहीं लगा। मेरे काम में ज्यादा दिलचस्पी, मेरे काम में ज्यादा लगन, मेरे प्रयासों में ज्यादा निरंतरता और ठहरिए, कुछ लोग ही थे, जो एक दिन में मुझसे ज्यादा काम कर पाते थे। उचित तरीके से सजग रहने से मेरी काबिलीयत बढ़ी और उसे इनाम भी मिला। ऐसे में मुझे अपने मालिक के पास छह बार जाकर अपनी तनख्वाह बढ़ाने के लिए मिन्नत नहीं करनी पड़ी।

''जितना ज्यादा अनुभव हम हासिल करते जाते हैं, उसी क्रम में हमारी कमाई भी बढ़ती है। अगर कोई व्यक्ति अपने क्षेत्र में नई-नई चीजें सीखने का क्रम जारी रखता है तो उसे उसी तरह भरपूर तरीके से इनाम भी मिलता है। अगर वह कुम्हार है तो उसे अपने क्षेत्र में मौजूद सभी उपकरणों का इस्तेमाल अच्छे से आना चाहिए और उनके इस्तेमाल से अपना कौशल इस तरह विकसित करना चाहिए, जितना कि दूसरा कोई न कर सके। अगर वह नियम के मुताबिक मेहनत करेगा तो उसे भी दूसरों को सिखाने के लिए और अपना ज्ञान बाँटने के लिए तथा सलाह लेने के लिए बुलाया जाएगा। अगर वह एक कारोबारी है तो उसे निरंतर निचले दामों पर बेहतर उत्पादों की खरीद की दिशा में काम करना चाहिए।

''हमेशा बदलाव और सुधार के लिए तैयार रहना ही इनसान का धर्म है; क्योंकि जहीन इनसान हमेशा बेहतर कौशल की तलाश में रहते हैं, ताकि जो लोग उन पर निर्भर हैं, उनकी देखभाल बेहतर तरीके से कर सकें। इसलिए मैं सभी लोगों से यह दरख्वास्त करता हूँ कि वे लगातार आगे बढ़ते जाएँ और ठहराव को नजरअंदाज करें, अन्यथा वे पीछे छूट जाएँगे।

''एक इनसान के जीवन को भरा-पूरा और लाभप्रद अनुभवों से भरपूर बनाने के लिए काफी चीजें उसके जीवन में आती हैं। इनमें से कुछ तो नीचे दी जा रही हैं, जिनका हर किसी को खुद ही सम्मान करना चाहिए—

‘‘अपने ऊपर लदे कर्ज को पूरी सजगता व तत्परता के साथ अदा करना चाहिए और उसे ऐसा कुछ भी खरीदने से बचना चाहिए, जिसका वह भुगतान नहीं कर सकता है। उसे अपने परिवार का निश्चित रूप से खयाल रखना चाहिए।

‘‘उसे अपनी वसीयत बनाकर रखनी चाहिए, ताकि अगर असमय उसकी मृत्यु हो जाती है तो उसकी संपत्ति का बाकायदा सम्मानजनक तरीके से बँटवारा उसके परिवार के सदस्यों के बीच हो जाए।

‘‘जो घायल लोग हैं और बदकिस्मती के मारे हैं, उनके प्रति इनसान को स्नेह भरा व्यवहार करना चाहिए और जहाँ तक संभव हो, उनकी मदद करनी चाहिए। अपने करीबियों के प्रति उसे अच्छी सोच रखनी चाहिए।

‘‘इस तरह आपके दुबले बटुए का सातवाँ और आखिरी उपचार यह है कि आप अपनी ताकत खुद हासिल करें, ज्यादा-से-ज्यादा अध्ययन करें और बुद्धिमान व अनुभवी होने का प्रयास करें। इसके साथ ही अपने अंदर ज्यादा काबिलीयत विकसित करें, ताकि आप अपनी नजर में खुद सम्मानित बन सकें। इस तरह से आप अपने अंदर आत्मविश्वास बढ़ा सकेंगे और यह सोच विकसित कर सकेंगे कि आप कुछ भी हासिल कर सकते हैं।

‘‘इस तरह आपके दुबले बटुए को ये सात उपाय स्वस्थ बनाएँगे। मेरा लंबा और सफल अनुभव अब आपके पास पहुँच चुका है, इसलिए ऐसे में मैं आपसे अपील करता हूँ कि जो भी दौलत हासिल करना चाहता है, वह आगे बढ़े।

‘‘बेबीलोन में अथाह सोना भरा पड़ा है, मेरे छात्रो, जितना कि आप सपने में भी नहीं सोच सकते। यहाँ सभी के लिए अपार सोना मौजूद है।

‘‘इसलिए आप जाएँ और उन सच्चाइयों का अभ्यास करें, जो अपको खुशहाल व रईस बना सकती हैं। यह आपका अधिकार भी है।

‘‘मेरी आपसे यह भी अपील है कि आप अपने जीवन में जो कुछ भी सीखें, उसे आगे बढ़ाने पर भी विचार करते रहें और आपकी नजर में जो भी काबिल इनसान मिले, उसे जरूर सिखाएँ, ताकि बादशाह की इच्छा के अनुरूप शहर में गरीबों की संख्या कम होती जाए।’’

□

अच्छी किस्मत की देवी से मिलें

यदि एक इनसान खुशकिस्मत है तो इस बात का कोई अंदाजा नहीं किस हद तक उसकी किस्मत मेहरबान होगी। उसे फरात में भी डुबो दोगे तो वह अपने साथ मोती लेकर तैरता हुआ ही बाहर आएगा।

—बेबीलोन की कहावत

मेहरबान किस्मत की चाह पूरी दुनिया में एक समान है। चार हजार साल पहले प्राचीन बेबीलोन के लोगों के सीने में जिस तरह यह इच्छा मजबूती से जड़ जमाए हुए थी, वैसे ही यह आज के इनसान में भी समाई हुई है। हम सभी यह उम्मीद करते हैं कि अच्छी किस्मत की अद्‍भुत देवी हम सब पर भी कभी मेहरबान होगी। क्या कोई ऐसा तरीका हो सकता है कि हमारी उससे मुलाकात हो जाए और हम उसे अपनी ओर आकर्षित कर सकें; और न केवल उसका मेहरबानी भरा ध्यान अपनी ओर खींच सकें, बल्कि वह हमारे हित में उदारता भी बरते?

क्या कोई तरीका हो सकता है अच्छी किस्मत को अपनी तरफ आकर्षित करने का?

प्राचीन बेबीलोन के लोगों के मन में यह जानने की जबरदस्त आकांक्षा रहती थी। इस चीज के बारे में पता लगाने के लिए वे एकदम दृढ़ थे। वे चतुर

लोग थे और गंभीरता से सोचने का काम करते थे। इसी से साबित होता है कि उनका शहर इस तरह रईस और अपने समय का सबसे ताकतवर शहर कैसे बन सका था।

उस प्राचीनकाल में न तो उनके यहाँ किसी तरह का विद्यालय था और न महाविद्यालय। इसके बावजूद उनके पास सीखने-सिखाने का एक केंद्र था, जहाँ व्यावहारिक तरीके से चीजें सिखाई जाती थीं। बेबीलोन की तमाम ऊँची इमारतों में से एक को बादशाह के महल, झूलते बगीचे और ईश्वर के मंदिर के बराबर की शोहरत हासिल थी। इसके बारे में आप थोड़ा-बहुत इतिहास की पुस्तकों में भी पा सकते हैं। बहुत संभव है कि न के बराबर ही उल्लेख मिलता हो। फिर भी उस दौर में उस केंद्र ने बेबीलोन के समाज पर जबरदस्त प्रभाव छोड़ रखा था।

उस इमारत को अध्ययन का मंदिर कहा जाता था। वहाँ स्वेच्छा से शिक्षक अपने बीते दिनों के अनुभव के बारे में बताते थे और व्यापक हित के विषयों को लेकर खुले मंच पर चर्चा की जाती थी। मंदिर की चहारदीवारी के अंदर मौजूद सभी पुरुषों को एक समान तवज्जो दी जाती थी, यहाँ तक कि गुलामों को भी शाही परिवार के शहजादों की राय को गलत साबित करने या उस पर अपनी बेहतर राय देने पर किसी तरह की कोई सजा नहीं दी जाती थी। अध्ययन केंद्र में एक शख्स बहुतायत में जाता था, जो रईस भी था और बुद्धिमान भी। उसका नाम था अर्कांड, जिसे बेबीलोन का सबसे धनी व्यक्ति माना जाता था। वहाँ उसका अपना विशेष रूप से बड़ा कमरा था, जिसमें लगभग हर शाम लोगों का हुजूम जुटता था। उन लोगों में कुछ बेहद युवा, बड़ी संख्या में मध्य आयु वर्ग के युवा एवं कुछ बुजुर्ग भी एकजुट होते थे और दिलचस्प विषयों पर चर्चा करते थे तथा बहस में शामिल होते थे। मान लीजिए कि हम यह सुनने के लिए वहाँ पहुँचे कि क्या वे जानते हैं कि कैसे अच्छी किस्मत को अपने पक्ष में आकर्षित किया जा सकता है।

लाल दहकते अंगारे की तरह हावी सूरज अब रेगिस्तानी धूल के पीछे

से चमक रहा था और अर्काड मंच पर अपनी जानी–पहचानी जगह पर जा बैठा था। उसके आने से पहले ही लगभग 80 लोगों ने अपनी जगह सुरक्षित कर ली थी और वे अर्काड के आने की राह देख रहे थे। जमीन पर बिछी दरी पर वे सभी बैठे हुए थे। कमरे में और भी लोग आते जा रहे थे।

अर्काड ने सभी से पूछा, "आज रात हम किन विषयों पर चर्चा करने जा रहे हैं?"

क्षणिक हिचकिचाहट के बीच एक लंबा कपड़े बुननेवाला उठा और उसका अभिवादन करने के बाद बोला, "मेरे पास एक विषय है, जिस पर मैं चर्चा चाहूँगा; हालाँकि अर्काड, आपको और यहाँ बैठे मेरे अच्छे दोस्तों को यह विषय हास्यास्पद लग सकता है, इसलिए मैं हिचक रहा हूँ उसके बारे में बोलने में।"

तब अर्काड और कमरे में बैठे लोगों द्वारा लगातार प्रोत्साहित किए जाने पर उसने कहा, "आज के दिन मैं खुशकिस्मत हूँ कि मुझे एक बटुआ मिला है, जिसमें सोने के सिक्के भरे हुए हैं। किस्मत का धनी बने रहना मेरी तीव्र इच्छा है। मैं ऐसा महसूस कर रहा था कि यहाँ मौजूद लोग भी मेरे जैसी ही भावना रखते हैं। इसलिए मैं चाहता हूँ कि आज हम इस विषय पर चर्चा करें कि हम अपनी अच्छी किस्मत को कैसे आकर्षित कर सकते हैं, ताकि हम उस चीज को खोज सकें, जिसके लिए हम बेहद व्याकुल रहते हैं।"

अर्काड ने इस पर प्रतिक्रिया दी, "एक बेहद दिलचस्प विषय चर्चा के लिए प्रस्तावित किया गया है। यह ऐसा विषय है, जो हमारी चर्चा में रहने के लिए पूरे अंक से हकदार है। कुछ लोगों के लिए अच्छी किस्मत पहले से ही मेहरबान होती है, लेकिन बहुतों के लिए यह अचानक किसी हादसे की तरह सामने आती है और बिना उद्देश्य या अकारण ही गुजर भी जाती है। दूसरे लोग यह मान लेते हैं कि अच्छी किस्मत को उकसानेवाली हमारी सबसे चहेती देवी अश्तार है, जो केवल उसे ही सबसे ज्यादा इनाम देने के लिए व्याकुल रहती है, जो उसे खुश कर लेता है। बोलिए मेरे दोस्तो, आपकी क्या राय है? क्या हमें उन तरीकों की खोज करनी चाहिए, जिससे कि अच्छी

किस्मत हम सभी के पास भी पहुँचे और वह भी मनोवांछित रूप में, ताकि हम जो चाहें, पा सकें ?''

कमरे में बैठे हुए गौर से सुन रहे लोगों की हाँ-हाँ की हुँकार से पूरा कमरा जोश से भर उठा।

इसके बाद अर्काड ने कहा, ''इससे पहले कि हम अपनी चर्चा शुरू करें, मैं आप लोगों से सुनना चाहता हूँ कि क्या आप में से भी किसी ने उस बुनकर साथी की तरह किस्मत की मेहरबानी से अचानक कुछ कीमती चीज, खजाना या जेवरात आदि पाया है ?''

इस बात पर वहाँ खामोशी छा गई और लोग एक-दूसरे की ओर इस उम्मीद से देखने लगे कि कोई तो उठे और अपनी बात रखे; लेकिन कोई नहीं उठा।

अर्काड ने कहा, ''यह क्या, कोई नहीं ऐसा ? तब तो निश्चित रूप से इस तरह की अच्छी किस्मत विलक्षण ही होगी। अब कौन यह सुझाव देगा कि हमें अपनी खोज कहाँ से शुरू करनी चाहिए ?''

''मैं बोलूँगा।'' सलीकेदार कपड़ों में वहाँ मौजूद एक युवक ने उठते हुए कहा, ''जब कोई किस्मत के बारे में बोलता है तो क्या वह प्राकृतिक नहीं होता ? उसकी सोच जुए की मेज पर बदलती हुई-सी नहीं नजर आती ? क्या ऐसा वहाँ नहीं होता कि वहाँ मौजूद सभी लोग उस देवी की दुआएँ पाने की उम्मीद करते हैं, ताकि जीतें तो बड़ी मात्रा में मुद्राएँ हासिल करें ?''

जब वह अपनी जगह पर बैठने जा रहा था, तभी एक आवाज कहीं से आई, ''रुको मत, कहानी जारी रखो। हमें बताओ कि क्या जुआघर में तुम्हें उस देवी का साथ मिला था ? क्या तुम्हारी बारी के दौरान उस देवी ने पासे के लाल रंग को तुम्हारी खातिर ज्यादा बार ऊपर दिखाया, ताकि डीलर के खर्च पर तुम अपना बटुआ भर सको या उस देवी ने पासे के नीले रंग को ऊपर किया, ताकि डीलर कड़ी मेहनत से कमाए चाँदी के सिक्के तुम्हारे लिए बटोर सके ?''

वहाँ मौजूद एक हँसमुख प्रकृति का युवक भी मौजूद था, जो जोर से

हँसा और जिसने जवाब दिया, "मैं यह कबूल करने में जरा भी संकोच नहीं करूँगा कि उस देवी को पता नहीं था कि मैं भी वहाँ हूँ। लेकिन बाकी तुम सबके साथ क्या रहा? क्या तुम लोगों में से किसी ने उस देवी को वहाँ किसी का इंतजार करते हुए पाया, ताकि उसके हक में पासे पलट सके? हम यह सुनने के लिए बेचैन हैं और सीखने के लिए भी।"

जोश में भरे अर्काड के मुँह से अनायास ही निकला, "एक बुद्धिमत्तापूर्ण शुरुआत हुई है यहाँ। हम हर सवाल के हर पहलू पर विचार करने के लिए यहाँ आए हैं। अगर जुआघर के विषय को नजरअंदाज किया जाता है तो यहाँ ज्यादातर लोगों में मौजूद एक समान प्रवृत्ति पर चर्चा करने से भी वंचित रह जाएँगे। आदमी एक छोटी मात्रा में चाँदी की ही मुहर सही, लेकिन सोने की मुहर कमाने के लिए एक दाँव लगाना जरूर चाहता है।"

एक अन्य श्रोता ने ऊँची आवाज में कहा, "इससे तो मुझे बीते दिनों में शर्त के लिए घुड़दौड़ की याद ताजा हो गई। अगर वह देवी जुआ घर में मेहरबानी दिखा सकती है तो निश्चित रूप से वह इसे भी नजरअंदाज नहीं कर सकती, जहाँ चमकदार रथ एवं झाग फेंकते हाँफते घोड़े और ज्यादा जोशीला माहौल बनाते हैं। हमें ईमानदारी से बताओ अर्काड, क्या उसने तुम्हारे कान में कुछ कहा था कि तुम कल निनेवेह से उन स्लेटी रंग के घोड़ों पर दाँव लगाना या ऐसा ही कुछ और? मैं बिल्कुल तुम्हारे पीछे खड़ा था और मैंने सुना था कि तुमने स्लेटी रंग के घोड़ों पर ही दाँव लगाया था और वे ही जीते थे। हमारे साथ-साथ तुम भी अच्छी तरह जानते थे कि अगर ईमानदारी से दौड़ हो तो इस समूचे असीरिया में किसी भी टीम के अंदर हमें हराने का माद्दा नहीं है।

"क्या उस देवी ने तुम्हारे कानों में स्लेटी रंग के घोड़ों पर दाँव लगाने को लेकर कहा था, क्योंकि दौड़ के आखिरी हिस्से में काला वाला घोड़ा लड़खड़ा गया था और वह हमारी टीम के बीच में आ गया और जिसकी वजह से स्लेटी रंगवाला घोड़ा आगे निकल गया और काबिल न होते हुए भी जीत गया?"

इस तरह से हँसी-मजाक पर अर्काड विनम्रतापूर्वक मुसकराता रहा।

उसने कहा, ''आखिर ऐसी क्या वजह होगी कि वह भली देवी किसी शख्स में एक घुड़दौड़ को लेकर दिलचस्पी लेगी? मेरे लिए तो वह प्रेम एवं मान-मर्यादा की देवी है, जिसको जरूरतमंदों की मदद करने और काबिलों को इनाम देने में ज्यादा आनंद की अनुभूति होती है। मैं तो उस देवी को जुआघर या घुड़दौड़ में नहीं देखना चाहूँगा, जहाँ लोग जितना जीतते नहीं, उससे ज्यादा सोना गँवा बैठते हैं; बल्कि मैं तो चाहूँगा कि वह ऐसी जगहों पर जरूर मौजूद रहे, जहाँ लोग ज्यादा सार्थक तथा ज्यादा ईमानदारी से काम करते हैं और इनाम के हकदार होते हैं।

''खेती में, ईमानदार कारोबार में, इनसान के समस्त पेशों आदि में मेहनत करके लाभ कमाने की अपार संभावनाएँ मौजूद होती हैं। संभव है कि हर व्यक्ति को हमेशा इनाम न मिले, क्योंकि कभी-कभी उसका फैसला गलत भी हो सकता है और कभी-कभी माहौल उसके विपरीत हो सकता है तथा हो सकता है कि मौसम की वजह से उसके प्रयासों पर पानी फिर जाए। इसलिए वह हमेशा सफल साबित नहीं हो सकता। फिर भी, अगर वह लगनशील है तो उसे लाभ प्राप्त करने की उम्मीद करनी ही चाहिए। ऐसा इसलिए, क्योंकि लाभ कमाने के मौके हमेशा उसके पक्ष में बरकरार रहेंगे।

''लेकिन अगर कोई शख्स खेलों में मशगूल रहेगा तो हालात बदल जाएँगे और लाभ कमाने के मौके उससे दूर होते जाएँगे और जो खेल का आयोजन कर रहा है, लाभ की स्थिति उसके पक्ष में चली जाएगी। खेल इस तरह से व्यवस्थित ही किए जाते हैं, ताकि खेल आयोजकों को ही लाभ पहुँचे। यह उनका कारोबार होता है, जिसमें दाँव लगानेवाले खिलाड़ी जो सोने की मुहरें शर्त के तौर पर लगाते हैं, उसका कुछ हिस्सा ये आयोजक अपने लाभ के तौर पर अपने पास रख लेते हैं। कुछ ही खिलाड़ियों को यह अहसास हो पाता है कि किस तरह से आयोजकों का लाभ निश्चित होता है, जबकि उन लोगों का जीतना अनिश्चितताओं से भरा हुआ होता है।

''उदाहरण के लिए, मान लें कि पासे पर हम बाजी लगाते हैं। हर बार हम दाँव लगाते हैं कि पासे का कौन सा हिस्सा ऊपर आएगा। अगर यह

लाल है तो गेम मास्टर, यानी खेल का आयोजक हमें हमारे दाँव का चार गुना भुगतान करता है, लेकिन अगर बाकी के पाँच हिस्सों में से कोई हिस्सा ऊपर आता है तो हम अपना दाँव हार जाते हैं। इस तरह आँकड़े बताते हैं कि हर दाँव के लिए हमारे पास गँवाने के पाँच मौके होते हैं। लेकिन चूँकि लाल वाला हिस्सा एक दाँव पर चार गुना देने का दावा करता है, इसलिए हमारे पास जीतने के चार मौके होते हैं। एक रात के खेल में खेल आयोजक यह उम्मीद तो कर ही सकता है कि जितने भी सिक्के दाँव पर लगाए जाएँगे, उनका पाँचवाँ हिस्सा वह अपने लाभ या कमाई के तौर पर रखेगा। जिस तरह से चीजें जटिल तरीके से व्यवस्थित की जाती हैं कि वह अपने सभी दाँव में पाँचवाँ हिस्सा गँवाता रहेगा, तो ऐसे में क्या कोई शख्स एक या दो बार जीतने के अलावा कुछ उम्मीद कर सकता है?''

''फिर भी, कुछ लोग ऐसे होते हैं, जो बड़ी-बड़ी रकम जीतते रहते हैं।'' श्रोताओं में से एक ने अपनी बात रखी।

अर्काड ने कहा, ''कुछ लोग ऐसे हो सकते हैं। अब देखनेवाली बात यह है कि जो किस्मतवाले हैं, उनके पास इस तरह से हासिल की गई रकम क्या स्थायी कीमत रखती है? बेबीलोन में मेरे परिचितों में बहुत से सफल हुए हैं। फिर भी, मैं ऐसे किसी शख्स को नहीं जानता, जिसने ऐसे किसी स्रोत के बल पर सफलता हासिल करके अपने रईस होने की शुरुआत की हो।

''आज की रात यहाँ आप सभी जो इकट्ठा हुए हैं तो आप भी हमारे जैसे खास नागरिकों के बारे में जरूर जानते होंगे। मेरे लिए विशेष तौर पर यह जानना दिलचस्प होगा कि ऐसे कितने सफल नागरिक हैं, जो अपनी शानदार सफलता की शुरुआत के लिए जुआघरों से हासिल की गई रकम को श्रेय देंगे। आप में से हर एक ऐसे जिस शख्स के बारे में जानता हो, कृपया बताए। क्या कहते हैं आप?''

एक लंबी चुप्पी के बाद एक शख्स ने चुटकी लेते हुए कहा, ''क्या इस पड़ताल में जुआघरों के मालिक भी शामिल होंगे?''

अर्काड ने कहा, ''अगर आप किसी एक के बारे में नहीं सोच पाएँगे,

तब उनको शामिल करेंगे। अगर आप लोग ऐसे किसी शख्स के बारे में तय नहीं कर पा रहे हैं तो अपने बारे में कैसे सुनिश्चित करेंगे कि जुए में जीती रकम से आप रईस बन जाएँगे, क्या आपके बीच कोई ऐसा व्यक्ति है, जिसने जुए में लगातार जीत दर्ज की हो और इसके जरिए आमदनी हासिल करने का हुनर हम सबके बीच बाँटने से झिझक रहा हो?''

अर्काड की इस चुनौती पर पूरे कमरे में कराह की एक शृंखला चल पड़ी और धीरे-धीरे ठहाके में बदल गई।

उसने अपनी बात आगे बढ़ाते हुए कहा, ''ऐसा लग रहा है कि ऐसी जगह, जहाँ हम मानते हैं कि किस्मत की देवी अकसर पहुँचती हैं, उनसे हमें अच्छी किस्मत नहीं मिल पाती है। इसलिए हमें अब दूसरे क्षेत्रों में तलाश शुरू करनी होगी। सड़क पर गिरे हुए बटुओं में भी हमें वह अच्छी किस्मत हासिल नहीं हुई, न ही हम उसे जुए की मेज पर ही पा सके। घुड़दौड़ों की बात जहाँ तक है, मैं खुद यह स्वीकार करता हूँ कि जितना मैंने जीता नहीं, उससे कहीं ज्यादा सिक्के मैं वहाँ गँवा आया हूँ।

''अब, हम अपने कारोबार और व्यवसाय पर अपना ध्यान ले आते हैं। क्या यह प्राकृतिक नहीं होता? जब हम एक फायदे का सौदा करते हैं तो हम इसे अपने प्रयासों के बदले इनाम के तौर पर देखते हैं, न कि अच्छी किस्मत के तौर पर। मैं केवल इतना बताना चाहता हूँ कि हम किस्मत की देवी के उपहारों को अमूमन नजरअंदाज कर देते हैं। शायद वे हमारा सहयोग तब करती हैं, जब हम उनकी सहृदयता पर गौर नहीं करते। इस चर्चा में और कौन अपनी बात जोड़ सकता है?''

अर्काड की बात सुनकर एक सभ्य बुजुर्ग कारोबारी अपनी जगह से उठा और अपने सफेद कपड़ों को दुरुस्त करते हुए बोला, ''सर्व सम्मानित अर्काड और मेरे दोस्तो, आपकी इजाजत से मैं एक सुझाव देना चाहता हूँ। अगर, जैसा कि आपने कहा, हम अपनी कारोबारी सफलता के लिए अपनी ही मेहनत और काबिलीयत का श्रेय लें तो हम उन मामलों पर भी क्यों न गौर करें, जो ज्यादा फायदे के रूप में हमारे पास आते-आते रह गए और जिनसे

हमारी खुशियाँ और भी बढ़ सकती थीं। अगर ऐसे सौदे वास्तव में हमारे हक में जाते तो वे हमारे लिए अच्छी किस्मत के तौर पर विलक्षण उदाहरण होते; लेकिन केवल इसलिए कि वे अंततः सौदे में नहीं बदले, हम उन्हें अपने इनाम के तौर पर नहीं आँक सकते। यहाँ बैठे हुए तमाम लोगों को निश्चित रूप से ऐसे अनुभव कभी-न-कभी पेश जरूर आए होंगे।''

इस पर अर्काड ने सहमति जताते हुए कहा, ''यह एक बेहतर नजरिया है। आप में से कितने लोगों ने अपनी अच्छी किस्मत को यों ही बचकर निकल जाते देखा है?''

इस सवाल पर बहुतों के हाथ ऊपर उठ गए। उसमें व्यापारी का भी एक हाथ शामिल था। अर्काड ने उसे बोलने का इशारा करते हुए कहा, ''चूँकि आपने इस नजरिए से जुड़ी सलाह दी थी, इसलिए हम सबसे पहले आपसे ही इस बारे में सुनना चाहेंगे।''

इस पर उसने जवाब दिया, ''मैं अपने अनुभव से जुड़ी कहानी आपको खुशी-खुशी सुनाता हूँ। इससे साबित होगा कि किस तरह से अच्छी किस्मत किसी के बेहद करीब आकर भी उससे दूर हो जाती है और वह व्यक्ति असहाय-सा उसे अपने सामने से गुजरता हुआ देखता रह जाता है। उसके बाद उसके पास नुकसान और दुःख के सिवा कुछ नहीं रह जाता।

''बहुत साल पहले, जब मैं अपनी युवावस्था में था, उसी दौरान मेरी शादी हुई थी और मैंने कमाने की अच्छी शुरुआत की थी। एक दिन मेरे पिता मेरे पास आए और बेहद सख्त लहजे में उन्होंने मुझसे किसी निवेश में शामिल होने को कहा। उनके किसी अच्छे दोस्त ने शहर की दीवार से सटे बाहरी इलाके में बंजर जमीन के बारे में पता किया था। वह जमीन नहर से काफी ऊँचाई पर थी, जहाँ आसानी से पानी नहीं पहुँच सकता था।

''मेरे पिता के काबिल दोस्त के बेटे ने वह जमीन खरीदकर उसमें तीन बड़े-बड़े रहट (पानी ऊपर पहुँचाने के पहिए) लगाने की योजना तैयार की, जिन्हें बैलों के जरिए चलाया जा सकता था और वहाँ से उर्वर जमीनों को पानी पहुँचाकर उन्हें हरा-भरा किया जा सकता था। यह काम पूरा होने के

बाद वह उस जमीन को छोटे–छोटे हिस्सों में बाँट देता और शहर के लोगों को जड़ी–बूटी के टुकड़े के तौर पर बेचता।

''मेरे पिता के दोस्त के बेटे के पास यह सब करने के लिए जरूरत भर का सोना नहीं था। मेरी तरह वह भी युवावस्था में था और अच्छी कमाई करता था। उसके पिता, मेरे पिता की ही तरह, बड़े परिवारवाले थे, जबकि संसाधन उनके पास भी कम थे। इसलिए उन्होंने तय किया कि वे कुछ लोगों के समूह को तैयार करेंगे और उनके साथ साझेदारी में इस काम को आगे बढ़ाएँगे। इस समूह में बारह लोग जुड़ गए और वे सभी निवेश के तौर पर अपनी कमाई का दसवाँ हिस्सा तब तक देते रहेंगे, जब तक कि जमीन बेचने लायक तैयार न हो जाए। जमीन बिकने के बाद जो पैसा मिलेगा, वह सभी में उनके किए निवेश के अनुपात में बराबर–बराबर बँटेगा।

''मेरे पिता ने मुझसे पूछा, 'मेरे बेटे, उस युवक के साथ तुम भी जुड़ जाओ। मेरी यह दिली तमन्ना है कि तुम भी अपने लिए एक कीमती संपत्ति बनाना शुरू कर दो, ताकि लोगों के बीच तुम भी उचित सम्मान हासिल कर पाओ। मेरी इच्छा है कि तुम अपने पिता की विचारहीन गलतियों से कुछ सीख लेकर अपने लिए लाभ कमा सको।'

''उनकी बात सुनकर मैंने कहा, 'ऐसा करना मेरी भी दिली तमन्ना है, अब्बा हुजूर।'

''मेरे पिता ने कहा, 'मेरी यह सलाह है कि अपनी कमाई में से दसवाँ हिस्सा इस लाभदायी निवेश में डालो। तुम्हारी कमाई के दसवें हिस्से और उससे हासिल हुई रकम के बल पर तुम मेरी उम्र तक पहुँचने से पहले अपने लिए एक कीमती जमीन या संपत्ति की व्यवस्था कर लोगे। तुम्हारी उम्र में मैं भी ऐसा ही करता।'

''मेरे पिता के ये शब्द उनके अनुभव से भरे शब्द थे। रईस बनने की मेरी भी हार्दिक इच्छा थी। हालाँकि मेरी कमाई से तमाम खर्चे चलते थे, इसलिए मैं पिता की सलाह के अनुसार काम करने में हिचकिचा रहा था। मैं युवा था और मेरे पास काफी समय भी था।

‘‘ ‘जब मैं तुम्हारी उम्र में था, तब नहीं सोचता था, इसलिए काफी साल बीत गए और मैं बचत व निवेश की शुरुआत भी नहीं कर पाया।

‘‘ ‘अब्बा हुजूर, हम अब एक अलग दौर में पहुँच गए हैं। मैं उन गलतियों को नहीं दोहराऊँगा।’

‘‘ ‘अवसर हमारे सामने मौजूद हैं, मेरे बेटे। इस योजना में ऐसा अवसर है, जो हमें संपत्ति दिला सकता है। मैं तो यही चाहूँगा कि तुम देर न करो। मेरे दोस्त के बेटे से मिलो और खुद को उसकी योजना से जोड़कर अपनी कमाई का दस फीसदी उसमें निवेश करो। कल निश्चित रूप से उसके पास जाओ। अवसर किसी का इंतजार नहीं करते। आज वह यहाँ है, कल किसी और के पास चला जाएगा। इसलिए देर न करो!’

‘‘पिता की सलाह के बावजूद मैं निवेश को लेकर हिचक रहा था। उन दिनों पूरब से आए कारोबारी बेहद खूबसूरत लिबास लेकर आए थे। वे लिबास बेहद रईसाना थे और मेरी अच्छी बीवी की खूबसूरती को और निखार रहे थे। हमने सोचा कि हम दोनों अपने लिए एक-एक पोशाक खरीद लेते हैं। अगर मैं अपनी कमाई का दसवाँ हिस्सा उस निवेश में डाल देता तो हम उस आनंद से महरूम हो जाते, जो हमें नए कपड़ों में महसूस होता। इसलिए मैंने फैसले में देरी कर दी, जिस पर बाद में मुझे अफसोस हुआ। वह निवेश हर उस इनसान के लिए फायदेमंद साबित हुआ, जिसने उसमें पैसा लगाया। यह मेरी कहानी है, जो यह बताती है कि किस तरह मैंने अच्छी किस्मत को बच निकल जाने दिया।’’

रेगिस्तान में झुलसे हुए से एक शख्स ने कहा, ‘‘इस कहानी में हम देख सकते हैं कि किस तरह अच्छी किस्मत उस इनसान के हक में काम करती है, जो अवसरों को स्वीकार कर लेते हैं। किसी भी संपत्ति को खड़ा करने के लिए कहीं-न-कहीं तो शुरुआत करनी पड़ती है। वह शुरुआत कुछ सोने या चाँदी के सिक्कों से भी हो सकती है, जिसे इनसान अपने पहले निवेश के रूप में अपनी कमाई में से निकाल सकता है। मैं खुद तमाम भेड़ों के झुंडों का मालिक हूँ। मैं जब छोटा बच्चा था, तभी से मैंने भेड़ों का झुंड तैयार

करना शुरू कर दिया था। उस समय मैं चाँदी के एक टुकड़े से भेड़ का एक बच्चा खरीदता था। इस तरह से संपत्ति बनाने की राह में यह एक शुरुआत थी और इसका मेरे जीवन में बड़ा महत्त्व रहा है।

‘‘किसी भी इनसान के लिए संपत्ति बनाने की दिशा में बढ़ाया गया पहला कदम ही किसी अच्छी किस्मत के समान है। अपनी मेहनत से कमाकर खानेवाले से वह इनसान लाख गुना बेहतर है, जिसके कमाए सोने के सिक्के उसके लिए कमाने का काम करते हैं और इसके लिए उस इन्सान का बढ़ाया गया पहला कदम ज्यादा मायने रखता है। कुछ किस्मतवाले होते हैं, जो युवावस्था में ही इस चीज को समझ जाते हैं और उसी के अनुरूप वित्तीय सफलता हासिल करते हैं तथा उन लोगों को पीछे छोड़ देते हैं, जो देर से यह काम करते हैं या ऐसे दुर्भाग्यशाली पुरुष, उस कारोबारी के पिता की तरह, जो कभी भी निवेश की राह में कदम नहीं उठा पाते।

‘‘अगर हमारे कारोबारी दोस्त ने अपनी युवावस्था में तब कदम उठाया होता, जब अवसर उसके सामने आया था तो आज वह इस दुनिया में किसी भी रईस से ज्यादा अच्छी स्थिति में होता। अगर हमारे बुनकर दोस्त की अच्छी किस्मत इस समय उसे निवेश की राह में आगे बढ़ाए तो निश्चित रूप से भले ही यह एक शुरुआत हो, लेकिन आगे चलकर उसके हिस्से अच्छी किस्मत का काफी बड़ा भाग आ जाएगा।’’

एक अन्य देश से आए एक अजनबी शख्स ने कहा, ‘‘शुक्रिया! मैं भी कुछ बोलना चाहता हूँ। मैं सीरिया का रहनेवाला हूँ। मैं आपकी बोली में बात करने का अभ्यस्त नहीं हूँ। मैं उस कारोबारी दोस्त को एक नाम से बुलाना चाहता हूँ। हो सकता है कि आप इस नाम को बहुत सभ्य न समझें। फिर भी, मेरी इच्छा है कि मैं उसे इस नाम से बुलाऊँ। अगर मैं सीरियाई भाषा में बोलूँगा तो शायद आप समझ न पाएँ। इसलिए आप में से कुछ सभ्य लोग कृपया मुझे वह सटीक नाम बताएँ, जिससे आप उस शख्स को पुकारेंगे, जो अपने हक में बेहतरी के लिए काम करता हो।’’

किसी ने जवाब में कहा, ‘‘आलसी या टालनेवाला।’’

सीरियाई शख्स ने चीखते हुए और उत्साह में अपने हाथ हिलाते हुए कहा, ''यही है वह। उसने उस मौके को तब कबूल नहीं किया, जब वह उसके पास आया। उसने इंतजार किया। उसने कहा कि उस समय उसके पास काफी बड़ा कारोबार था। मैं आपसे बात कर रहा हूँ। मौका ऐसे शख्स का इंतजार नहीं करता। मौका सोचता है कि अगर कोई खुशकिस्मत होने की इच्छा रखता है तो उसे जल्दी कदम बढ़ाना होगा। कोई भी शख्स अगर मौके के हाथ आते ही तेज कदम नहीं बढ़ाएगा तो उसे बड़ा आलसी ही कहेंगे, जैसा कि हमारा वह कारोबारी दोस्त है।''

उस सीरियाई की बात सुनकर वह कारोबारी उठा और हँसते हुए उसकी प्रतिक्रिया पर पूरे सम्मान के साथ झुक गया और कहा, ''हमारी सीमा के अंदर मौजूद आप जैसे अजनबी दोस्त की हिम्मत की मैं तारीफ करता हूँ, जिसने सच बोलने में जरा भी संकोच नहीं किया।''

अर्काड ने आगे बढ़ते हुए कहा, ''और अब हमें मौके से जुड़ी अगली कहानी की ओर बढ़ना चाहिए। आप में से किसके पास हमें बताने के लिए कोई और अनुभव है ?''

लाल रंग के कपड़ों में वहाँ मौजूद एक अधेड़ उम्र के शख्स ने कहा, ''मेरे पास है ऐसा एक अनुभव। मैं पशुओं का खरीदार हूँ और ज्यादातर ऊँट व घोड़े खरीदता हूँ। कभी-कभी मैं भेड़ और बकरियाँ भी खरीदता हूँ। मैं एक कहानी सुनाना चाहता हूँ, जिसे सुनकर आपको लगेगा कि किस तरह एक मौका मेरे पास तब आया, जब मैं उसकी जरा भी उम्मीद नहीं कर रहा था। शायद यही कारण था कि मैंने उसे निकल जाने दिया। आप भी इसे अपने तरीके से आँकना।

''एक शाम मैं दस दिन के खराब सफर के बाद अपने देश लौट रहा था। मैं ऊँटों की खोज में निकला था, लेकिन खरीदारी न होने से निराश था और लौटने पर मैंने पाया कि मेरे शहर के दरवाजे बंद थे और उन पर ताला लगा हुआ था। मेरे नौकरों ने तो रात के लिए तंबू लगा दिया था। हमारे पास बहुत कम खाना बचा था और पानी तो बिल्कुल खत्म हो गया था। उसी समय

मेरे पास एक बुजुर्ग किसान पहुँचा, जो कि खुद भी गेट पर ताला लगने के कारण हमारी ही तरह शहर से बाहर रह गया था।

''मुझे सलाम करते हुए उसने कहा, 'आपको देखकर लगता है कि आप खरीदार हैं। अगर ऐसा है तो मेरे पास भेड़ों का एक बेहतरीन झुंड है, जिसे मैं बेचना चाहता हूँ। बेहद अफसोस है कि मेरी बीवी बहुत बीमार है। मुझे जल्दी-से-जल्दी उसके पास पहुँचना है। आप अगर भेड़ें खरीद लें तो मैं अपने नौकरों के साथ जल्दी-से-जल्दी ऊँटों से रवाना हो जाऊँ।'

''उस समय इतना घना अँधेरा था कि मैं भेड़ों का झुंड देख नहीं पाया; लेकिन भेड़ों की आवाज से मैं जान चुका था कि यह काफी बड़ा झुंड है। ऊँटों की तलाश में दस दिन बरबाद करने के बाद मैं उस किसान से सौदा करके खुश महसूस कर रहा था। अपनी चिंता के बीच उसने बेहद किफायती दाम भी लगाया था। मैंने सौदा मंजूर कर लिया। मैं जानता था कि सुबह दरवाजे खुलने पर मेरे नौकर भेड़ों के उस झुंड को शहर के अंदर आराम से पहुँचा देंगे और मैं अच्छे-खासे फायदे पर भेड़ों को बेच सकूँगा।

''सौदा पूरा हो गया। मैंने अपने नौकरों को मशाल लेकर भेड़ों को गिनने के लिए कह दिया। किसान के मुताबिक भेड़ों की संख्या 900 थी। मेरे दोस्तो, मैं आपको उन भेड़ों को गिनने में हुई मशक्कत के बारे में बताकर अपनी बात ज्यादा लंबी नहीं करना चाहता, क्योंकि हम सभी उस समय भूख-प्यास और थकान से बुरी तरह जूझ रहे थे। भेड़ों को गिनना लगभग असंभव काम लगने लगा था। इसलिए मैंने किसान से रूखे अंदाज में कहा कि मैं उन भेड़ों को दिन के उजाले में गिनने के बाद ही सौदे की रकम दूँगा।

''यह सुनकर वह गिड़गिड़ाने लगा और बोला, 'आपका रुतबा बुलंद रहे। कृपया मुझे आज रात के लिए दो-तिहाई रकम ही दे दें, ताकि मैं अपनी राह पकड़ सकूँ। अपने बुद्धिमान और पढ़े-लिखे नौकर को मैं यहीं छोड़ जाऊँगा, ताकि वह सुबह भेड़ों की गिनती कराने में आपकी मदद कर सके। वह काफी भरोसेमंद है और आप बाकी की रकम उसके हाथों भिजवा देना।'

''लेकिन मैं जिद पर अड़ा रहा और मैंने रात में उसे सौदे की रकम देने

से मना कर दिया। अगली सुबह मेरे जागने से पहले शहर के दरवाजे खुल चुके थे और भेड़ों की तलाश में चार खरीदार बाहर दौड़ पड़े थे। वे भेड़ों के लिए कितनी भी ऊँची रकम देने के लिए बेताब थे, क्योंकि शहर पर खतरा मँडरा रहा था और उस पर कभी भी कब्जा किया जा सकता था। शहर में ज्यादा खाना भी मौजूद नहीं था। नतीजा यह हुआ कि उस किसान को मेरे साथ किए सौदे की रकम का तीन गुना ज्यादा रकम देकर लोग भेड़ें खरीद ले गए और मैं अपनी बेहतरीन किस्मत को सुबह होते-होते लुटता-पिटता देख खून के आँसू रोता रहा।''

अर्काड ने प्रतिक्रिया व्यक्त करते हुए कहा, ''यह तो सबसे ज्यादा असाधारण कहानी है। इससे हमें क्या सबक मिलता है?''

एक बुजुर्ग काठी बनानेवाले ने जवाब दिया, ''इससे हमें यही सबक मिलता है कि अगर हम अपने किए सौदे से संतुष्ट हैं, उसे तर्क की कसौटी पर कस चुके हैं तो हमें भुगतान करने में देर नहीं करनी चाहिए। अगर सौदा अच्छा है तो दोस्त, आपको अपनी कमजोरियों को भी जीतना आना चाहिए। कमजोरियों से जीतना किसी इनसान से जीतने जैसा ही है। हम नश्वर इनसानों में बदलाव किया जा सकता है। अफसोस की बात है कि जब हम गलत होते हैं, हमारे मन को तब बदलना कठिन होता है; लेकिन जब हम सही होते हैं, तब यही प्रक्रिया आसान रहती है। जब हम गलत होते हैं, तब ज्यादा जिद्दी होते हैं। जब हम सही होते हैं, तब हम ज्यादा दुविधा में होते हैं और अवसर को निकल जाने देते हैं। मेरा पहला फैसला ही मेरा सर्वश्रेष्ठ फैसला है। फिर भी, मैं अकसर अपने आपको उस सौदे पर टिकाए रख पाने में बेहद परेशानी महसूस करता हूँ, जो मेरे हिसाब से बेहतरीन सौदा होता है। इसलिए अपनी कमजोरियों से खुद को बचाने में मैं तेजी से काररवाई करते हुए वहीं अग्रिम जमा करा देता हूँ। इससे मुझे बाद में होनेवाले अफसोस से निजात मिल जाती है और बाद में अपनी अच्छी किस्मत को बचा पाने पर मुझे संतुष्टि मिलती है।''

सभी का शुक्रिया अदा करते हुए सीरियाई शख्स एक बार फिर अपनी

जगह से उठा और बोला, ''मैं एक बार फिर कुछ कहना चाहता हूँ। ये कहानियाँ एक जैसी ही लगने लगी हैं। हर बार अवसर एक ही वजह के चलते हाथ से निकल जा रहा है। हर बार अवसर अच्छी योजना लेकर आलसी या टाल-मटोल करनेवाले लोगों के पास आ रहा है। हर बार वे उसे भुनाने में झिझक रहे हैं। यह नहीं कह रहे हैं कि फिलहाल यह सर्वश्रेष्ठ समय है उस सौदे के लिए। मुझे जल्दी करनी चाहिए। इस तरह लोग कैसे सफल हो सकते हैं?''

खरीदार ने इस पर जवाब देते हुए कहा, ''तुम्हारी बात बुद्धिमानी भरी है, मेरे दोस्त। दोनों ही कहानियों में अच्छी किस्मत टाल-मटोल करनेवालों के पास से तुरंत दूसरे के पास चली गई। फिर भी, यह असाधारण बात नहीं है। टाल-मटोल की प्रवृत्ति लगभग सभी पुरुषों में होती है। हम रईस होने की इच्छा रखते हैं; फिर भी जब भी, अवसर हमारे सामने आता है तो हमारे अंदर की टाल-मटोलवाली प्रवृत्ति जाग उठती है, जो हमारी स्वीकृति में बिना वजह देर कराती है। इसकी (प्रवृत्ति की) सुनने में हम अपने ही सबसे बुरे दुश्मन बन बैठते हैं।

''अपने बचपन के दिनों में मैं इसके बारे में नहीं जानता था, जैसा कि हमारे सीरियाई दोस्त ने यहाँ जिक्र किया। पहले मैं यह समझता था कि फैसला लेने की मेरी खराब क्षमता के कारण मुझे बहुत से फायदेमंद कारोबारों में भी नुकसान हुआ। बाद में यह मेरी समझ में आया कि खारिज करने की मेरी जिद की वजह से मुझे नुकसान उठाना पड़ रहा है। अंततः मुझे समझ में आ गया कि जहाँ तत्काल निर्णय लेना होता था, मैं बिना वजह देर करता था और यह मेरी आदत में शुमार था। इस वजह से मुझे काफी ज्यादा घाटा उठाना पड़ा। जब मुझे मेरी इस प्रवृत्ति का वाकई पता चल गया तो मैं इससे घृणा करने लगा। जैसे किसी रथ से बिगड़ैल घोड़े को हटाने से कड़वाहट खत्म हो जाती है, ठीक वैसे ही मैंने इस दुश्मन को अपने से अलग कर दिया।''

सीरियाई शख्स ने फिर शुक्रिया अदा करते हुए कहा, ''मैं कारोबारी से सवाल पूछना चाहता हूँ। आप तो अच्छे कपड़े पहनते हैं और किसी भी तरह

से गरीब आदमी से नहीं मेल खाते। आप किसी सफल इनसान की तरह से बोल भी रहे हैं। हमें बताइए कि क्या आप अपनी उस प्रवृत्ति की बात सुनते हैं, जब वह आपके कानों में टाल-मटोल करने के लिए फुसफुसाती है?''

कारोबारी ने जवाब देते हुए कहा, ''जैसे हमारे उस खरीदार मित्र ने उस प्रवृत्ति को पहचाना, ठीक उसी तरह मुझे भी अपनी टाल-मटोल की प्रवृत्ति की पहचान करके उस पर विजय हासिल करनी पड़ी। मेरे लिए यह प्रवृत्ति मेरी दुश्मन साबित हुई, जो कि बस, इसी ताक में रहती कि कैसे वह मेरे बनते काम में अड़ंगा लगा दे। मेरे साथ इस तरह की एक नहीं, अनेक घटनाएँ हो चुकी हैं और मैं उन सभी के बारे में बता सकता हूँ कि किस तरह अवसर मेरे सामने से निकल गए। यह एक बार समझ में आ जाए तो फिर इसे हराना असंभव नहीं है। कोई भी इनसान अपनी इच्छा से किसी चोर को अपने घर से चोरी की इजाजत नहीं दे सकता है, न ही कोई इनसान यह चाहता है कि जो ग्राहक उसके पास आने वाले थे, उन्हें खरीदारी के लिए दूसरों के पास जाने की इजाजत ही दे और अपना मुनाफा गँवा बैठे। जब एक बार मैंने अपनी उन कमजोरियों को पकड़ लिया, जो मेरे ही खिलाफ साजिश में लगी थीं, उन दुश्मनों को मैंने अपनी दृढ़ता के साथ हराया। इसलिए हर उस इनसान को, जिसे भी रईस बनने के लिए बेबीलोन का खजाना चाहिए, उसे अपनी टाल-मटोल या आलस्य की प्रवृत्ति को पहचानना आना चाहिए और उस पर विजय हासिल करनी चाहिए।

''क्या बोलते हो, अर्काड? चूँकि तुम बेबीलोन के सबसे रईस आदमी हो, इसलिए यहाँ बैठे लोग तुम्हें सबसे बड़ा खुशकिस्मत मानते हैं। लोग मुझसे सहमत हैं कि कोई भी इनसान सफलता के चरम पर तब तक नहीं पहुँच सकता, जब तक कि वह अपने अंदर के आलसी या टाल-मटोल करनेवाले इनसान को पूरी तरह न कुचल दे?''

अर्काड ने सहमति जताई, ''जैसा कि आपने कहा, यह बिल्कुल वैसा ही है। अपनी इतनी लंबी उम्र में मैंने पीढ़ियों को देखकर आगे बढ़ते और जीवन में सफलता के तमाम आयामों को कारोबार, विज्ञान एवं शिक्षा के

माध्यम से हासिल करते हुए देखा है। अवसर इन सभी के जीवन में आए थे। कुछ ने उन्हें लपक लिया और धीरे-धीरे आगे बढ़ते हुए अपनी गहरी इच्छाओं को पूरा करते गए; जबकि बड़ी जमात ऐसे लोगों की भी थी, जो आलस्य कर गए या टाल-मटोल के कारण अवसर गँवाते रहे और जीवन में पिछड़ते चले गए।''

अब अर्काड बुनकर की तरफ मुखातिब हुआ और बोला, ''आपने अच्छी किस्मत पर चर्चा करने के लिए सुझाव दिया था। अब आप इस विषय पर क्या सोचते हैं, हम आपसे सुनना चाहेंगे।''

बुनकर ने कहा, ''मैं भी अच्छी किस्मत को अब अलग नजरिए से देखने लगा हूँ। मैं अब तक यही सोचता था कि यह किसी भी इनसान के जीवन में आनेवाली सबसे खास चीज होगी, जो उसे बिना मेहनत किए हुए हासिल होती होगी। लेकिन अब मैंने महसूस किया कि अच्छी किस्मत ऐसी चीज नहीं, जिसे कोई इनसान अपनी तरफ आकर्षित कर ले। हमारी आपस की चर्चाओं से मैंने यह सीखा कि अच्छी किस्मत को अगर अपनी तरफ आकर्षित करना है तो अवसरों को पहचानना और उन्हें भुनाना सीखना होगा। इसलिए भविष्य में मैं भी ऐसे अवसरों की तलाश करूँगा और अवसर मिलते ही उनका ज्यादा-से-ज्यादा फायदा हासिल करने का प्रयास करूँगा।''

अर्काड ने कहा, ''हमारी आपस की चर्चाओं से निकली बातों को आप सबने समझ लिया है। अच्छी किस्मत और कुछ नहीं, बल्कि मिले हुए अवसरों के मुताबिक काम करने से जुड़ी हुई चीज है, जो किसी अन्य तरीके से हाथ नहीं आती। हमारे कारोबारी दोस्त को तब बेहतरीन किस्मत हासिल हो गई होती, जब उसने मिले अवसर को भुना लिया होता। वह अवसर किसी और ने नहीं, बल्कि किस्मत की अच्छी देवी ने उसे उपहार के तौर पर पेश किया था। उसी तरह हमारा दोस्त, जो खरीदार था, उसकी भी किस्मत चमक गई होती, अगर उसने किसान से भेड़ों का झुंड उस रात खरीद लिया होता।

''हमने इस पर चर्चा की कि किन तरीकों के जरिए हम अच्छी किस्मत को अपनी तरफ आकर्षित कर सकते हैं। मुझे लगता है कि हमने तरीका

सीख लिया है। दोनों ही कहानियाँ यह साबित करती हैं कि अच्छी किस्मत अवसरों के मुताबिक, यानी मिले अवसरों को भुनाने पर आधारित है। इसमें एक बात तो निहित है कि अच्छी किस्मत पर आधारित इस तरह की तमाम कहानियाँ, जिनमें जीत हो या हार, एक जैसी ही रहती हैं और उनमें कोई बदलाव नहीं आता। सच्चाई यह है कि अवसरों को स्वीकार करके अच्छी किस्मत का रुख अपनी तरफ मोड़ा जा सकता है।

"जो भी शख्स अपनी बेहतरी के लिए मिले अवसरों को अपने हक में करना चाहता है, वह किस्मत की देवी की दिलचस्पी को भी आकर्षित कर सकता है। वह देवी हमेशा उन लोगों की मदद के लिए तत्पर रहती है, जो उसे खुश करता है या खुश करने को तैयार रहता है। जो इनसान हमेशा सक्रिय रहता है, वह उसे सबसे अच्छे तरीके से खुश करता है। आपकी सक्रियता ही आपको आगे बढ़ाएगी और जिस सफलता की इच्छा आपने की है, उसे हासिल कराएगी।"

सक्रिय इनसान ही अच्छी किस्मत की देवी की
तरफदारी हासिल कर पाते हैं।

□

सोने के पाँच नियम

"एक थैले में सोना भरा हो तथा दूसरे थैले में अनुभवों एवं बुद्धिमत्ता भरी बातें लिखी मिट्‌टी की पट्टियाँ हों और आपको कोई एक थैला चुनना हो तो आप कौन सा थैला ले जाना पसंद करेंगे?"

धधकते सूरज की तपिश के चलते साँवले हो चुके चेहरे ठंडी रात में जल रही रेगिस्तानी झाड़ियों की आग में साफ नजर आ रहे थे और वे बड़े ध्यान से ये बातें सुन रहे थे।

उस सवाल के जवाब में 77 लोगों के समूह से एक ही आवाज आ रही थी, "सोना, सोना।"

बूढ़ा कालाबाब यह सुनकर मुसकरा रहा था।

सभा में शामिल होते हुए उसने अपना हाथ उठाकर कहा, "ध्यान से सुनो। रात में जंगली कुत्तों की आवाज सुन रहे हो तुम लोग? वे विलाप कर रहे हैं और दुम हिला रहे हैं, क्योंकि वे भूख की वजह से कमजोर हो चुके हैं। उनका पेट भर दो तो वे क्या करते हैं? लड़ते हैं और अकड़कर चलते हैं। जहाँ भी मौका मिलता है, वे लड़ पड़ते हैं और थोड़ा और अकड़ जाते हैं। वे इस बारे में बिल्कुल नहीं सोचते कि निश्चित रूप से अगला दिन फिर आएगा।

"कुछ इसी तरह का हाल इनसान के बच्चों का भी रहता है। आप उन्हें सोने और बुद्धिमत्ता में से एक चुनने को कहिए तो क्या करेंगे वे? बुद्धिमत्ता को एक किनारे करके सोना चुन लेंगे और उसे बरबाद कर देंगे। अगले दिन

वे फिर दुम हिलाते नजर आएँगे, क्योंकि उनके पास सोना बचेगा ही नहीं। सोना केवल उन्हीं के पास टिकता है, जो इसके नियमों को जानते हैं और उसके अनुसार चलते हैं।''

कालाबाब ने अपने सफेद लिबास को अपने शरीर के और करीब कर लिया तथा अपने दुबले पैरों को ढक लिया, ताकि शरीर के अंदर जा रही ठंडी हवा को रोक सके।

''क्योंकि तुम लोगों ने इस लंबे सफर में पूरे भरोसे के साथ मेरी सेवा की है, क्योंकि तुमने मेरे ऊँटों का अच्छे से खयाल रखा है, क्योंकि तुमने इस तपते रेगिस्तान में बिना किसी शिकायत के लगातार कड़ी मशक्कत की है, क्योंकि तुमने मेरे माल को चोरों व लुटेरों के हाथों लुटने से बचाया और इसकी सुरक्षा की, इसलिए मैं आज की रात तुम सबको सोने से जुड़े पाँच नियमों के बारे में बताऊँगा। यह कहानी तुम सबने पहले नहीं सुनी होगी।

''ध्यान से सुनो सब। मैं जो कहने जा रहा हूँ, उसके शब्दों को गहराई से सुनो। यह तुम्हारे ही लिए है। अगर तुमने मेरे शब्दों-हर्फों के मायने अपने जेहन में उतार लिये तो आनेवाले दिनों में तुम सबके पास भरपूर सोना होगा।''

वहाँ मौजूद लोगों की उत्कंठा भाँपने के लिए वह थोड़ा रुका। शामियाने के ऊपर नीले आसमान में बेबीलोन के बिल्कुल साफ आकाश में सितारे चमक रहे थे। उस समूह के पीछे मौजूद तमाम शामियानों को बेहद मजबूती से बाँधकर रखा गया था, ताकि रेगिस्तानी तूफान में उन्हें उड़ने से बचाया जा सके। शामियाने के पीछे माल का अंबार रखा हुआ था, जिसे चमड़े से ढककर रखा गया था। पास ही ऊँटों का झुंड जमीन पर पसरा हुआ आराम कर रहा था। उनमें से कुछ खाना पचाने के लिए मुँह चला रहे थे, जबकि कुछ खर्राटे लेकर अजीब सी रूखी आवाज निकाल रहे थे।

समूह में मौजूद मुख्य कारिंदे ने कहा, ''आपने हम लोगों को ढेर सारी अच्छी कहानियाँ सुनाई हैं, कालाबाब। हम आपसे बुद्धिमत्ता एवं अनुभव से जुड़ी और बातें सुनना चाहते हैं, क्योंकि कल से हमारी सेवाएँ समाप्त हो जाएँगी और आपका साथ भी छूट जाएगा।''

कालाबाब ने कहा, ''हाँ, मैंने अपनी दूर-दराज के अनजान रास्तों पर की साहसिक यात्राओं के बारे में तुम सबको बताया है; लेकिन आज की रात मैं तुम्हें एक बुद्धिमान व रईस आदमी अर्काड के अनुभव और बुद्धिमत्ता के बारे में बताऊँगा।''

प्रमुख कारिंदे ने अर्काड के बारे में जानकारी की पुष्टि करते हुए कहा, ''हाँ, हमने उसके बारे में काफी कुछ सुन रखा है। वह बेबीलोन का सबसे रईस आदमी था और उससे पहले वैसा रईस बेबीलोन में नहीं हुआ था।''

''वह रईस शख्स था और इसलिए था, क्योंकि सोने को सँभालने की कला उसे आती थी, वह इस कदर बुद्धिमान था कि उससे पहले वैसा बुद्धिमान बेबीलोन में पैदा नहीं हुआ था। आज की रात मैं तुम सबको उसकी बुद्धिमत्ता की कहानी सुनाऊँगा, जैसी कि मुझे नोमासिर, उसके बेटे, ने निनेवेह में बहुत साल पहले सुनाई थी। उस समय मैं एक छोटा बच्चा ही था।

''मेरे मालिक और मैं नोमासिर के महल में एक रात रुके थे। मैं अपने मालिक की मदद के लिए शानदार कपड़ों के बंडल लेकर आता था। नोमासिर उन्हें पहनकर देखते थे और जब तक कपड़े के रंग और उसकी बुनावट से संतुष्ट नहीं होते थे, तब तक उन्हें पहनने का सिलसिला चलता रहता था। अंत में, वे हमसे बेहद खुश हुए। उन्होंने हमें वहाँ बैठने को कहा और हमें पीने के लिए बेहद पुरानी खुशबूदार शराब दी, जो कि मेरे पेट के लिए बेहद गरम साबित हुई; क्योंकि मैं उस तरह की शराब पीने का आदी नहीं था।

''तब, उन्होंने हमें अपने पिता अर्काड की बुद्धिमत्ता से भरी कहानी सुनाई थी, जिसे मैं आज तुम सबको सुनाने जा रहा हूँ।

''बेबीलोन में यह रिवाज है, जैसा कि आप जानते हैं कि रईस बापों के बेटे अपने माँ-बाप के साथ मिलकर रहते हैं, क्योंकि उन्हें यह उम्मीद रहती है कि विरासत उन्हें हासिल हो जाएगी। अर्काड इस रिवाज को मान्यता नहीं देता था। इसलिए जब नोमासिर उसकी जागीर के पास पहुँचा तो उसने नोमासिर से कहा, 'मेरे बेटे, मेरी इच्छा है कि तुम मेरी जागीर को सफलतापूर्वक आगे बढ़ाओ। इसके लिए तुम्हें पहले यह साबित करना होगा कि तुम ऐसा करने

में वाकई सक्षम हो। इसलिए मैं चाहता हूँ कि तुम दुनिया में कहीं निकलो और मुझे अपनी दोनों ही क्षमताएँ—सोना जुटाने और लोगों के बीच खुद को सम्मान हासिल दिलाने—साबित करके दिखाओ।

" 'तुम अच्छी शुरुआत कर सको, इसके लिए मैं तुम्हें दो चीजें देता हूँ, जो मेरे मामले में मुझे नहीं दी गई थीं। जब मैंने अपने जीवन का सफर शुरू किया था, तब मैं एक गरीब युवक था, जिसके ऊपर किस्मत सँवारने की जिम्मेदारी थी।

" 'पहला, मैं तुम्हें यह सोने से भरा थैला दे रहा हूँ। अगर तुम इसका बुद्धिमानी से इस्तेमाल करोगे तो यह तुम्हारे भविष्य की सफलता का आधार बनेगा। दूसरा, मैं तुम्हें यह मिट्टी की पट्टी दे रहा हूँ, जिस पर सोने को सँभालने के पाँच नियम लिखे हुए हैं। अगर तुमने इस पर लिखी बातों पर अमल किया तो ये तुम्हारे अंदर प्रतिभा और सुरक्षा पैदा करेंगी।

" 'दस साल बाद तुम अपने पिता के घर लौटना और अपना हिसाब देना। अगर तुम काबिल साबित हुए तो मैं तुम्हें अपनी जागीर का मालिक बना दूँगा। तुम अगर खुद को साबित नहीं कर पाए तो मैं यह सारी जायदाद इमाम को सुपुर्द कर दूँगा, जो मेरी आत्मा की शांति के लिए दुआ करेंगे और मेरे लिए खुदा से रहम की इल्तिजा करेंगे।'

"इस तरह नोमासिर ने अपनी राह पकड़ी और अपने साथ सोने से भरा थैला एवं सोने को सँभालने के नियम लिखी मिट्टी की पट्टी सँभालकर रेशम के कपड़े में बाँध लिया और अपने नौकरों व घोड़ों के साथ निकल पड़ा।

"दस साल बीत गए और नोमासिर ने जैसा वादा किया था, उसके अनुसार घर लौटा और अपने पिता के पास पहुँचा। पिता ने उसके सम्मान में एक भोज का आयोजन कर रखा था। उसमें उसने अपने दोस्तों और करीबी रिश्तेदारों को भी बुला रखा था। जब खाना-पीना हो चुका, तब माँ-बाप अपने सिंहासन जैसे आसन पर बैठ गए और बड़े से कमरे में उनके सामने नोमासिर अपने दस साल के कामकाज का हिसाब देने के लिए खड़ा हो गया। आखिर, बाप और बेटे के बीच दस साल पहले यही वादा हुआ था।

''वह एक शाम थी। कमरे में जल रही तेल की बत्तियों के कारण चारों तरफ धुआँ फैल गया था और सबकुछ धुँधला-सा नजर आ रहा था। सफेद कपड़ों में नौकर हाथों में ताड़ के बड़े पत्तों को पंखा बनाकर वहाँ मौजूद लोगों को हवा कर रहे थे। वहाँ का माहौल गरिमा के अनुरूप ही बना हुआ था। नोमासिर की पत्नी और उनके दो छोटे बच्चे भी वहाँ मौजूद थे। इसके अलावा, परिवारों के दोस्त और अन्य सदस्य भी पास में बिछे गद्दों पर बैठे हुए थे और ध्यान से सुनने को बेताब लग रहे थे।

''नोमासिर ने अलग अंदाज में कहना शुरू किया, 'अपने पिता की बौद्धिकता को मैं सलाम करता हूँ। आज से दस साल पहले जब मैं अपनी जवानी की दहलीज पर था, तब उन्होंने मुझे आगे बढ़ाया और उसी का नतीजा है कि मैं आज काबिल इनसान बन पाया, बजाय कि उनकी किस्मत के बल पर जागीरदार बनने के।

'' 'आपने मुझे उदार मन से सोना दिया था। आपने मुझे उदार मन से अपना ज्ञान और अनुभव दिया था। सोने को लेकर मैं बेहद अफसोस के साथ कहूँगा कि मैं उसे सँभाल नहीं पाया। वास्तव में, वह मुझसे बहुत जल्दी दूर हो गया। मेरे अनुभवहीन हाथों से वह उसी तरह निकल गया, जैसे किसी नौजवान के हाथों पहली बार जंगली खरगोश आ जाता है और वह उसे अपनी गिरफ्त में नहीं रख पाता और वह उसके पास से निकल भागता है।'

''उसकी बात सुनकर पिता मुसकराए बिना न रह सके और बोले, 'आगे कहो मेरे बेटे, तुम्हारी कहानी ने मेरी दिलचस्पी बढ़ा दी है और मैं विस्तार से इसे सुनना चाहता हूँ।'

'' 'मैंने निनेवेह जाने का फैसला किया, क्योंकि मैंने सुन रखा था कि वह तेजी से फल-फूल रहा है और मैं यह मान रहा था कि मुझे भी वहाँ मौका मिल सकता है। मैंने एक कारवाँ का साथ पकड़ लिया और उसमें मौजूद लोगों के साथ मेरी दोस्ती हो गई। उसमें दो भले मृदुभाषी पुरुष भी शामिल थे, जिनके पास सफेद खूबसूरत घोड़ों का समूह भी था, जो हवा से बातें करने जैसी काबिलीयत रखते थे।

" 'सफर के दौरान ही उन्होंने मुझ पर भरोसा करके बताया कि निनेवेह में एक रईस आदमी के पास एक घोड़ा है, जो इतना तेज है, जिसे कभी पछाड़ा नहीं जा सका। उसके मालिक को यह भरोसा है कि दुनिया का कोई भी घोड़ा उसके घोड़े को नहीं हरा सकता है। इसलिए उसने यह ऐलान कर रखा है कि उसके घोड़े को पीछे छोड़नेवाले घोड़े के मालिक को वह मुँहमाँगा इनाम देने को तैयार है। अपने घोड़ों से तुलना करते हुए मेरे दोस्तों ने कहा कि इनके आगे वह घोड़ा लकड़ी का गधा साबित होगा, जिसे वे आसानी से हरा देंगे।

" 'एक बड़े पक्ष के साथ उन्होंने मुझे भी अपने साथ आने का प्रस्ताव दिया और शर्त में अपने साथ मुझे भी शामिल कर लिया। उनकी योजना के साथ मैं चुपचाप उनके साथ हो लिया।

" 'हमारा घोड़ा बुरी तरह से हार गया और मैं ढेर सारा सोना हार गया।' मेरे पिता जोर से हँसे। 'बाद में मुझे पता चला कि उन लोगों ने धोखा देने के लिए वह योजना तैयार की थी और उनका यही काम है कि वे लगातार कारवाँ में सफर करते रहते हैं और इसी तरह अपना शिकार खोजते रहते हैं। आप देखिए कि निनेवेह में मौजूद वह आदमी उनका साझेदार होता है और जो भी दाँव वे जीतते हैं, उसमें उस व्यक्ति का भी हिस्सा होता है। इस तरह की धोखेबाजी ने मुझे मेरा पहला सबक सिखाया।

" 'मैं जल्दी ही अपना दूसरा सबक सीखने की तैयारी में था। वह भी उसी तरह से कड़वा अनुभव था। कारवाँ में ही एक अन्य युवा व्यक्ति भी था, जिसके साथ मैं काफी दोस्ताना हो गया था। वह एक रईस माँ-बाप का बेटा था और मेरी ही तरह निनेवेह में एक उपयुक्त जगह की तलाश में जा रहा था। हमारे वहाँ पहुँचने के बाद थोड़े ही समय में उसने मुझे बताया कि एक कारोबारी की मौत हो गई है और उसकी दुकान तथा उसका ढेर सारा माल औने-पौने बेचा जा रहा है, जिसे आसानी से खरीदा जा सकता है। उसने कहा कि अगर हम मिलकर वह सब खरीद लें तो बराबर का हिस्सेदार बनकर हम काफी लाभ कमा सकते हैं। उसने कहा, लेकिन उसे पहले बेबीलोन जाकर वहाँ से अपना सोना लाना पड़ेगा, ताकि दुकान और माल खरीदने में

उसका निवेश कर सके। यह कहकर उसने दुकान और उसका सारा सामान मेरे सोने के जरिए खरीद लिया और मुझे इस बात पर राजी कर लिया कि लौटकर वह अपने हिस्से का सोना मुझे लौटा देगा और दोनों लोग मिलकर कारोबार को आगे बढ़ाएँगे।

" 'उसने बेबीलोन के दौरे में काफी वक्त लगा दिया। इस दौरान साबित हो गया कि वह बेवकूफ खरीदार अनाप-शनाप खर्च करनेवाला व्यक्ति था। मैंने अंततः उसे बाहर रखना तय कर लिया। लेकिन इससे पहले कि हमारा काम शुरू हो पाता, मेरे पास सोना खत्म हो गया और दुकान में ऐसा माल जमा हो गया, जो कि बिक नहीं रहा था। लिहाजा, मैंने औने-पौने में उसे एक इस्राइली को बेच दिया और वहाँ से निकल गया।

" 'पिताजी, मैं बताता हूँ कि जल्दी ही मेरे और बुरे दिन शुरू होने वाले थे। मैं रोजगार की तलाश में जुट गया, लेकिन मुझे कोई काम नहीं मिला। मुझे न कारोबार की समझ थी और न किसी तरह का प्रशिक्षण ही मिला था, जिससे मुझे रोजगार मिल सकता था। मुझे अपने घोड़े बेचने पड़े। मैंने अपना नौकर भी बेच दिया। मेरे पास जो अतिरिक्त कपड़े थे, उन्हें भी मैंने बेच डाला, ताकि मुझे खाने और रहने का जुगाड़ हासिल हो सके। लेकिन जैसे-जैसे दिन बीतते गए, मेरी दिक्कतें बढ़ती गईं।

" 'लेकिन उन कड़वे अनुभवोंवाले दिनों में भी, पिताजी, मेरे अंदर मौजूद जिस आत्मविश्वास पर आप भरोसा करते थे, उसे याद करते हुए मैं टिका रहा। आपने मुझे एक सफल इनसान बनने के लिए मैदान-ए-जंग में भेजा था और यह लक्ष्य हासिल करने के लिए मैं दृढ़प्रतिज्ञ था।' उसकी बातें सुनकर माँ ने अपना चेहरा छिपा लिया और वे फफकने लगीं।

" 'इस दौरान मुझे याद आया कि आपने मुझे मिट्टी की एक पट्टी भी दे रखी है, जिस पर सोना सँभालने को लेकर पाँच नियम लिखकर रखे हुए हैं। उस समय मैंने आपके लिखे उन शब्दों को बेहद संजीदगी से पढ़ा और महसूस किया कि काश, पहले मैंने इन्हें पढ़ा होता और उसके बाद सोना खर्च करने की सोचता तो शायद मेरा इतना नुकसान नहीं होता। इसके अलावा,

अगर मैं इन नियमों के मुताबिक चलता तो अच्छी किस्मत की देवी भी मुझ पर मेहरबान हो सकती थी। तब मैं अनुभव के आधार पर आगे बढ़ता, न कि युवावस्था की अनुभवहीनता के आधार पर अपना सबकुछ गँवा बैठता।

" 'आप लोगों के फायदे के लिए मैं बताना चाहूँगा कि बुद्धिमत्ता से भरी पाँच बातों का जिक्र मैं यहाँ करूँगा, जो मैंने अपने पिता से सीखी हैं और जो आज भी मिट्टी की पट्टी में मौजूद हैं। यह सीख उन्होंने दस साल पहले मुझे मिट्टी की पट्टी पर लिखकर दी थी—

□

सोने के पाँच नियम

1. सोना उस इनसान के पास खुशी-खुशी चलकर आएगा, जो अपनी कमाई के न्यूनतम दसवें हिस्से की बचत करेगा। यह बचत उसके और उसके परिवार के भविष्य के लिए होगी।
2. सोना अपने बुद्धिमान मालिक के लिए खुशी-खुशी खुद काम करता है; क्योंकि उसका मालिक सोने को उचित जगह निवेश करता है, चाहे वह फायदेमंद रोजगार में निवेश हो या ढेर सारी जमीन खरीदने में हो।
3. सोने का मालिक अगर सतर्कता से उन लोगों की सलाह पर सोने का निवेश करता है, जो इस काम में माहिर होते हैं, तो उसके सोने की सुरक्षा ईश्वर भी करता है।
4. सोना उस इनसान के पास से दूर छिटक जाता है, जो ऐसे कारोबार या उद्‌देश्य में लगाता है, जिसके बारे में उसे ज्यादा जानकारी नहीं होती। इसके अलावा, उनके पास भी सोना नहीं रह जाता, जिनके पास उसे सहेजने की कला या कौशल नहीं होता।
5. सोना उस इनसान के पास से भी उड़ जाता है, जो इससे असंभव कमाई के लालच में अनाप-शनाप जगह सोने का निवेश कर बैठता है, जैसे लुभावने वादे करनेवालों या ऐसी योजनाओं को समझानेवालों को, जिनका उद्‌देश्य ही गलत होता है। इसके अलावा,

अपनी अनुभवहीनता और निवेश की रोमांटिक इच्छा के वशीभूत जो लोग निवेश करते हैं, वे भी नुकसान झेलते हैं।

" 'सोने के ये पाँच नियम मेरे पिता ने लिखे हैं। मैं इनको सोने से ज्यादा महत्त्व देता हूँ और अपनी आगे की कहानी से इसे साबित भी करता चलूँगा।'

"वह फिर अपने पिता की ओर मुखातिब हुआ, 'मैं अपनी अनुभवहीनता के कारण जिस गहरी गरीबी और दरिद्रता में रहा हूँ, उसका जिक्र मैं कर चुका हूँ। हालाँकि बरबादी की ऐसी कोई अनवरत प्रक्रिया नहीं है, जिसका किसी-न-किसी दिन अंत न होता हो। मेरा भी ऐसा दिन आया, जब मुझे नौकरों के एक दल की देखरेख की जिम्मेदारी मिली, जो शहर की बाहरी दीवार के निर्माण में लगे हुए थे।

" 'यहाँ मुझे सोने से जुड़े पहले नियम की याद हो आई और मैंने अपनी कमाई का एक हिस्सा ताम्र मुहर बचाने लगा और उसमें हर अवसर पर कुछ-न-कुछ जोड़ने लगा और एक समय ऐसा आया, जब मैंने उस बचत से एक चाँदी का सिक्का खरीदा। यह एक धीमी प्रक्रिया थी, लेकिन निरंतर चल रही थी। मैं मानता हूँ कि मैं अनिच्छा से खर्च करता था, क्योंकि मैं अपने पिता की दी गई समय सीमा दस साल से पहले घर लौटने के लिए कृतसंकल्प था और जितना सोना मेरे पिता ने मुझे दिया था, उतना मैं जल्द-से-जल्द जुटा लेना चाहता था।

"एक दिन नौकरों का मालिक, जिसके साथ मेरा व्यवहार काफी हद तक दोस्ताना हो चला था, ने मुझसे कहा, 'तुम केवल तीस साल के युवक हो और जो तुम कमाते हो, उसमें से ज्यादा खर्च भी नहीं करते हो। क्या तुम अपनी कमाई से सोना इकट्ठा कर रहे हो?'

"मैंने जवाब दिया, 'हाँ, सोना इकट्ठा करने की मेरी जबरदस्त इच्छा है, ताकि मैं अपने पिता की ओर से मिले सोने के बराबर जमा कर सकूँ, जो मैं गँवा चुका हूँ।'

" 'यह तो बहुत बुद्धिमत्तापरक लक्ष्य है। मैं मानता हूँ और क्या तुम जानते हो कि जो सोना तुमने अपने लिए बचाया है, वह तुम्हारे लिए काम

कर सकता है और तुम्हारे लिए और सोना कमा सकता है?'

" 'अफसोस है! मेरा अब तक का अनुभव बेहद कड़वा रहा है, क्योंकि मेरे पिता का सोना ही मुझसे दूर छिटक गया और मैं तब तक डर के साए में रहूँगा, जब तक उतना ही सोना जुटा नहीं लेता।'

"इस पर उसने कहा, 'अगर तुमको मेरे ऊपर भरोसा हो तो मैं तुम्हें सोने के लाभदायी निवेश के तौर-तरीके बता सकता हूँ। साल भर के अंदर शहर की बाहरी दीवार तैयार हो जाएगी और उसके बाद इस दीवार में लगा शहर का हर दरवाजा काँसे से तैयार किया जाएगा, ताकि शहर को दुश्मन बादशाहों से सुरक्षित रखा जा सके। पूरे निनेवेह में इतना काँसा नहीं है, जिससे कि दरवाजे तैयार किए जा सकें और बादशाह ने इसे मुहैया कराने के बारे में अब तक सोचा नहीं है। मेरी यह योजना है कि हमारा समूह मिलकर अपना सोना इकट्ठा करेगा और उसे देकर एक कारवाँ को ताँबे व टिन की खदानों की ओर भेजेगा, जो वहाँ से जरूरी माल लेकर लौटेगा। वे खदानें जरा दूर हैं, जहाँ से निनेवेह तक सामग्री लानी होगी, ताकि दरवाजे तैयार किए जा सकें। जब बादशाह दरवाजे बनाने के लिए कहेंगे, तब केवल हमारे पास ही उतनी धातु होगी, जिसे हम मुँहमाँगे दाम पर बादशाह को बेच सकेंगे। अगर ऐसा भी हुआ कि बादशाह ने हमसे वह धातु नहीं खरीदी, तो भी हमारे पास धातु तो रहेगी ही, जिसे हम फिर भी अच्छी कीमत पर बेच सकेंगे।'

"इस प्रस्ताव में मुझे एक अवसर नजर आया और निवेश से जुड़े तीसरे नियम के साथ जुड़ने और आगे बढ़ने का भी मौका मिल गया, जो कहता है कि बुद्धिमान लोगों की सलाह पर ही अपनी बचत का निवेश करना चाहिए। ऐसा करके मैं निराश भी नहीं हुआ। हमारे समूह को सफलता मिली और सोने का मेरा छोटा सा संग्रह अब बहुत बड़े लेन-देन में बदल गया।

"तय समय में मैं उस समूह की अन्य परियोजनाओं में निवेश करनेवाले सदस्य के रूप में स्वीकार कर लिया गया। वे सभी बुद्धिमान लोग थे, जिन्हें सोने का लाभदायी निवेश करना आता था। हर योजना पर काम करने से पहले वे उसके बारे में विस्तृत चर्चा करते थे और उस योजना पर आगे बढ़ने

से पहले बहुत सावधानी बरतते थे। वे लोग अपना मूल धन गँवाने का कोई भी जोखिम नहीं उठाते थे, न तो वे कहीं ऐसी जगह निवेश करते थे, जहाँ फायदे की बजाय घाटा होने का खतरा होता था या जहाँ से सोना निकाल पाना कठिन होने का खतरा होता था। कुछ बेवकूफी भरे कामों, जैसे घुड़दौड़ या जिन योजनाओं में अपनी अनुभवहीनता के कारण पहले मैं साझेदारी में जुड़ गया था, वैसा कोई भी जोखिम उन लोगों के साथ नहीं था। वे तत्काल अपनी कमियों को जाहिर करने से नहीं चूकते थे।

''उन लोगों के साथ जुड़कर मैंने सोने के सुरक्षित निवेश के बारे में सीखा और उससे हासिल होनेवाले रिटर्न को फायदेमंद भी बनाया। जैसे-जैसे समय बीतता गया, मेरा खजाना बढ़ता गया और यही नहीं, बल्कि वह और तेजी से बढ़ने लगा। इस तरह मैंने पीछे जितना सोना गँवाया था, उससे कहीं ज्यादा हासिल कर लिया था।

''अपनी बदकिस्मती, अपने प्रयोगों और अपनी सफलता के जरिए मैंने सोने से जुड़े सभी पाँच नियमों को समय-समय पर परखा और हर परीक्षण में मैंने उन्हें सटीक ही पाया। जिन लोगों को उन पाँच नियमों के बारे में नहीं मालूम होता, उनके पास सोना जितनी तेजी से आता है, उससे कहीं ज्यादा तेजी से वापस भी चला जाता है; लेकिन जो लोग इन नियमों से जुड़कर आगे बढ़ते हैं, सोना न केवल उनके पास आता है, बल्कि वह उनके लिए जिम्मेदार नौकर की तरह काम भी करता है।''

नोमासिर ने बोलना बंद किया और एक नौकर को कुछ इशारा करके पीछे के कमरे से कुछ लाने को कहा। कमरे से नौकर एक-एक करके तीन भारी-भरकम चमड़े के थैले लेकर आया। नोमासिर ने उन तीनों को एक-एक करके खोल दिया और पिता से कुछ कहने से पहले उन्हें जमीन पर फैला दिया और बोला—

'' 'आपने मुझे एक थैले में सोना भर कर दिया था, जिसे 'बेबीलोन का सोना' कहा जाता है। यह एक थैला तो उतनी ही मात्रा में सोना है। मैं इसके साथ ही आपको निनेवेह के सोने से भरा थैला भी आपको देता हूँ, जो

कि उसी के बराबर वजन का है, जो आपने मुझे दिया था। यह एक समान लेन-देन है, जो हम सभी को मंजूर होगा।

" 'आपने मुझे कुछ बौद्धिक इबारतें, यानी उकेरी हुई मिट्‌टी की पट्टियाँ भी दी थीं। उसके बदले में भी मैं आपको दो थैले में भरा सोना लौटा रहा हूँ।' ऐसा कहते हुए उसने नौकर से बाकी के दो थैले ले लिये और पहले की ही तरह उन थैलों को भी उसने अपने पिता के सामने खोलकर रख दिया।

" 'इस तरह पिताजी, मैं यह साबित करना चाहता हूँ कि मैं अनुभव और बुद्धिमत्ता को सोने से ऊपर रखता हूँ। फिर भी, सोने से भरे थैलों से कोई बुद्धिमत्ता और अनुभव की कीमत भला कैसे आँक सकता है! बिना बुद्धिमत्ता के जिनके पास सोना है, उनके पास से वह आसानी से गायब हो सकता है; लेकिन जो विचारवान् हैं, उनके पास न होते हुए भी सोना आने लगता है। इन सोने से भरे तीन थैलों से यही बात साबित होती है।

" 'पिताजी, यह वास्तव में मुझे बहुत गहरा सुकून देता है कि मैं आपके सामने खड़ा हूँ और कह रहा हूँ कि आपके विचारों की बदौलत मैं लोगों की नजर में रईस और सम्मानित इनसान बन पाया।'

"पिता ने अपने दोनों हाथ आगे बढ़ाते हुए नोमासर के माथे को अपने हाथों में लिया और उन्हें चूमकर उसे शाबाशी दी। फिर उसके पिता ने कहा, 'तुमने अपना सबक बहुत अच्छे से सीखा और मैं निश्चित रूप से तुम जैसा बेटा पाकर धन्य हो गया, जिसे मैं सुकून से अपनी सारी जायदाद दे सकता हूँ।' "

कालाबाब ने कहानी समाप्त की और सुननेवालों की तरफ आलोचनात्मक नजर से देखने लगा।

उसने कहा, "इस नोमासिर की दास्तान से तुम सबने क्या सीखा? तुममें से कौन ऐसा हो सकता है, जो अपने पिता या पत्नी के पास जाकर यह कह सके कि वह अपनी कमाई का बुद्धिमत्तापरक रख-रखाव करता है?

"ये सम्मानित लोग क्या सोचते हैं, जब आप यह कहते हैं—मैंने काफी यात्राएँ की हैं और काफी कुछ सीखा है और काफी कमाया है, फिर

भी दुर्भाग्य कि मेरे पास बेहद कम सोना है। कुछ मैंने सोच-समझकर खर्च किए, जबकि कुछ को बेवकूफी में गँवा बैठा और ज्यादातर मैंने अनाप-शनाप खर्च कर डाला।

''दोस्त, अगर आप अब भी इसे किस्मत से जोड़कर देखते हैं और ऐसा सोचते हैं कि सोना कुछ लोगों के पास किस्मत की वजह से होता है और दूसरों के पास इसी वजह से नहीं होता, तो निश्चित रूप से आप गलती करते हैं।

''जो भी व्यक्ति सोने से जुड़े सभी पाँच नियमों को जानता होगा और उनका साथ पकड़कर चलेगा, उसके ही पास सोने का भंडार रहेगा।

''क्योंकि मैंने इन पाँचों नियमों के बारे में अपनी युवावस्था में ही सबक ले लिया था और उनसे जुड़कर चलता रहा, इसलिए नतीजा आपके सामने है कि मैं एक रईस व्यापारी हूँ। इसके पीछे कोई विचित्र जादू नहीं है, जिस कारण मैं संपत्ति अर्जित कर सका हूँ। धन जितनी तेजी से आता है, उतनी ही तेजी से चला भी जाता है। जिस संपत्ति से उसके मालिक को आनंद और संतुष्टि मिलती है, वह धीरे-धीरे आता है, क्योंकि यह एक बच्चे के जन्म लेने जैसा होता है, जिसमें ज्ञान और उद्देश्य की लगन या दृढ़ता जुड़ी होती है।

''संपत्ति अर्जित करना एक विचारवान् पुरुष के सामने हलके बोझ के समान होता है। इस बोझ को लगातार साल-दर-साल बढ़ाते जाने से ही अंतिम उद्देश्य पूरा हो पाता है। सोने से जुड़े पाँच नियम आपको केवल गौर करने के बदले रईस बनाने का इनाम देते हैं। पाँचों नियमों में से हर एक नियम अपने मायने में रईस है और अगर आप इन नियमों को समझने से वंचित रह गए हैं, क्योंकि मैंने जो कहानी सुनाई, वह बेहद छोटी थी, तो मैं आपको एक-एक नियम के बारे में विस्तार से समझाता हूँ। मैं हर नियम के बारे में विस्तार से जानता हूँ और अपने दिल की गहराइयों से उनके बारे में आपको बता सकता हूँ। अपनी जवानी के दिनों में मुझे इनकी कीमत पता चली थी और मैं तब तक संतुष्ट नहीं हुआ था, जब तक कि मैंने इन नियमों को शब्दश: अपने जेहन में नहीं उतार लिया था।''

सोने का पहला नियम

''सोना खुशी-खुशी उस इनसान के पास आता है और बढ़ता जाता है, जो अपनी कमाई का न्यूनतम दसवाँ हिस्सा अपने और परिवार के भविष्य के लिए जमा करता जाता है।

''कोई भी व्यक्ति, जो अपनी कमाई का न्यूनतम दसवाँ हिस्सा निरंतरता के साथ बुद्धिमानीपूर्वक निवेश करेगा, वह निश्चित रूप से एक बेशकीमती संपत्ति तैयार कर लेगा, जो उसके आनेवाले कल में भी आय का जरिया बनेगी और आगे उसके निधन के बाद उसके परिवार की आर्थिक सुरक्षा की गारंटी भी होगी। यह नियम कहता है कि सोना ऐसे व्यक्ति के पास खुशी-खुशी चलकर आता है। मैंने इस नियम को अपने जीवन में वास्तव में सच पाया है। मैं जितना ज्यादा सोना इकट्ठा करता जाता था, सोना उतनी ही तत्परता से मेरे पास आता जाता था और बढ़ती हुई मात्रा में आता था। जिस सोने की मैं बचत करता था, वह पहले नियम के मुताबिक मेरे लिए काम करता था।''

सोने का दूसरा नियम

''बुद्धिमान मालिक के लिए सोना दिलचस्पी और उत्साह से काम करता है, क्योंकि वह उसके लिए फायदेमंद रोजगार तलाशता है, यहाँ तक कि ढेर सारी जमीन खरीदकर कीमत बढ़ाता जाता है। सोना वास्तव में इच्छुक कामगार होता है, साथ ही जब इसे पसंदीदा अवसर मिलता है, यह हमेशा अपने आप को गुणक में आगे बढ़ाने को लालायित रहता है। हर इनसान, जिसने भी अपने सोने के भंडार को उचित जगह निवेश कर रखा है, उसके पास सबसे ज्यादा लाभ के अवसर आते हैं। जैसे-जैसे वक्त गुजरता है, यह हैरतअंगेज अंदाज में खुद-ब-खुद बढ़ता जाता है।''

सोने का तीसरा नियम

''निवेश के क्षेत्र के माहिर लोगों की सलाह पर जो इनसान सोने का निवेश करता है, ऐसे सतर्क निवेशक की सुरक्षा में सोना भी जुटा रहता है। सोना वास्तव में सतर्क निवेशक का साथ कभी नहीं छोड़ता, यहाँ तक कि बेपरवाह निवेशक के पास यह टिकता नहीं है। सोने को अपने पास टिकाए रखने के लिए आपको निवेश के क्षेत्र के माहिर लोगों से संपर्क साधना होता है और उनके बताए अनुसार उचित जगह निवेश करना होता है। सलाह लेकर काम करनेवाला जल्दी ही समझ जाता है कि वह अपनी संपत्ति के साथ अनुचित व्यवहार नहीं कर रहा है, बल्कि सुरक्षा व संरक्षा कर रहा है और साथ ही उसके निरंतर बढ़ते जाने को देखकर वह आनंदित भी होता रहता है।''

सोने का चौथा नियम

''अगर आप किसी कारोबार या उद्‌देश्य के बारे में नहीं जानते हैं या आपके चुने गए निवेश के विकल्प पर इस क्षेत्र के माहिर लोगों के मना करने के बावजूद आप नहीं मानते और गलत जगह पर निवेश कर बैठते हैं तो सोना ऐसे इनसान के पास से फिसल जाता है।

''अगर किसी इनसान के पास सोना है और वह उसे सँभालने में सक्षम नहीं है तो उसे कहीं भी निवेश करना लाभदायी ही नजर आएगा। ऐसे मामले में हमेशा नुकसान के जोखिम का खतरा बना रहता है। वहीं, अगर इस पर बाकायदा विश्लेषण किया जाए, निवेश के क्षेत्र के माहिर लोगों की सलाह लेकर आगे बढ़ा जाए तो भले ही लाभ का हिस्सा छोटा हो, लेकिन गँवाने का खतरा टल जाता है। इसलिए अनुभवहीन लोगों को अपने खुद के फैसले पर भरोसा करके ऐसे किसी कारोबार या उद्‌देश्य में निवेश नहीं करना चाहिए, जिसके बारे में उसे ज्यादा पता न हो। अकसर ऐसे फैसले गलत हो जाते हैं

और जो भी बचा-खुचा खजाना होता है, वह इनसान गँवा बैठता है। वास्तव में, बुद्धिमान वह है, जो निवेश के क्षेत्र के बुद्धिमान लोगों की सलाह पर ही आगे बढ़ता है।''

सोने का पाँचवाँ नियम

''सोना उस इनसान के पास से फिसल जाता है, जो उस पर असंभव कमाई के लिए दबाव बनाता है या धोखेबाजों की लुभावनी योजनाओं के झाँसे में आ जाता है अथवा अपनी अनुभवहीनता को हलके में लेते हुए रोमांटिक इच्छाओं के आधार पर निवेश कर बैठता है।

''सोने के नए मालिकों के सामने हमेशा ही साहसिक कहानियों के रूप में काल्पनिक अवसर रोमांच पैदा करते हैं। इनके जरिए उस शख्स को अपना खजाना जादुई ताकतों के जरिए बढ़ता हुआ नजर आने लगता है और उसे एक ऐसी काल्पनिक दुनिया की ओर ले जाता है, जहाँ असंभव के समान कमाई दिखने लगती है। रातोरात धन-संपत्ति को दोगुना-तिगुना करनेवाली योजनाओं के पीछे छिपे जोखिमों के बारे में समझदार लोगों को काफी अच्छे से पता होता है।

''यह नहीं भूलना कि निनेवेह के रईस लोग कभी भी अपना मूल धन गँवाने के किसी जोखिम में नहीं पड़ते थे या किसी अलाभकारी निवेशों में खुद को नहीं फँसाते थे।

''इस तरह, मेरी पाँच नियमों से जुड़ी दास्तान पूरी हो गई। मैंने आप सभी को जो बातें बताईं, उनमें मेरी भी सफलता के राज छिपे हुए हैं। इसके अलावा, यह कोई राज नहीं, बल्कि सच्चाई है कि हर इनसान को पहले सीखना चाहिए और उसके बाद उनका अनुसरण करना चाहिए और तमाम आयामों में से अपने लिए बेहतर विकल्प चुनकर आगे कदम बढ़ाना चाहिए, जैसे कि आप सब उन जंगली कुत्तों की तरह रोज कमाने-खाने की चिंता में ही दिन बिताते रहते हो।

''कल हम बेबीलोन में दाखिल होंगे। देखो! बेल के मंदिर से लगातार निकलती आग को देख रहे हो? हमारे सामने वह सोने का शहर नजर आ रहा है। कल हम सबके पास कुछ-न-कुछ सोना होगा—वह सोना, जो तुम सबने अपनी भरोसेमंद सेवाओं से कमाया है। आज की रात से दस साल बाद उस सोने के बारे में तुम क्या बता सकोगे?

''अगर तुम में से कोई नोमासिर जैसा हुआ तो वह सोने के एक हिस्से को अपनी संपत्ति बढ़ाने के उद्देश्य से बचाकर रखेगा और उसके बाद वह अर्काड की तरह अगर समझदारी से सलाह पर अमल करता रहा तो आज से दस साल बाद वह एक सुरक्षित आय का इंतजाम कर चुका होगा। अर्काड के बेटे की तरह वह भी सम्मानित और अमीर लोगों में गिना जाएगा।

''हमारी समझदारी भरी गतिविधियाँ ही जीवन में हमारे साथ चलती हैं और हमें खुश रखती हैं तथा हमारी मदद भी करती हैं। उसी तरह, निश्चित है कि हमारी बेवकूफी भरी हरकतें हमें परेशानी और यंत्रणा के दौर में ले जाती हैं। दुर्भाग्य यह कि ये चीजें कभी भुलाई नहीं जा पाती हैं। यंत्रणा का सबसे भयावह दौर वह होता है कि उन कदमों की यादें हमें परेशान करती हैं, जो हमने अपनी अज्ञानता में उठाए होते हैं और ऐसे अवसर भी हमें परेशान करते हैं, जब हमें कदम बढ़ाना चाहिए था और हमने नहीं बढ़ाया था।

''अमीर लोग बेबीलोन का खजाना हैं। वे इतने अमीर हैं कि कोई सोने में उनकी कीमत नहीं आँक सकता। हर साल वे और अमीर, और अधिक मूल्यवान् होते जाते हैं। जमीन के खजाने की तरह वे भी एक इनाम हैं। एक अमीर इनाम उन लोगों का इंतजार करता है, जो उद्देश्य के अनुसार चलते हैं और जो अपना हिस्सा सुरक्षित करने के लिए दृढ़ रहते हैं। आपकी इच्छाओं में जादुई ताकत समाई हुई है। इस ताकत को दिशा देने की जरूरत होती है, जो उस ज्ञान से मिलती है, जो सोने के पाँच नियमों से जुड़ा है; और उसके अनुसार काम करके आप भी बेबीलोन के खजाने में हिस्सा पा सकते हैं।''

□

बेबीलोन का स्वर्ण साहूकार

सोने के 50 सिक्के! रोडन ने इससे पहले कभी नहीं देखी थीं। वह बेबीलोन का अव्वल दर्जे का भाला बनानेवाला कारीगर था। पहली बार उसका चमड़े का बटुआ इस कदर सोने से भरा हुआ था। वह अब तक के सबसे उदार बादशाह के किले से चौड़े रास्ते पर आ गया था। उसके हर कदम पर उसके बटुए में भरे सोने के सिक्के खनक रहे थे और उसकी खुशी बढ़ा रहे थे। सोने के सिक्कों से आती आवाज उसे अब तक सुने सभी संगीतों में सबसे मधुर लग रही थी।

सोने के 50 सिक्के! इतना सारा! उसने शायद ही कभी अपनी इतनी अच्छी किस्मत की कल्पना की थी। खनकते सिक्कों में ऐसी कौन सी ताकत होती है! उनसे वह जो चाहता, खरीद सकता था—एक बड़ा घर, जमीन, जानवर, ऊँट, घोड़े, रथ—कुछ भी, जिसकी उसे इच्छा होती।

इन सिक्कों का अब उसे क्या करना चाहिए? इस शाम जब वह अपनी बहन के घर जानेवाले रास्ते की तरफ मुड़ा तो वह इसके अलावा और कुछ सोच ही नहीं पाया। रास्ते भर वह उन्हीं चमकते, भारी-भरकम सोने के टुकड़ों के अपने पास होने की खुशी में ही खोया रहा।

कुछ दिन बीतने के बाद एक शाम व्याकुल रोडन मैथन की दुकान पर पहुँचा। वह सोना उधार देने का काम करता था और गहने व विलक्षण कपड़े बेचने से भी जुड़ा हुआ था। दाएँ या बाएँ सजाकर रखे गए चमचमाते गहनों की ओर देखे बिना वह सीधे अंदर बने कमरे की तरफ जा पहुँचा। वहाँ उसे

मृदुभाषी मैथन अपने आसन पर तकिए से टेक लगाए कुछ खाता हुआ दिखा। उसे उसके काले नौकर ने परोसा था।

उसे देखते ही रोडन बोल उठा, ''काफी दिनों से मैं समझ नहीं पा रहा हूँ कि क्या करूँ, इसलिए आपसे सलाह लेने आया हूँ।'' मैथन के सामने वह बेजान-सा, उखड़ा-उखड़ा-सा खड़ा था और चमड़े की जैकेट के पीछे से उसके सीने के बाल साफ नजर आ रहे थे।

मैथन ने अपने पतले व हलके पीले चेहरे से दोस्ती भरी मुसकान बिखेरी। ''ऐसी क्या मूर्खता तुमने कर दी कि तुम्हें स्वर्ण साहूकार की मदद लेनी पड़ रही है ? क्या तुम जुए की मेज पर हारकर आए हो ? मैं तो तुम्हें बहुत समय से जानता हूँ, तुम्हें कभी किसी परेशानी में मेरी सलाह की जरूरत नहीं पड़ी !''

''नहीं, नहीं। ऐसी कोई बात नहीं है। मुझे सोना नहीं चाहिए, बल्कि मैं एक समझदारी भरी सलाह के लिए यहाँ आया हूँ।''

''क्या कहा ? क्या कहा ? तुमने क्या कहा ? कोई भी आदमी सुनार के पास सलाह लेने नहीं आता। मेरे कानों ने जरूर कुछ गलत सुन लिया है।''

''उन्होंने बिल्कुल सही सुना है।''

''क्या ऐसा भी हो सकता है ? रोडन, भाला बनानेवाला, बाकी लोगों से ज्यादा धूर्त हो सकता है; क्योंकि वह मैथन के पास सोना लेने के लिए नहीं आया है, बल्कि सलाह लेने के लिए आया है। मेरे पास बहुत से लोग अपना कर्ज चुकाने के लिए सोना लेने आते हैं, लेकिन सलाह लेने कोई नहीं आता। वे नहीं जानते कि सुनार से अच्छी सलाह कौन दे सकता है, जिसके पास लोग तब आते हैं, जब परेशानी में होते हैं !''

उसने आगे कहा, ''रोडन, बैठो और मेरे साथ खाना खाओ। तुम आज शाम मेरे मेहमान रहोगे। एंडोल !'' उसने अपने काले नौकर को आदेश दिया, ''भाला बनानेवाले मेरे दोस्त रोडन के लिए दस्तरखान बिछाओ, जो मुझसे सलाह लेने के लिए आया है। यह मेरा सबसे सम्मानित मेहमान है। इसके लिए खाना लगाओ और मेरा सबसे बड़ा कप इसकी खिदमत में पेश करो। हमारे पास मौजूद बेहतरीन शराबों में से कोई शराब अच्छे से चुनकर लाओ

और इसे खूब पिलाओ। अब बताओ, क्या परेशानी है तुम्हें ?''

''बादशाह ने मुझे उपहार दिया है।''

''बादशाह का उपहार! बादशाह ने तुम्हें उपहार दिया है और उससे तुम्हें परेशानी हो रही है। ऐसा कैसा उपहार है ?''

''मैंने शाही फौज के लिए नई तरह का भाला तैयार किया था, जिसमें मैंने एक नई चीज जोड़ी थी। वह चीज बादशाह को बेहद पसंद आई, जिसके बदले में उन्होंने मुझे सोने की पचास मुहरें उपहार में दे दीं—और अब मैं समझ नहीं पा रहा हूँ कि उनका क्या करूँ ? पूरे दिन जैसे-जैसे सूरज आसमान में बढ़ता जाता है, हाथ जोड़े लोग मेरे पास उसमें से कुछ हिस्सा माँगने आते रहते हैं।''

''यह कोई बड़ी बात नहीं है। ज्यादातर लोगों की इच्छा होती है कि वे ज्यादा-से-ज्यादा सोना रखें और वे चाहते हैं कि जिसके पास आसानी से सोना आ जाता है, उसे भी वे बाँटना चाहते हैं। लेकिन क्या तुम न नहीं कर पाते हो ? क्या तुम्हारी इच्छा-शक्ति तुम्हारे पंजों जितनी सख्त नहीं रह गई है ?''

''बहुत सारे लोगों को मैं मना कर चुका हूँ, फिर भी कभी मैं आसानी से हाँ कर गया तो ? क्या कोई अपनी बहन को न कह पाएगा, जिसके साथ वह गहराई से जुड़ा होता है ?''

''निश्चित तौर पर तुम्हारी बहन कभी नहीं चाहेगी कि वह इनाम की खुशी का आनंद तुम्हें न लेने दे।''

''लेकिन अपने पति अरमान की खातिर तो वह ऐसा कर सकती है, जिसे वह अमीर व्यापारी के रूप में देखना चाहती है। वह महसूस करती है कि उसे शायद ऐसा मौका न मिल सके और वह मेरे आगे गिड़गिड़ाकर उसके लिए कर्ज के रूप में इस सोने को माँग रही है, ताकि उसका पति खुशहाल व्यापारी बन जाए और तब उससे होनेवाले मुनाफे में से वह अपना कर्ज मुझे चुकता करेगा।''

मैथन ने कहा, ''मेरे दोस्त, यह तो बेहद अहम मुद्दा तुम लेकर आए

हो चर्चा करने के लिए। सोना अपने मालिक के ऊपर गहरी जिम्मेदारी भी लेकर आता है और इसी के साथ उसका बरताव भी अपने लोगों के साथ बदल जाता है। सोने के मालिक के अंदर यह डर होता है कि या तो वह उसे खो देगा या उसे धोखे में डालकर उससे सोना हड़प लिया जाएगा। इसके साथ ही, अपने पास सोना होने से अंदर ताकत की भावना भी महसूस होती है और कुछ अच्छा करने का सोच भी पैदा होता है। इसी तरह, सोना पास हो तो मौके भी आसपास नजर आने लगते हैं, जबकि मालिक का अच्छा सोच भी उसे परेशानियों में डाल सकता है।

''क्या तुमने कभी निनेवेह के उस किसान के बारे में सुना है, जो जानवरों की आवाज भी समझ सकता था? मैं इसके बारे में ज्यादा जिक्र नहीं करता हूँ, क्योंकि यह ऐसी कहानी नहीं है, जिसे काँसे की ढलाईवाली भट्ठी के पास काम करनेवालों को बैठकर सुनाया जाए। मैं यह कहानी तुम्हें सुना रहा हूँ, क्योंकि तुम्हें पता होना चाहिए कि उधार के लेन-देन में सोना एक हाथ से दूसरे हाथ में जाता है।

''वह किसान, जो कि पशुओं को आपस में बातें करते सुनता रहता था और समझता था कि वे क्या बातें करते हैं, हर शाम को उनके बाड़े में घंटों समय बिताता और उनकी बातें सुनता था। एक शाम उसने सुना कि उसके बाड़े का बैल साथी गधे से अपनी दुश्वारियों का रोना रो रहा था, 'मैं तो सुबह से लेकर शाम तक हल खींचता रहता हूँ। चाहे कितनी ही कड़ी धूप हो या चाहे कितनी भी थकान मेरे अंदर भरी हो या भारी जुआठे से मेरी गरदन पर कितने ही चोट के निशान क्यों न पड़ जाएँ, मुझे काम करना-ही-करना पड़ता है। लेकिन दूसरी तरफ तुम हो, जो बड़े मजे में रहता है। तुम्हें रंगीन कंबल में लपेटकर रखा जाता है और अपने मालिक को जहाँ वह चाहे, ढोने के अलावा तुम्हें वहाँ जाने के अलावा और कोई काम नहीं होता। जब उसे कहीं नहीं जाना होता तो तुम्हें दिन भर आराम ही करना होता है और हरे मैदान में घास खानी होती है।'

''अब गधा अपनी नाल के दुश्चक्र के बावजूद अच्छा जीव था और

बैल से हमदर्दी रखता था। उसने बैल से कहा, 'मेरे अच्छे दोस्त, तुम वाकई कड़ी मेहनत करते हो और मैं तुम्हें आराम दिलाने की कोशिश करता हूँ। तुम ऐसा करना, जब सुबह नौकर तुम्हें हल में लगाने के लिए ले जाने लगे तो जमीन पर ही पड़े रहना और उसे ऐसा जताना कि तुम बहुत बीमार हो और काम नहीं कर सकते हो।'

''अपने दोस्त गधे की सलाह मानकर बैल ने वैसा ही किया। अंततः वह नौकर किसान के पास पहुँचा और उसकी हालत के बारे में बताया कि बैल बीमार है और वह खेत नहीं जोत पाएगा।

''किसान ने कहा, 'तब गधे को ले जाओ और उससे खेत जुतवाओ, क्योंकि खेत जोतना तो जरूरी है।'

''पूरे दिन गधे को खेत जोतना पड़ा, जिसकी मंशा केवल इतनी थी कि वह अपने दोस्त की मदद कर सके। जब रात हुई और उसे हल से निकाला गया तो उसके दिल में कड़वाहट थी। उसके पैर थकान से काँप रहे थे और जुआठे की वजह से उसकी गरदन में घाव हो गया था।

''रात में फिर किसान बाड़े में उनकी बातें सुनने के लिए बैठ गया। बैल ने पहले शुरुआत की और कहा, 'तुम वाकई मेरे अच्छे दोस्त हो। तुम्हारी समझदारी भरी सलाह मानकर मैं पूरे दिन आराम कर पाया।'

''जवाब में गधे ने कहा, 'और मैं तमाम सहृदय लोगों की तरह अपने दोस्त की मदद करने चला और बदले में खुद ही उसके काम में जोत दिया गया। आज के बाद तुम अपना हल खुद ही चलाना, क्योंकि मैंने सुना है कि मालिक ने नौकर से कहा है कि अगर तुम दोबारा बीमार दिखो तो तुम्हें कसाई के पास भेज दे।'

''फिर दोनों ने एक-दूसरे से ज्यादा बात नहीं की। इसके बाद उनकी दोस्ती भी खत्म हो गई। क्या तुम इस कहानी के सबक के बारे में बता सकते हो?''

रोडन ने जवाब दिया, ''यह एक अच्छी कहानी थी, लेकिन मुझे इसमें सबक जैसा तो कुछ नजर नहीं आया।''

‘‘मैंने हालाँकि तुमसे ऐसी उम्मीद नहीं की थी, लेकिन इसमें सबक है और वह बेहद सरल है। यह कुछ इस तरह है—अगर तुम अपने दोस्त की मदद करना चाहते हो तो वह कुछ ऐसी होनी चाहिए कि उसका भार तुम्हारे कंधों पर न पड़ जाए।’’

‘‘मैंने तो इसके बारे में सोचा ही नहीं था। यह तो वाकई समझदारी भरा सबक है। मैं नहीं चाहता कि मेरी बहन के पति का बोझ मेरे कंधों पर आए। लेकिन यह बताओ कि तुम तो बहुतों को उधार देते हो। क्या उधार लेनेवाले तुम्हें वापस नहीं करते हैं?’’

मैथन मुसकराया। उसकी मुसकान एक अनुभव के धनी इनसान के तौर पर थी। उसने कहा, ‘‘अगर उधार लेनेवाला चुकता न कर पाए तो क्या ऐसे कर्ज को ठीक ढंग से बनाया गया कहेंगे? उधार देनेवाला समझदार ही नहीं होना चाहिए, बल्कि उसे सावधानीपूर्वक यह भी आँकना चाहिए कि क्या उसका सोना लाभदायी उद्देश्य की तरफ बढ़ेगा और क्या एक बार और उसे अपना पैसा वापस मिल सकेगा या वह बरबाद हो जाएगा और कर्ज लेनेवाला उस पैसे का समझदारी से इस्तेमाल नहीं कर पाएगा और कहीं पैसा डूब तो नहीं जाएगा? मैं तुम्हें अपने टोकन की तिजोरी से कुछ टोकन दिखाता हूँ और तुम्हें उनसे जुड़ी कुछ कहानियाँ भी सुनाऊँगा।’’

अपने कमरे में वह एक तिजोरी लेकर आया, जो कि उसके हाथ के बराबर थी। वह लाल सुअर के चमड़े की बनी थी और उस पर काँसे की नक्काशी की हुई थी। उसने उस तिजोरी को जमीन पर रख दिया और उसके आगे घुटनों के बल बैठ गया। उसने अपने दोनों हाथ ऊपर के ढक्कन पर रख लिये।

फिर वह बोला, ‘‘हर शख्स, जिसे मैं उधार देता हूँ, मैं एक सटीक टोकन अपनी इस टोकन तिजोरी में डाल देता हूँ। यह तब तक इसमें पड़ा रहता है, जब तक कि कर्ज चुकता नहीं हो जाता है। जब वे चुकता कर देते हैं तो मैं उस टोकन को उन्हें वापस कर देता हूँ। लेकिन अगर वे कर्ज चुकता नहीं कर पाते तो यह टोकन हमेशा इसमें पड़ा रहता है और मुझे याद दिलाता रहता है कि कौन शख्स मेरे भरोसे पर खरा नहीं उतरा।

"मेरा टोकन बक्सा मुझे बताता है कि सबसे सुरक्षित कर्ज वह होता है, जबकि कर्ज लेनेवाले के पास उनकी अपेक्षा से ज्यादा कीमतवाली संपत्ति होती है। उनके पास जमीनें होती हैं या गहने या ऊँट या कुछ दूसरी चीजें, जिन्हें बेचकर वे कर्ज चुकता कर सकते हैं। कुछ टोकन के रूप में मुझे गहने मिलते हैं, जिनकी कीमत दिए गए कर्ज से ज्यादा होती है। कुछ लोग इस वादे पर कर्ज ले जाते हैं कि अगर वे उसे चुका नहीं पाए तो वे एक निश्चित जमीन–जायदाद का हिस्सा मेरे नाम कर देंगे। ऐसे कर्जों को लेकर मेरा मानना है कि मेरा सोना ज्यादा किराए के साथ मेरे पास वापस आ जाएगा, क्योंकि वह कर्ज जमीन के आधार पर लिया गया होता है।

"एक अन्य तबका उन लोगों का होता है, जो कमाने की क्षमता रखते हैं। वे लोग, जैसे कि तुम, जो मेहनत करके या सेवा करके कर्ज चुका सकते हैं, उनके पास आमदनी होती है और अगर वे ईमानदार हैं तथा उनके साथ कोई दुर्घटना नहीं होती है तो मैं जानता हूँ कि वे मेरा कर्ज चुका देंगे और उसके साथ वे उसका ब्याज या किराया भी जोड़कर देंगे, जिसका कि मैं हकदार हूँ। ऐसे कर्ज मानवीय प्रयासों पर आधारित होते हैं।

"अन्य तरह के कर्जों में ऐसे कर्ज शामिल होते हैं, जिनकी एवज में जमीन–जायदाद या कमाने की निश्चित क्षमता जुड़ी नहीं होती है। जीवन कठिन है और ऐसा जोखिम हमेशा रहता है कि कुछ ऐसे लोग होंगे, जो खुद को अपेक्षाओं पर खरा नहीं उतार पाएँगे। दुःखद है ऐसे लोगों को कर्ज देना, भले ही वह एक मामूली सी रकम ही क्यों न हो। मेरा टोकन बक्सा मुझे रोक देता है। मैं ऐसे लोगों को तब तक कर्ज नहीं दे सकता हूँ, जब तक कि कर्ज लेनेवाले ऐसे लोगों के अच्छे दोस्त यह गारंटी नहीं देते कि उधार लेनेवाला सम्मानित नागरिक है।"

मैथन ने तिजोरी का ताला खोल दिया और उसका ढक्कन हटा दिया। रोडन की दिलचस्पी बढ़ गई थी और टोकन देखने के लिए वह आगे की ओर झुक गया।

तिजोरी के ऊपरी हिस्से में काँसे का बना हुआ गले का हार लाल

रंग के कपड़े में लिपटा हुआ रखा था। मैथन ने उसे उठाया और प्यार से उस पर हाथ फेरते हुए बोला, "यह टोकन हमेशा मेरे पास रहेगा, क्योंकि कर्ज लेनेवाला अब इस दुनिया में नहीं रहा। मैंने उसके टोकन को न केवल खजाने के तौर पर रखा है, बल्कि उसकी यादें भी मुझसे जुड़ गई हैं। कर्ज लेनेवाला मेरा दोस्त था। हमने साथ-साथ कारोबार किए और हमने काफी सफलता भी हासिल की। इसके बाद वह पूरब गया, जहाँ से शादी करके वह एक खूबसूरत पत्नी लेकर लौटा, जो कि हमारे यहाँ की औरतों की तरह नहीं थी। अद्‌भुत खूबसूरत थी वह। वह उसकी माँगों को पूरा करने के लिए अपना सोना लुटाता रहा। जब उसका सारा सोना खत्म हो गया, तब परेशान होकर वह मेरे पास आया। मैंने उसे काफी समझाया। मैंने उससे कहा कि मैं ज्यादा-से-ज्यादा एक बार उसकी मदद कर पाऊँगा, ताकि वह अपने पुराने दिन वापस हासिल कर सके। उसने वादा भी किया कि वह ऐसा करके दिखाएगा, लेकिन वह ऐसा नहीं कर सका। एक बार उसकी पत्नी से उसकी लड़ाई हो गई और मेरे दोस्त ने उस औरत को चुनौती दी, जिस पर उसने उसके सीने में खंजर उतार दिया।"

रोडन ने पूछा, "फिर उस औरत का क्या हुआ?"

मैथन ने लाल कपड़ा उठाते हुए कहा, "हाँ, वाकई, यह कपड़ा उसी का है। बेहद दुःखी होकर उसने खुद को फरात नदी के हवाले कर दिया। ये दो कर्ज अब कभी चुकता नहीं हो पाएँगे। तिजोरी तुम्हें बताती है, रोडन, कि भावुक लोग कर्ज देने के लिहाज से सुरक्षित जोखिम नहीं हैं।

"अब देखो, बिल्कुल अलग चीज।" बैल की हड्‌डी से बनी अँगूठी दिखाते हुए उसने कहा, "यह एक किसान की अँगूठी है। मैंने उसकी औरतों के कपड़े खरीदे हैं। टिड्डियों के हमले की वजह से उसकी खेती चौपट हो गई थी। उसके पास खाने को कुछ नहीं था। मैंने उसकी मदद की और जब नई फसल हुई तो उसने मुझे कर्ज लौटा दिया। बाद में वह फिर मेरे पास एक बार आया और बहुत दूर देश की अजीब सी बकरियों के बारे में मुझे बताने लगा। इसके बारे में उसे एक यात्री ने बताया था। उन बकरियों के बाल लंबे

होते हैं और काफी नरम भी रहते हैं। उनसे बेहद नरम और खूबसूरत कपड़े तैयार किए जा सकते हैं। कहा जाता है कि बेबीलोन में उनसे बेहतर कपड़े नहीं हो सकते। वह उन बकरियों का झुंड खरीदना चाहता था, लेकिन उसके पास पैसे नहीं थे। इसलिए मैंने उसे सोना उधार दिया, ताकि वह सफर पर निकल सके और बकरियों को खरीदकर लौट सके। अब उसने वहाँ झुंड पालना शुरू कर दिया है और अगले साल तक मैं बेबीलोन के अमीरों को चौंकानेवाले कपड़े दिलाऊँगा, जो कि उनके अब तक के जीवन में सबसे महँगे कपड़े साबित होंगे। मैं उनसे कहूँगा कि आप खुशकिस्मत हैं कि ये कपड़े खरीद पा रहे हैं। जल्दी ही मैं उसकी यह अँगूठी उसे लौटा दूँगा। वह अपना कर्ज चुकाने पर जोर देता है।''

रोडन ने पूछा, ''कुछ उधार लेनेवाले ऐसा करते हैं क्या?''

''मुझे लगता है कि जब वे पैसा कमाने के लिए किसी उद्देश्य के तहत कर्ज लेते हैं, तब वे ऐसा करते हैं; लेकिन अगर वे बिना सोचे-समझे कर्ज लेते हैं तो मैं उन्हें सतर्क करता हूँ कि वे दोबारा सोना हाथ में नहीं पा सकेंगे।''

रोडन ने अपने हाथ में अनोखे तरह के रत्नजड़ित सोने का एक भारी कंगन उठाते हुए मैथन से दरख्वास्त की, ''मुझे इसके बारे में बताओ!''

मैथन ने चुटकी लेते हुए कहा, ''मेरे अच्छे दोस्त को महिलाएँ ज्यादा लुभाती हैं।''

इस पर मजाकिया प्रतिक्रिया देते हुए रोडन ने कहा, ''मैं अब भी तुमसे काफी छोटा हूँ न।''

मैथन ने कहा, ''मैं मानता हूँ, लेकिन अगर तुम किसी रोमांटिक मामले के चक्कर में हो तो वैसी बात नहीं है। ये कंगन एक मोटी और झुर्रियोंवाली महिला के हैं। वह इतना ज्यादा बात करती है और काम की बात इतना कम कि मेरा सिर दर्द करने लगता है। कभी उसके पास ढेर सारा पैसा था और वह अच्छी ग्राहक हुआ करती थी, लेकिन बुरा समय उस पर भी आया। उस औरत का एक बेटा था, जिसे वह व्यापारी बनाना चाहती थी। इसलिए वह मेरे पास आई और सोना उधार लिया, ताकि उसका बेटा एक कारवाँ में साझीदार

बन सके। उस कारवाँ का मालिक अपने ऊँटों से एक शहर में खरीदारी के लिए पहुँचा था और उसे लेकर दूसरे शहर में जाने वाला था।

''वह कारवाँ का मालिक धूर्त साबित हुआ और उसने उस महिला के बेटे को दूर शहर में बेसहारा छोड़ दिया। उसके पास न खाने के लिए पैसे बचे थे और न कोई जान-पहचान का ही उसके साथ था। वह कारवाँ का मालिक उसे सोता छोड़कर रात में ही अपना कारवाँ लेकर निकल गया था। हो सकता है कि जब वह युवक थोड़ा और बड़ा हो तो मेरा कर्ज चुका दे; लेकिन यह केवल मेरा अनुमान भर ही है। लेकिन मेरा मानना है कि जो गहना मुझे मिला है, वह वाकई बेशकीमती है और कर्ज की रकम के बराबर है।''

''क्या उस महिला ने आपसे कर्ज लेते समय कोई सलाह भी ली थी?''

''दूसरे तरीके से ली थी। उसने खुद को मेरे सामने ऐसे पेश किया, जैसे कि उसका बेटा बेबीलोन का बहुत रईस और ताकतवर आदमी हो। उसे कोई सलाह देने से वह नाराज हो सकती थी। मुझे हलकी सी झिड़की दी थी उसने। मैं उस लड़के की अनुभवहीनता को लेकर जोखिम के बारे में जानता था; लेकिन जब वह कर्ज के बदले गिरवी के तौर पर गहना दे रही थी तो मैंने कुछ नहीं कहा।''

मैथन ने रस्सी से बँधे बंडल को दिखाते हुए आगे कहा, ''यह एक ऊँट व्यापारी नेबातुर का है। उसने अपनी औकात से बढ़कर एक झुंड खरीद लिया था और चुकाने के लिए उसके पास पैसे नहीं थे। तब वह यह बंडल लेकर मेरे पास आया था। मैंने उसकी जरूरत के हिसाब से कर्ज दिया था। वह एक बुद्धिमान कारोबारी था। मुझे उसके फैसले लेने की क्षमता पर भरोसा है और मैं उसे बिना सोचे-समझे ही कर्ज दे देता हूँ। उनके टोकन मेरे बक्से में ज्यादा दिन टिकते नहीं हैं और आते-जाते रहते हैं। बेबीलोन के बहुत से कारोबारियों में मेरा काफी भरोसा है। वे ईमानदार हैं और उनका व्यवहार भी सम्मानजनक है। अच्छे कारोबारी हमारे शहर की संपत्ति हैं और उन्हें सहयोग देने से मुझे भी लाभ मिलता है और इस तरह से कारोबार आगे बढ़ता है और बेबीलोन भी खुशहाल रहता है।''

अब मैथन ने फीरोजी रंग के एक झींगुर को टोकन बक्से से निकाला और घृणा में जोर से जमीन पर पटक दिया। फिर उसने कहा, ''यह मिस्र का कीड़ा है। जिसने मुझे यह टोकन दिया था, उसे मेरा कर्ज लौटाने की जरा सी भी चिंता नहीं थी। जब मैं उसके पास तगादे के लिए पहुँचता तो वह कहता, 'मैं कैसे कर्ज चुका सकता हूँ, जब मेरा बुरा वक्त चल रहा है। तुम्हारे पास तो पहले से ही बहुत ज्यादा पैसा है। अब बताओ कि मैं क्या करूँ?' उसके पिता ने यह टोकन दिया था। वह कम संसाधनोंवाले जिम्मेदार इनसान हैं, जिन्होंने अपने बेटे के कारोबार को जमाने के लिए अपनी जमीन और पशुओं का झुंड गिरवी रख दिया था। उस नौजवान को शुरू में तो सफलता मिली, लेकिन वह आत्ममुग्ध हो गया और अनुभवहीनता में गलत फैसले लेने लगा। जल्दी ही उसका कारोबार चौपट हो गया।

''नौजवान महत्त्वाकांक्षी होते हैं। वे संपत्ति हासिल करने और मन-माफिक चीजें पाने के लिए गलत चीजें करने या गलत कदम उठाने से भी गुरेज नहीं करते। जल्दी रईस बनने के चक्कर में वे बिना सोचे-समझे अनाप-शनाप कर्ज ले डालते हैं। जिन नौजवानों के पास अनुभव नहीं है, वे यह महसूस ही नहीं करते कि बेवजह कर्ज लेना एक गहरा गड्ढा खोदने के समान है, जिसमें अगर वे आसानी से गिर गए तो फिर उनका बाहर निकल पाना बहुत कठिन साबित हो सकता है। यह दुःख और अफसोस का गड्ढा होता है, जहाँ सूरज की चमक पर दुःखदायी और बेचैन रात के अँधेरे हावी हो जाते हैं। फिर भी, मैं नौजवानों को सोना उधार देते समय हतोत्साहित नहीं करता। मैं उन्हें प्रोत्साहित करता हूँ। मैं उन्हें सलाह देता हूँ कि यह कर्ज समझदारी भरे उद्देश्य के लिए होना चाहिए। मैं खुद को एक सफल कारोबारी के तौर पर तभी बना सका था, जब मैंने भी कर्ज लिया था।

''फिर, ऐसे मामले में कर्ज लेनेवाला करे भी तो क्या? वह नौजवान परेशान हाल है और कुछ भी हासिल नहीं कर पाया। वह हतोत्साहित है। उसने कर्ज चुकाने के लिए कोई प्रयास नहीं किया। मेरा दिल नहीं चाहता कि उसके पिता से जमीन तथा उसके जानवर छीनकर उसे और बेहाल कर दिया जाए।''

रोडन ने कहा, "मुझे और बताओ। यह सब सुनने में मेरी दिलचस्पी और बढ़ गई है, लेकिन मुझे मेरे सवाल का जवाब नहीं मिला है अब तक। क्या मुझे अपनी बहन के पति को सोने के 50 सिक्के कर्ज के तौर पर देने चाहिए? मेरे लिए इस सोने का विशेष महत्त्व है।"

मैथन ने कहा, "तुम्हारी बहन एकदम खरी औरत है, जिसका मैं बहुत सम्मान करता हूँ। अगर उसका पति मेरे पास कर्ज लेने के लिए आता तो मैं उससे पूछता कि वह इसका क्या करेगा? अगर उसका जवाब यह होता कि वह एक कारोबारी बनना चाहता है, मेरी तरह और गहनों का काम करना चाहता है और उन्हें खूबसूरत बनाना चाहता है तो मैं उससे पूछता कि इस काम को लेकर उसके पास किस तरह की जानकारी या प्रशिक्षण मिला हुआ है। मैं पूछता कि क्या तुम्हें पता है कि तुम अपना माल कहाँ से खरीदोगे, ताकि उसके लिए तुम्हें कम-से-कम कीमत देनी पड़े और अपने तैयार माल को कहाँ बेचोगे, ताकि तुमको ज्यादा-से-ज्यादा फायदा हो? क्या वह इन सवालों का 'हाँ' में जवाब दे सकेगा?"

रोडन ने कहा, "नहीं, वह नहीं दे पाएगा। उसने भाला बनाने में मेरी काफी मदद की है और मेरी दुकान में कुछ जरूरत के मुताबिक काम किया है उसने।"

"तब तो मैं यही कहूँगा कि उसका उद्देश्य समझदारी भरा नहीं है। व्यापारियों को अपने कारोबार के सिलसिले में सीखना चाहिए। उसकी महत्त्वाकांक्षा भले ही कितनी उचित हो, अगर वह व्यावहारिक नहीं है तो मैं उसे सोना बतौर कर्ज नहीं दूँगा।

"लेकिन अगर हम यह मानें कि वह यह कहे, 'हाँ, मैंने व्यापारियों की काफी मदद की है। मुझे पता है कि स्मायर्ना में कैसे सफर करते हैं और वहाँ से कम कीमत में कपड़े कैसे खरीदते हैं, जो कि वहाँ की घरेलू महिलाएँ बुनती हैं, साथ ही बेबीलोन के तमाम अमीर लोगों को भी मैं जानता हूँ, जिन्हें मैं ये कपड़े ऊँचे दाम पर बेच सकता हूँ और भारी मुनाफा कमा सकता हूँ।' तब मैं कहूँगा, 'तुम्हारा उद्देश्य समझदारी भरा है और तुम्हारी महत्त्वाकांक्षा सम्मान

योग्य है। मैं तुम्हें सोने के 50 सिक्के कर्ज के तौर पर देकर खुशी महसूस करूँगा; लेकिन इसके साथ तुम्हें मेरी रकम की सुरक्षा के तौर पर कुछ देना होगा, जो कि कर्ज लौटाने के बाद तुम्हें वापस मिल जाएगा।'

"लेकिन अगर उसने यह कहा, 'मेरे पास तुम्हारे कर्ज की सुरक्षा के तौर पर देने के लिए कुछ नहीं है। मैं समाज का इज्जतदार व्यक्ति हूँ और तुम्हारा कर्ज समय से चुका दूँगा।' तब मैं यह जवाब उसे दूँगा, 'मैं सोने के हर सिक्के को अच्छी तरह सँभालकर रखता हूँ। तुम स्मायर्ना के सफर पर जाओगे और अगर लुटेरों ने तुमसे सोना छीन लिया या कीमती कपड़े लेकर लौटते हुए उन्होंने तुम्हारा माल छीन लिया, तब तुम्हारे पास कर्ज लौटाने के लिए तो रकम रहेगी नहीं और मेरा सोना भी इस तरह से वापस नहीं मिल पाएगा।'

"रोडन, देखो, कर्ज देनेवाले के लिए सोना कारोबार का माध्यम है। उधार देना आसान है। अगर इसे समझदारी से उधार न दिया जाए तो इसे वापस हासिल कर पाना मुश्किल है। बुद्धिमान कर्जदाता अपनी संपत्ति को जोखिम में नहीं डालना चाहेगा, बल्कि वह चाहेगा कि उसे उसकी रकम सुरक्षित वापस मिल जाए।"

उसने आगे कहा, "यह अच्छी बात है कि आप उनकी मदद करें, जो परेशानी में घिरे हैं। यह भी ठीक है कि आप उनकी मदद करें, जिन पर बदकिस्मती की मार पड़ी है। उन लोगों की मदद करना भी अच्छा है, जो आगे बढ़ना चाहते हैं और खुद को सम्मानित नागरिक के रूप में स्थापित करना चाहते हैं; लेकिन मदद हमेशा बुद्धिमानी भरी और समझदारी भरी होनी चाहिए, नहीं तो किसान के गधे की तरह मदद करने के चक्कर में दूसरों का बोझ हमारे ऊपर ही लद जाएगा।"

"रोडन, एक बार फिर मैं तुम्हारे सवाल से भटक गया। लेकिन मेरा जवाब सुनो—अपने सोने के 50 सिक्के बचाकर रखो। तुम्हारे पास जो रकम है, वह तुमने मेहनत से कमाई है और तुम्हें जो इनाम मिला है, वह केवल और केवल तुम्हारा है। तुम्हारे हिस्से पर कोई दूसरा दावा भी नहीं कर सकता, जब तक कि तुम अपनी इच्छा से उसे अपनी रकम न दो। अगर तुम इस

रकम से कुछ इस तरह से कर्ज दो, ताकि कुछ कमा भी सको तो हर तरह से देख-सुनकर और बहुत सावधानी से ही कर्ज देना। मुझे सोने का बेकार पड़े रहना ठीक नहीं लगता, लेकिन मुझे इसे अत्यंत जोखिम में डालना भी बिल्कुल पसंद नहीं है।

"भाला बनानेवाले के तौर पर तुम कितने साल से मेहनत कर रहे हो?"

"तीन साल से।"

"बादशाह से मिले उपहार से अलग तुमने अब तक कितनी बचत की है?"

"सोने की तीन मुहरें।"

"हर साल तुमने मेहनत में ही गुजार दी और अपने लिए अच्छी-अच्छी चीजों से तुमने समझौता किया, ताकि तुम ये सोने की तीन मुहरें बचा सको।"

"तुमने बिल्कुल ठीक कहा।"

"इस हिसाब से तो सोने की 50 मुहरें बचाने में तुम्हें 50 साल लग जाएँगे और इस दौरान तुम अपने शौक या खुशी के लिए कुछ भी नहीं कर पाओगे।"

"एक तरह से मेरा पूरा जीवन ही मेहनत करते-करते बीत जाएगा।"

"अब तुम सोचो कि तुम्हारी 50 साल की कमाई को तुम्हारी बहन अपने पति के लिए काँसा गलाने की भट्ठी तैयार करने के लिए लेना चाहती है और वह भी तब, जबकि उसका पति व्यापारी बनने को लेकर प्रयोग कर रहा है। कितना बड़ा जोखिम है इसमें!"

"तुम्हारे शब्दों में कहूँ, तो नहीं देना चाहिए।"

"तब अपनी बहन के पास जाओ और बोलो—रोजे के दिनों को छोड़कर तीन साल की रात-दिन की मेहनत के बाद मैंने अपने लिए सोने की तीन मुहरें बचाई हैं। इस क्रम में मैंने अपनी खुशी या शौक के लिए कुछ भी नहीं खरीदा और अपने दिल को कड़ा कर लिया। हर साल मैंने इस तरह एक सोने की मुहर बचाई। तुम मेरी सबसे खास बहन हो और मेरी यह इच्छा है कि तुम्हारा पति एक अच्छे कारोबार में लग जाए, ताकि वह आगे बढ़े

और खुशहाल बने। अगर वह मुझे अपने कारोबार की योजना बताए और वह योजना मेरे दोस्त मैथन को ठीक लगेगी, तब मैं खुशी-खुशी अपनी एक साल की बचाई रकम उसे कर्ज के तौर पर दे दूँगा; लेकिन उसे साबित करना होगा कि वह सफल होगा।

''बस, इतना करो और अगर उसे यह ठीक लगता है और उसकी आत्मा कहती है कि वह सफल हो सकता है तो वह साबित करे। अगर वह विफल हो जाता है तो भी उस पर इतना भार नहीं पड़ेगा कि वह तुम्हारा उधार चुकता न कर सके।

''मैं सोना उधार देने का कारोबार करता हूँ, क्योंकि मेरे पास कारोबारी जरूरत से कहीं अधिक सोना मौजूद है। मैं अपना अतिरिक्त सोना दूसरों को इसलिए देता हूँ, ताकि वह सोना मेरे लिए मेहनत कर सके और मेरे सोने के खजाने को और बढ़ा सके। मैं यह तो नहीं चाहूँगा कि अपने सोने को खो जाने के जोखिम में डाल दूँ, जिसके लिए मैंने कड़ी मेहनत की है और अपने आपको तमाम खुशियों और शौक से वंचित रखा है। इसलिए मैं इसको ऐसे किसी शख्स को उधार नहीं दूँगा, जो मुझे वह रकम लौटा न सके, न तो इसे मैं ऐसे किसी शख्स को ही दूँगा, जिससे मैं आश्वस्त नहीं हूँ कि वह अपनी जिम्मेदारी समझते हुए समय पर कर्ज चुकता कर सकेगा और मुझे मेरी रकम लौटा पाएगा।

''रोडन, मैंने तुमको अपने टोकनवाली तिजोरी से जुड़ी कुछ खुफिया बातें बताईं। उनसे तुमने समझ लिया होगा कि इनसानों की कमजोरियाँ किस तरह की होती हैं और वे उधार लेने के लिए किस तरह उतावले रहते हैं, भले ही उनके पास कर्ज चुका पाने की क्षमता न हो। तुम यह भी समझ गए होगे कि किस तरह से लोगों की उम्मीदें तो आसमानी होती हैं कि अगर उनके पास सोना हो तो वे बड़े काम करेंगे और ऊँची कमाई करेंगे, लेकिन अपनी क्षमताओं का या अपनी सीमित जानकारी का वे आकलन नहीं करते और खुद से झूठी उम्मीद पाल लेते हैं।

''रोडन, तुम्हारे पास जो सोना है, उसे तुमको ज्यादा सोना कमाने में

लगाना चाहिए। तुम भी मेरी तरह सोना कर्ज देनेवाले बनने की ओर बढ़ रहे हो। तुम भी मेरी तरह से ही सोना कारोबारी बन सकते हो। अगर तुम अपना खजाना सुरक्षित रख पाओ तो यह तुम्हें खुलकर कमाई करा सकता है और तुम्हारे लिए आनंद का स्रोत बन सकता है तथा सारी उम्र तुम्हें फायदा कराता रह सकता है; लेकिन अगर तुमने इसे अपने हाथ से निकल जाने दिया तो यही सोना तुम्हें हमेशा दुःखी किए रहेगा और जब तक तुम्हारी याददाश्त बची रहेगी, तब तक तुम सारी उम्र उस गम से उबर नहीं पाओगे। अब तुम बताओ कि तुम अपने बटुए में रखे सोने के साथ क्या करना चाहोगे?''

''उसे सुरक्षित रखना चाहूँगा।''

मैथन ने उसकी बात को सही ठहराते हुए कहा, ''समझदारी भरी बात कही तुमने। पहली चीज तो यह कि इसे सुरक्षित रखना जरूरी है। सोचो कि क्या तुम्हारी बहन के पति के पास वह सोना वाकई सुरक्षित रहेगा और किसी भी तरह का नुकसान उसे नहीं पहुँचेगा?''

''मुझे नहीं लगता कि वह इसे सुरक्षित रख पाएगा, क्योंकि वह इतना जानकार या समझदार नहीं है।''

''तब तुम्हें किसी भी तरह की भावनाओं में बहने की बेवकूफी से बचना चाहिए। अगर तुम अपने परिवार या दोस्तों की मदद करना चाहते हो तो दूसरे उपायों के बारे में सोचो, जिसमें तुम्हारे खजाने को नुकसान न होने पाए या वह जोखिम में न पड़ने पाए। यह मत भूलना कि जो लोग सोने की सुरक्षा करने में काबिल नहीं हैं, उनके पास से यह अप्रत्याशित तरीके से फिसल जाता है। चाहे तुम फिजूलखर्ची करके इसे उड़ा दो या दूसरों के हाथों गँवा बैठो, बात एक ही है।''

''अपने खजाने की सुरक्षा करने के बाद इसके साथ क्या करने की इच्छा होनी चाहिए?''

''और ज्यादा सोना कमाना उद्‌देश्य होना चाहिए।''

''एक बार फिर तुमने बुद्धिमानी की बात की। इसे ऐसा निवेश करना चाहिए कि यह तुम्हें और सोना कमाकर दे और तुम्हारा खजाना बढ़ता रहे।

सोने को अगर सोच-समझकर उधार दिया जाए तो यह खुद-ब-खुद दोगुना हो जाता है, क्योंकि जिसे यह कर्ज के तौर पर दिया जाता है, वह खुद अपनी कमाई बढ़ाता जाता है, जिसके साथ आपका भी हिस्सा बढ़ता है। अगर आप इसे गँवाने का जोखिम लेते हैं तो आपने पहले जितना कमाया होता है, वह सब गँवाने का खतरा बढ़ जाता है।

''इसलिए अव्यावहारिक लोगों की लोक-लुभावन योजनाओं के चक्कर में नहीं आना चाहिए। ये लोग सोचते हैं कि इन्हें वे तमाम तरीके पता हैं, जिससे तुम्हारे सोने के जरिए वे असाधारण बड़ी कमाई कर सकते हैं। ऐसी योजनाएँ सपने देखनेवालों का खयाली पुलाव होती हैं, जो पूरी तरह नौसिखिए होते हैं और व्यापार के नियमों से अनजान रहते हैं। अपने खजाने से कमाई को लेकर आपको भी रूढ़िवादी बने रहने की जरूरत है और ज्यादा कमाने के चक्कर में नहीं पड़ना चाहिए, बल्कि थोड़ा ही कमाएँ। लेकिन अपना खजाना बचाए रखने में ज्यादा बुद्धिमानी है। सामान्य आमदनी से परे अगर कोई ज्यादा कमाकर देने का वादा करके आपका खजाना हासिल करना चाहता है तो इससे नुकसान के अलावा और कुछ हाथ नहीं आने वाला।

''ऐसे लोगों और उद्यमों का साथ पकड़ने की कोशिश करें, जिनकी सफलता स्थायी और स्थापित हो चुकी हो। इससे आपके खजाने को भी सुरक्षित दायरा मिल सकेगा और उसका समझदारी से उपयोग होगा तथा अनुभवी लोग अपने अनुभव व समझदारी से उसे बचाने के भी उपाय करेंगे और बढ़ाने में भी मदद करेंगे।

''इस तरह, आप अपनी बदकिस्मती को अपने से दूर रख सकते हैं और ऐसे लोगों की श्रेणी में शामिल हो सकते हैं, जिन्हें ईश्वर ने सोना देकर उनमें अपना भरोसा कायम रखा है।''

जब रोडन ने मैथन की बेशकीमती सलाह के लिए उसका शुक्रिया अदा किया और चलने को हुआ, तब मैथन ने उसे एक महत्त्वपूर्ण बात कही, ''बादशाह के उपहार ने तुम्हें काफी समझदार बनाया है। तुम्हें 50 सोने की मुहरें मिली हैं, क्योंकि तुम निश्चित रूप से सभी से अलग हो, होशियार

हो। बहुत सारे लोग तुम्हें बहलाने-फुसलाने की कोशिश करेंगे, बहुत सारी सलाह भी तुम्हें देनेवाले मिलेंगे। तुम्हें तमाम ऐसे खोखले अवसर दिखाए जाएँगे, जिसमें तुम्हें सोच से कहीं ज्यादा लाभ नजर आएगा। ऐसे मौके पर मेरे टोकन बक्से के जरिए तुम्हें सुनाई गई कहानियाँ तुम्हें सुरक्षित रखने में मदद करेंगी। तुम सोने का एक टुकड़ा भी किसी को देने से पहले यह अच्छी तरह तय करके ही देना कि एक तो वह दूसरे शख्स के हाथों में सुरक्षित रहेगा और दूसरा कि जब तुम चाहो, उसे वापस पा सकोगे। अगर तुम्हें मेरी सलाह ठीक लगे और आगे भी मेरी जरूरत पड़े तो बिना सोचे मेरे पास लौट आना। मुझे तुमसे बात करके खुशी होगी।

"और हाँ, जाते-जाते यह भी पढ़ते जाओ, जो मैंने अपने टोकन बक्से के नीचे लिख रखा है। यह कर्ज लेनेवाले और उधार देनेवाले पर बराबर लागू होता है—

'एक बड़े नुकसान से
लाख गुना बेहतर है कि थोड़ा सतर्क रहा जाए।'

□

बेबीलोन की दीवारें

कभी निर्दयी योद्धा रहा और अब बुजुर्ग हो चला बंजार आज बेबीलोन की पुरानी दीवारों के पास चौकसी में लगा था और आने-जानेवालों पर कड़ी नजर रख रहा था। उसके ऊपर बहादुर लड़ाके दीवारों को बचाने में जूझ रहे थे। उन्हीं पर इस महान् शहर और इसमें रहनेवाले सैकड़ों-हजारों नागरिकों के भविष्य का अस्तित्व टिका था।

दीवारों के उस पार से हमला करती दुश्मन सेनाओं की गर्जना सुनाई पड़ रही थी, जिसे लोगों की हुंकार, घोड़ों की टापों और शहर के बुलंद काँसे के दरवाजे पर पड़नेवाली मार से कानफोड़ू शोर एक भयावह माहौल पैदा कर रहा था।

शहर के मुख्य द्वार के अंदर गलियों में बरछी व भाले लेकर लोग खड़े थे और मुख्य द्वार के गिरने की स्थिति में दुश्मन से लोहा लेने का जिम्मा उन्हीं पर था। वे संख्या में बहुत ज्यादा नहीं थे। बेबीलोन की मुख्य फौज अपने बादशाह के साथ थी, जो पूरब में एलम (पुराना ईरान) की सेना से लोहा लेने के लिए मुस्तैद थी। उनकी गैर-मौजूदगी में किसी तरह के हमले की आशंका नहीं थी। बचाव करनेवाली फौज काफी छोटी थी। अप्रत्याशित तरीके से उत्तर दिशा की तरफ से सीरियाई फौज ने हमला कर दिया था। इसलिए दीवारों का मजबूती से टिके रहना बेबीलोन के अस्तित्व के लिए जरूरी था।

बंजार की तरह बड़ी संख्या में शहर के भयाक्रांत नागरिक, जिनके चेहरे सफेद पड़ गए थे, वे लड़ाई की पल-पल की खबर पाने के लिए बेचैन थे।

निस्तब्ध एवं दु:ख से भरे हुए वे लोग घायल या मारे जा चुके सिपाहियों को ले जाते हुए या रास्ते में गिरे पड़े लोगों को देख रहे थे।

अब संघर्ष का बेहद अहम वक्त और मोड़ आ चुका था। तीन दिन तक शहर को घेरे रखने के बाद दुश्मन फौज ने अपनी पूरी ताकत शहर के उस मुख्य द्वार की तरफ झोंक दी थी। बचाव दल दीवार के ऊपर बड़ी बहादुरी से दुश्मन की फौज का मुकाबला कर रहा था। वे दुश्मन सैनिकों की दीवार के सहारे लगाई सीढ़ियों को पलटने, उन पर तीरों से हमला करने तथा जलता तेल फेंकने के अलावा जो दुश्मन सैनिक दीवार के ऊपर तक पहुँच जा रहा था, उसे बरछी व भाले से मार गिराने में जुटे हुए थे। बचाव दल के खिलाफ हजारों की संख्या में दुश्मन सिपाही तीरों की बौछार कर रहे थे।

बुजुर्ग बंजार ऐसी जगह पर स्थित था, जिससे उसे युद्ध की पल-पल की खबरें मिल रही थीं। वह इस युद्ध के बेहद नजदीक था और उसे हमला करनेवाले उन्मत्त दुश्मन की ताजा हुंकारें और प्रतिक्रिया साफ सुनाई दे रही थीं।

भीड़ में से एक बुजुर्ग व्यापारी निकलकर उसके पास पहुँचा। उसने काँपते हाथों से इशारा करके उससे पूछा, "मुझे बचाओ, मुझे बचाओ!" उसने गुहार लगाई, "वे (दुश्मन) अंदर नहीं आ सकते। मेरे बेटे अच्छे बादशाह के साथ हैं। मेरी बूढ़ी पत्नी की रक्षा करने के लिए कोई मौजूद नहीं है। वे मेरा सारा माल चुरा लेंगे। वे मेरा खाना भी नहीं छोड़ेंगे। हम काफी बूढ़े हो चुके हैं और खुद को बचा पाना हमारे लिए मुमकिन नहीं है। गुलामी की भी उम्र हम पार कर चुके हैं। हमें भूखे रहना चाहिए। हमें मर जाना चाहिए। मुझे बताओ कि वे अंदर नहीं आ पाएँगे।"

उस रक्षक ने जवाब दिया, "शांत हो जाओ, व्यापारी। बेबीलोन की दीवारें बेहद मजबूत हैं। बाजार लौट जाओ और अपनी बीवी से कहो कि शहर की दीवारें उतनी मजबूत हैं कि वे जिस तरह बादशाह की रियासत की रक्षा करेंगी, उसी तरह वे तुम्हारी संपत्ति की भी रखवाली करेंगी। दीवार के नजदीक ही रहो, नहीं तो दुश्मन के तीर तुम्हें लग जाएँगे!"

जवाब सुनकर जब वह बूढ़ा वहाँ से लौट गया तो एक महिला अपने बच्चे को गोद में लिये हुए वहाँ पहुँच गई और बोली, ''हवलदार, ऊपर से क्या खबर है? मुझे सच-सच बताओ, ताकि मैं अपने गरीब पति को आश्वस्त कर सकूँ। वह बुखार और भयानक जख्मों से तड़प रहा है, फिर भी अपने हथियार व भाले माँग रहा है, ताकि मेरी और अपने बच्चे की रक्षा कर सके। उसका कहना है कि दुश्मन अगर एक बार शहर में दाखिल हो गया तो हश्र भयानक होगा, क्योंकि दुश्मन बदला लेने के लिए किसी भी हद तक जा सकता है।''

''दिल छोटा मत करो। तुम अच्छे दिलवाली महिला हो। मैं फिर से दोहराता हूँ कि बेबीलोन की दीवारें तुम्हारी और तुम्हारे बच्चों की रक्षा करेंगी। वे बेहद ऊँची और मजबूत हैं। क्या तुम हमारे बहादुर सिपाहियों की ललकार नहीं सुन रही हो, जो जलते तेल से भरे कड़ाहे सीढ़ियों से ऊपर चढ़ रहे दुश्मनों पर खाली कर दे रहे हैं?''

''हाँ, ये तो मैं सुन पा रही हूँ और मुख्य द्वार पर दुश्मन सिपाहियों की लगातार मार की आवाजें भी मेरे कानों तक पहुँच रही हैं।''

''अपने पति के पास लौट जाओ। उसे बताओ कि हर तरह की मार सहने के लायक हैं हमारे मुख्य द्वार। यह भी बताना कि जो दुश्मन सैनिक ऊपर तक चढ़कर किसी तरह पहुँच जा रहे हैं, उन्हें हमारे सैनिक भाले से छेद डाल रहे हैं। ध्यान से अपने रास्ते पर जाना और खुद को इमारतों की आड़ में बचाकर ले जाना।''

हथियारों से लैस भारी-भरकम नई फौज को रास्ता देने के लिए बंजार एक तरफ हो गया। हाथों में काँसे की ढाल लिये हुए भारी-भरकम हथियारों से लैस कदम-ताल करते सैनिक ऊपर की तरफ बढ़ रहे थे। वहीं एक छोटी बच्ची ने बंजार की कमरपेटी पकड़कर उससे पूछा, ''सैनिक, मुझे बताइए कि क्या हम सुरक्षित हैं?'' उसने विनती करते हुए कहा, ''मुझे सैनिकों की दुःख भरी आवाजें सुनाई पड़ रही हैं। हमारे परिवारों का क्या होगा? मेरी माँ, मेरे छोटे भाई और मासूम बच्चे का क्या होगा?''

उस निर्दयी बूढ़े सैनिक ने अपनी आँखें झपकाईं और उस बच्ची की ठोड़ी को प्यार से पकड़ते हुए उसे आश्वस्त करते हुए कहा, "नन्ही बच्ची, तुम्हें डरने की कोई जरूरत नहीं है। बेबीलोन की दीवारें तुम्हें और तुम्हारी माँ, छोटे भाई एवं मासूम बच्चे की रक्षा करेंगी। ये दीवारें उनकी सुरक्षा के लिए ही तो अच्छी महारानी सेमिरामिस ने सौ साल पहले बनवाई थीं। आज तक ये दीवारें तोड़ी नहीं जा सकी हैं। वापस जाओ और अपनी माँ, भाई व मासूम बच्चे को बताओ कि बेबीलोन की दीवारें उनकी रक्षा करेंगी और उन्हें डरने की कोई जरूरत नहीं है।"

जैसे-जैसे दिन गुजरते गए, बुजुर्ग बंजार अपनी जगह पर खड़ा होकर सैनिकों की अदला-बदली होते देखता, जो वहाँ टिकते और तब तक लड़ते रहते, जब तक घायल नहीं हो जाते या उनकी मौत नहीं हो जाती। तभी वे एक बार नीचे उतारे जाते थे। उसके चारों तरफ मौजूद भीड़ कम होने का नाम नहीं लेती थी, जो डरे व कसमसाए हुए लोगों भीड़ थी और यह जानना चाहती थी कि दीवारें दुश्मन के आगे कब तक टिक पाएँगी। उन सभी को वह एक बूढ़े सैनिक के पूरे गौरव के साथ यही जवाब देता, "बेबीलोन की दीवारें आपकी रक्षा करेंगी।"

तीन हफ्ते और पाँच दिन तक लगातार हमला चलता रहा, जिसमें बड़ी मुश्किल से हिंसा रोकी जा सकी। रास्ते के पीछे कठोर व निर्दयी बंजार खड़ा रहता था और खून से लथपथ तमाम घायल सैनिक उसके सामने नीचे उतरते और उनकी जगह लेने के लिए स्वस्थ सैनिकों को ऊपर चढ़ते देखता रहता था। यह क्रम लगातार चलता जा रहा था। वहीं, दीवार के दूसरी तरफ हर दिन मारे गए दुश्मन सैनिकों का ढेर दीवार के सहारे लग जाता था। हर रात उन सैनिकों की तरफ के लोग उनकी लाशों को उठाकर ले जाते और सम्मानपूर्वक दफन करते।

चौथे हफ्ते की पाँचवीं रात बिना शोर-शराबे के गुजरी। पौ फटते ही जब मैदान पर सूरज की किरणें पड़ीं, वापस लौटती दुश्मन सेना के कदमों से उठता धूल का गुबार नजर आने लगा।

बचाव दल की तरफ से जीत की हुंकार हुई। इसका मतलब समझने में कोई गलती नहीं कर सकता था। इस जीत की हुंकार को दूसरी कतार में खड़ी सेना ने दोबारा और ऊँची आवाज में लोगों को सुनाया। इस जीत की हुंकार में शहर के नागरिकों ने भी अपनी आवाज मिला दी। यह हुंकार पूरे शहर में गूँज उठी और आवाज का तूफान शहर में दौड़ पड़ा। पूरा शहर जीत के जश्न में डूब गया।

लोग अपने घरों से दौड़ते हुए शहर की सड़कों पर जमा हो गए और खुशी से उछलती-कूदती भीड़ से सड़कें जाम हो गईं। कई हफ्तों से लोगों के जेहन में समाया खौफ गायब हो चुका था और उनके जोश व उत्साह भरे कोलाहल से पूरा शहर गूँज रहा था। बेल के मंदिर की ऊँची मीनार के ऊपर से पटाखे छोड़े जाने लगे और जीत की मशाल जलाई गई। आकाश में नीला धुआँ फैल गया, जो दूर तक जीत का संदेश दे रहा था।

बेबीलोन की दीवारों ने एक बार फिर अपनी ताकत का अहसास करा दिया था और यह भी साबित कर दिया था कि क्रूर दुश्मन के इस अमीर शहर के खजाने को लूटने के नापाक इरादों को वे मिट्टी में मिलाती रहेंगी और साथ ही अपने नागरिकों पर जुल्म करने तथा उन्हें अपना गुलाम बनाने की मंशा पाले दुश्मन को वे दीवारें कभी सफल नहीं होने देंगी।

बेबीलोन सदी-दर-सदी अपनी जगह पर मजबूती से टिका रहा तो केवल इसलिए, क्योंकि वह पूरी तरह सुरक्षित था। किसी अन्य तरीके से उसे बचाया जाना संभव नहीं था। बेबीलोन की दीवारें यह साबित करने के लिए काफी हैं कि इनसान को सुरक्षा की कितनी जरूरत होती है और हर इनसान की यह इच्छा होती है कि वह ज्यादा-से-ज्यादा मजबूत तरीके से सुरक्षित रहे। मानव जाति में यह इच्छा अंतर्निहित होती है। यह इच्छा आज भी उतनी ही मजबूत है, जितनी सदियों पहले हुआ करती थी। हालाँकि अब हमने काफी व्यापक और बेहतर तौर-तरीके विकसित कर लिये हैं और सुरक्षा के उसी उद्‍देश्य को हम और अच्छे तरीके से पूरा कर पाते हैं।

आज के दौर में आर्थिक सुरक्षा भी ज्यादा जरूरी है, जो बीमा, बचत

खातों और निवेश के तमाम तरीकों से इनसान को सुरक्षित माहौल प्रदान करती है। इनके माध्यम से हम खुद को अनपेक्षित दौर से बचा सकते हैं, जो हम पर किसी भी तरफ से हमला कर सकता है। हमें अपनी दीवारें और दरवाजे मजबूत करने की हमेशा जरूरत है।

हम अपनी व्यापक सुरक्षा से
किसी तरह का समझौता नहीं कर सकते हैं।

□

बेबीलोन का ऊँट व्यापारी

जो आदमी जितना ही भूखा रहता है, उसका दिमाग उतनी ही सफाई से काम करता है; साथ ही यह भी कहा जाता है कि खाने की खुशबू के प्रति लोग कुछ ज्यादा ही संवेदनशील होते हैं।

अजूर का बेटा तरकाड निश्चित रूप से ऐसा ही सोचता है। दो दिन तक उसे खाने का एक दाना नसीब नहीं हुआ और बगीचे की दीवार पर पड़े दो छोटे जामुन चुराकर खाकर ही गुजारा करना पड़ा था। वह तो और लेने जा रहा था, लेकिन बगीचे की मालकिन ने उसे देख लिया और उसे ललकारते हुए उसके पीछे दौड़ पड़ी। अब काफी देर हो चुकी थी और वह बाजार में पहुँच गया था; लेकिन उस महिला की तीखी आवाज अब भी उसके कानों में गूँज रही थी। इसके चलते उसे अपनी उँगलियों पर काबू पाने में भी मदद मिली, जो कि बाजार में फलों की टोकरी रखे महिलाओं के पास से फल चुराने को आतुर हो रही थीं।

इससे पहले उसे अब तक यह अहसास नहीं हुआ था कि बेबीलोन के बाजारों में कितना ढेर सारा पकवान लाया जाता है और वह सब किस कदर खुशबूदार होता है। बाजार छोड़ते हुए वह चलते-चलते एक सराय के पास पहुँच गया और भोजनालयों के बाहर तेज कदमों से आगे-पीछे घूमने लगा। वह सोच रहा था कि शायद वहाँ किसी जान-पहचानवाले से उसकी मुलाकात हो जाए, ताकि वह उससे ताँबे का एक सिक्का उधार लेकर सराय में अंदर जा सके और रूखे चौकीदार की नाराजगी से बच सके और मदद भी मिल

जाए। वैसे भी, उसे पता था कि बिना ताँबे के सिक्के के उसका कितना बुरा स्वागत वहाँ हो सकता है।

अपनी उधेड़बुन में खोए तरकाड की नजर अप्रत्याशित रूप से एक शख्स की तरफ टिक गई, जिसे वह नजरअंदाज करना चाहता था। वह ऊँट व्यापारी दाबासिर था, जो कि लंबा व थुलथुल शरीरवाला था। जितने भी दोस्तों या परिचितों से तरकाड ने उधार ले रखा था, उनमें दाबासिर से वह सबसे ज्यादा असहज रहता था, क्योंकि वह समय पर उसको कर्ज लौटाने का वादा पूरा नहीं कर पाता था।

उसे देखते ही दाबासिर का चेहरा चमक उठा। उसने कहा, "हा! तरकाड, मैं तुम्हें ही खोज रहा था। लाओ, लौटाओ मेरे ताँबे के दो सिक्के, जो तुम 15 दिन पहले ले गए थे और एक चाँदी का सिक्का, जो मैंने तुम्हें उससे पहले उधार दिया था। अच्छा हुआ कि हमारी मुलाकात हो गई। मैं उन सिक्कों का आज अच्छा इस्तेमाल करने की सोच रहा हूँ। क्या बोलते हो लड़के, क्या?"

तरकाड हकलाने लगा और उसका चेहरा मुरझा गया। उसकी हिम्मत नहीं रह गई थी कि वह खाली पेट उस बातूनी दाबासिर से बहस कर सके। वह बेहद दबे सुर में बोला, "मुझे माफ कर दो। बेहद अफसोस है, लेकिन आज न मेरे पास ताँबा है और न चाँदी, जो कि मैं तुम्हें दे सकूँ।"

दाबासिर ने दबाव डालते हुए कहा, "तो हासिल करो कहीं से। तुम निश्चित रूप से कुछ ताँबे और चाँदी का जुगाड़ तो आसपास कहीं से जुगाड़ कर ही सकते हो, ताकि अपने पिता के उस पुराने दोस्त का कर्ज चुकता कर सको, जिसने तुम्हें तब मदद की थी, जब तुम्हें सबसे ज्यादा जरूरत थी।"

"मेरी बदकिस्मती है कि मैं तुम्हारा कर्ज चुकता नहीं कर पा रहा हूँ।"

"बुरी किस्मत! अपनी कमजोरियों के लिए तुम खुदा को दोष दे रहे हो। बुरी किस्मत हर उस शख्स के पास रहती है, जो कर्ज लेना तो जानता है, लेकिन चुकाना नहीं। मेरे साथ आओ लड़के, खाने के लिए। मुझे भूख लगी है और मैं तुम्हें एक कहानी सुनाऊँगा।"

दाबासिर की इस क्रूर स्पष्टवादिता पर तरकाड तिलमिला गया; लेकिन यहाँ कम-से-कम भोजनालय में घुसने का न्योता मिल रहा था। दाबासिर उसे लेकर कोनेवाली जगह पर गया, जहाँ दोनों छोटे कपड़ों के ऊपर बैठ गए।

जब भोजनालय का मालिक कौसकोर मुसकराते हुए उनके सामने आया तो दाबासिर ने सामान्य आजादी के लहजे में उससे कहा, "रेगिस्तान की मोटी छिपकली, मेरे लिए बकरी की टाँग, जूस और रोटी व सब्जी में जो कुछ हो। बहुत भूख लगी है और मैं ज्यादा खाना चाहता हूँ। मेरे दोस्त को मत भूलना। इसके लिए एक जग पानी लाओ। वह ठंडा होना चाहिए, क्योंकि आज बहुत गरमी है।"

तरकाड का दिल बैठ-सा गया। उसने सोचा कि क्या वह सिर्फ बैठकर केवल पानी पिएगा, जबकि उसके सामने बैठा दाबासिर लजीज बकरे की टाँग का लुत्फ उठाएगा? उसने कुछ नहीं कहा। उसने सोचा कि कहने को कुछ नहीं है।

दाबासिर हालाँकि चुप्पी जैसी चीज जानता ही नहीं था। वह मुसकराकर और अपने अच्छे व्यवहार के तौर पर हाथ हिला-हिलाकर दूसरे ग्राहकों का अभिवादन कर रहा था। वहाँ मौजूद सभी उसे जानते थे। उसने यह क्रम जारी रखा।

"हाल में एक यात्री उर्फा से लौटा है, जिससे मैंने सुना है कि वहाँ एक अमीर आदमी है, जिसके पास तराशे हुए पत्थर का टुकड़ा है और वह इतना पतला है कि कोई भी उसके आर-पार देख सकता है। उसने उस पत्थर को अपने घर की खिड़की में लगा रखा है, ताकि बारिश के पानी को घर से दूर रख सके। वह पीले रंग का है, इसलिए उस यात्री ने कुछ इस तरह से उसकी तुलना की और उसे इस पत्थर से आर-पार देखने की इजाजत मिली और उसने देखा कि बाहर की दुनिया वास्तव में जैसी नजर आती है, उससे कहीं ज्यादा विचित्र है। इस पर तुम क्या कहोगे, तरकाड? क्या तुम सोच सकते हो कि किसी इनसान को दुनिया उससे अलग भी नजर आ सकती है, जैसी वह वास्तव में है?"

दाबासिर की तरफ परोसे गए बकरे की मोटी टाँग में ज्यादा दिलचस्पी रखते हुए जवाब में युवक ने कहा, ''मैं ऐसा कह सकता हूँ।''

''अच्छा, मैं जानता हूँ कि मेरे अपने मामले में यह सच है कि दुनिया जैसी नजर आती है, वैसी है नहीं; बल्कि यह एकदम अलग तरह की है— वास्तविकता से परे; और जो कहानी मैं तुम्हें सुनाने जा रहा हूँ, वह यही बताती है कि मैंने कैसे जाना कि इस दुनिया का कौन सा रंग ज्यादा सच्चा है।''

पड़ोस में बैठे एक शख्स ने दूसरे के कान में फुसफुसाकर कहा, ''दाबासिर एक कहानी सुनाएगा।'' यह कहते हुए उसने अपना बैठनेवाला कपड़ा उसकी तरफ सरका लिया। आसपास खाना खा रहे लोग भी उसकी तरफ अपना-अपना खाना लेकर पहुँच गए और आधा गोला बनाकर उसके सामने बैठ गए। उनकी आवाजें तरकाड के कानों में गूँज रही थीं और अपनी मीटवाली हड्डी से वे उसे झाड़ रहे थे। वह अकेला वहाँ बिना खाने के बैठा हुआ था। दाबासिर ने न तो उसे खाने के लिए कहा और न उसे कड़ी रोटी का टुकड़ा ही पूछा, जो खाते-खाते टूटकर प्लेट से नीचे जमीन पर जा गिरा।

दाबासिर ने शुरू करते हुए कहा, ''जो कहानी मैं सुनाने जा रहा हूँ, वह मेरे शुरुआती दिनों से ताल्लुक रखती है और यह बताती है कि मैं कैसे ऊँटों का व्यापारी बन गया। क्या कोई जानता है कि मैं कभी सीरिया में गुलाम बनकर भी रहा था?''

वहाँ मौजूद श्रोताओं के बीच हैरत भी भुनभुनाहट शुरू हो गई, जिसे दाबासिर बड़े धैर्य और संतोष से सुनता रहा।

दाबासिर ने बकरे की टाँग का एक और हिस्सा काटते हुए अपनी बात आगे जारी रखी, ''जब मैं युवावस्था में था, तब अपने पिता का घोड़ों की काठी बनाने का काम सीखता था। मैं उनकी दुकान पर काम करता था और इसी दौरान मेरी शादी हो गई। युवा होने और ज्यादा कुशल न होने के चलते मैं थोड़ा-बहुत ही कमा पाता था। वह इतना कम रहता था कि मेरी शानदार बीवी के लिए पर्याप्त नहीं रहता था। मैं अच्छी चीजों के लिए तरसकर रह जाता था, क्योंकि मैं वे चीजें खरीदने की औकात नहीं रखता था। जल्दी ही

मैंने पाया कि दुकानदार मेरे ऊपर भरोसा करने लगे थे और अगर मैं उनसे कर्ज लेता था तो वे मेरे मामले में समय से पैसा न मिलने की चिंता नहीं करते थे।

''युवा होने और अनुभव न होने के कारण मैं यह बात नहीं जानता था कि जो भी व्यक्ति अपनी कमाई से ज्यादा खर्च करता है, वह अनावश्यक अपने आप को परेशानी और शर्मिंदगी के भँवर में फँसाता चला जाता है। जल्दी ही मेरे अंदर अच्छे-अच्छे कपड़ों की सनक सवार हो गई और अपनी औकात से बढ़कर मैं अपनी अच्छी बीवी तथा अपने घर के लिए शानदार आरामदेह चीजें खरीदने लगा।

''जहाँ तक संभव हो सका, मैंने कर्ज चुकाया भी और कुछ समय तक सबकुछ अच्छा ही चला; लेकिन जल्दी ही मुझे अहसास होने लगा कि मैं अपनी कमाई से कर्ज नहीं चुका पा रहा था। उधार देनेवाले मुझसे तगादा करने लगे और मेरी अनाप-शनाप खरीदारी के बदले अपनी रकम माँगने लगे। इस तरह मेरी हालत अजीबोगरीब हो गई। मैंने अपने दोस्तों से उधार लिया, लेकिन बदले में उन्हें चुका नहीं पाया। स्थिति बद से बदतर होने लगी। मेरी बीवी अपने पिता के पास लौट गई और मैंने बेबीलोन छोड़ने का फैसला कर लिया। मैंने सोचा कि दूसरे शहर जाकर अच्छे अवसर तलाश करूँगा, जहाँ युवकों के लिए संभावना हो।

''अगले दो साल तक मैं परेशान हाल और असफल जीवन जीता रहा। मैंने कारवाँ कारोबारियों के साथ काम किया। मैं कुछ लुटेरों की भी संगत में पड़ गया, जो रेगिस्तान से गुजरनेवाले उन कारवाँ कारोबारियों को निशाना बनाते थे, जो हथियार लेकर नहीं चलते थे। मेरे पिता के बेटे के लिए ये सब चीजें बिल्कुल स्वीकार्य या उचित नहीं थीं। लेकिन मेरी आँखों पर पट्टी पड़ी हुई थी और मैं दुनिया को रंगीन चश्मे से देख रहा था। मैं यह नहीं भाँप सका था कि मैं किस हद तक नीचे गिर चुका हूँ।

''अपने पहले ही हमले में हमें सोने का खजाना और रेशम तथा कुछ और कीमती माल हाथ लगा। उस लूट के माल को हम गिनीर ले गए, लेकिन उसका हम कुछ खास फायदा नहीं उठा पाए।

''दूसरी बार हम इतने खुशनसीब नहीं रहे। जैसे ही हमने माल पर कब्जा किया, हम पर उस इलाके के बरछी–भालेवाले लोगों ने हमला कर दिया। उन लोगों को कारवाँ मालिक ने अपनी सुरक्षा के लिए तय कर रखा था। हमारे दो लोग मारे गए और बाकी लोगों को दमिश्क ले जाया गया, जहाँ हमें नंगा करके गुलाम के तौर पर बेच दिया गया।

''मुझे एक सीरियाई रेगिस्तानी प्रमुख ने चाँदी के दो सिक्कों के बदले खरीद लिया। कटे हुए बालों और केवल नीचे के कपड़े पहने होने के चलते मेरी हालत किसी गुलाम से ज्यादा नहीं थी। लापरवाह युवक होने के चलते मुझे यह महज खिलवाड़ ही लगा; लेकिन जब मेरे मालिक ने मुझे अपनी चार बीवियों को सौंपकर कहा कि मैं नपुंसक हूँ और वे मेरा जैसे चाहें, इस्तेमाल कर सकती हैं, तब मुझे झटका लगा।

''तब मुझे अपनी हालत पर तरस आने लगा और मैं नाउम्मीदी से भर उठा। रेगिस्तान के वे लोग अति क्रूर और लड़ाई के लिए तैयार रहते हैं। मैं अब उनके रहमोकरम पर था, क्योंकि मेरे पास न हथियार था और न ही वहाँ से भाग जाने का कोई साधन।

''वे चारों स्त्रियाँ मुझे अजीब तरीके से देख रही थीं और मुझे डर लग रहा था। मुझे समझ में नहीं आ रहा था कि क्या मुझे इनसे दया की भीख मिल सकती है। प्रमुख की पहली बीवी, सीरा, बाकी सभी से उम्रदराज थी। मुझे देखते हुए उसके चेहरे पर किसी तरह का कोई भाव नहीं आया। मुझे उससे मामूली सांत्वना भी नहीं मिली। दूसरी महिला खूबसूरत थी; लेकिन उसके चेहरे पर मुझे देखकर घृणा के भाव उभर आए, मानो मैं जमीन का कोई कीड़ा हूँ। बाकी दो तो मुँह दबाकर हँस रही थीं, जैसे कि वहाँ कोई मजेदार लतीफा चल रहा हो।

''वहाँ मुझे ऐसा लगने लगा, मानो मैं बरसों से सजा का इंतजार कर रहा हूँ। हर स्त्री बाकी के ऊपर फैसला लेने का जिम्मा डाल रही थी। अंत में सीरा ने अपनी ठंडी आवाज में कहा, 'हमारे पास ढेर सारे नपुंसक हो चुके हैं, लेकिन ऊँटों की देखभाल करनेवाले काफी कम हैं और जो हैं भी, वे

ज्यादा काम के नहीं हैं। यहाँ तक कि आज भी अगर मैं अपनी बीमार माँ को देखने के लिए जाऊँ तो ऐसा कोई गुलाम मौजूद नहीं है, जिस पर मैं भरोसा कर सकूँ। इस गुलाम से पूछो कि क्या यह ऊँट चला लेगा?'

''इस पर मेरे मालिक ने मुझसे पूछा, 'ऊँटों के बारे में तुम क्या जानते हो?' अपनी उत्सुकता छिपाते हुए मैंने कहा, 'मैं उन्हें घुटनों के बल बैठाना, उन पर माल लादना जानता हूँ। मैं उन्हें बिना थके लंबे सफर पर ले जा सकता हूँ। अगर जरूरत पड़ी तो मैं उनकी काठी की भी मरम्मत कर सकता हूँ।'

''मेरे मालिक ने मेरी बातों पर गौर करते हुए कहा, 'यह आदमी काफी कुछ जानता है। सीरा, अगर तुम चाहो तो इसे अपने ऊँट की देखरेख करनेवाले के तौर पर ले जा सकती हो।'

''इस पर मैं सीरा की तरफ मुड़ा और उस दिन मैं उसे ऊँट पर बैठाकर उसकी बीमार माँ के पास ले गया। वह एक लंबा सफर था। मौका निकालकर मैंने मध्यस्थता करने के लिए उसका शुक्रिया अदा किया और साथ ही मैंने उसे यह भी बताया कि मैं जन्म से गुलाम नहीं हूँ, बल्कि एक आजाद नागरिक का बेटा हूँ और बेबीलोन का एक सम्मानित काठी बनानेवाला हूँ। मैंने उसे अपने जीवन में अब तक हुए वाकए की दास्तान भी सुनाई। उसकी प्रतिक्रियाएँ मुझे परेशान कर रही थीं और मैं पसोपेश में था कि वह क्या कहना चाह रही थी।

''उसने मुझसे कहा, 'तुम खुद को आजाद इनसान कैसे कह सकते हो, जबकि तुम्हारे अंदर इतनी कमजोरियाँ भरी हुई हैं? अगर किसी इनसान के अंदर गुलामी वाली रूह है तो इससे फर्क नहीं पड़ता कि उसका जन्म कहाँ हुआ है, यहाँ तक कि पानी भी अपना स्तर पा लेता है। अगर किसी इनसान के अंदर आजाद इनसान की रूह है तो वह अपने शहर में बदकिस्मत दिनों के बावजूद लोगों से सम्मान और इज्जत पा सकता है।'

''साल भर तक मैं गुलाम रहा और उनके साथ वक्त गुजारा, लेकिन मैं उनके जैसा नहीं बन सका। एक दिन सीरा ने मुझसे कहा, 'जब बाकी के गुलाम आपस में हँसी-मजाक कर सकते हैं और एक-दूसरे के साथ अच्छा समय गुजार सकते हैं तो तुम अलग-थलग क्यों पड़े रहते हो?'

‘‘इस पर मैंने उससे कहा, ‘आपने मुझसे जो बातें कहीं, मैं उनके बारे में सोचता रहता हूँ। मैं सोच में पड़ जाता हूँ कि क्या वाकई मेरे अंदर गुलामोंवाली रूह है। मुझे उनके साथ घुलना-मिलना ठीक नहीं लगता, इसलिए मैं अलग रहता हूँ।’

‘‘उसने भी अपनी राज की बात मुझे बताते हुए कहा, ‘मैं भी अलग-थलग ही रहती हूँ। मेरा दहेज काफी ज्यादा था और केवल इसलिए मेरे मालिक ने मुझसे शादी की। हालाँकि वह मुझे नहीं चाहता। हर महिला चाहती है कि उसे पसंद किया जाए और तवज्जो दी जाए। इस वजह से और चूँकि मैं बच्चे पैदा नहीं कर सकती, इसलिए मेरा न बेटा है और न बेटी, इसीलिए मैं अलग-थलग हूँ। अगर मैं पुरुष होती तो गुलाम बनने की बजाय मौत को गले लगाना बेहतर समझती; लेकिन हमारे समाज का दस्तूर ही कुछ ऐसा है कि स्त्रियों को गुलाम बनाकर रखता है।’

‘‘मैंने तब उससे पूछा, ‘मेरे बारे में अब आप क्या सोचती हैं? क्या मेरे अंदर गुलाम की रूह है या एक इनसान की?’

‘‘उसने पड़ताल करते हुए पूछा, ‘क्या तुम बेबीलोन जाकर केवल अपना कर्ज ही चुकाना चाहते हो या तुम्हारी कोई और भी ख्वाहिश है?’

‘‘ ‘हाँ, मेरी इच्छा तो ऐसी ही है, लेकिन मुझे कोई रास्ता नहीं सूझता।’

‘‘उसने मुझसे कहा, ‘अगर तुम इसी तरह संतोष से अपने कीमती साल निकल जाने दोगे और कर्ज चुकाने का कोई प्रयास नहीं करोग तो तुम यह समझ लो कि तुम्हारे अंदर गुलामोंवाली नीच रूह बस गई है। वह शख्स इनसान कहलाने लायक नहीं है, जो अपनी इज्जत खुद न करे। और कोई भी इनसान अपनी इज्जत तब तक नहीं कर सकता, जब तक कि वह अपने ऊपर लदे कर्ज को ईमानदारीपूर्वक चुकता न करे।’

‘‘ ‘लेकिन मैं कर भी क्या सकता हूँ? मैं तो सीरिया में एक गुलाम हूँ।’

‘‘ ‘तो एक कमजोर इनसान की तरह सीरिया में ही गुलाम बनकर पड़े रहो।’

''मैंने सख्ती से इनकार किया, 'मैं कमजोर नहीं हूँ।'

'' 'तो साबित करो।'

'' 'कैसे ?'

'' 'क्या तुम्हारा महान् बादशाह अपने दुश्मनों से अपनी पूरी ताकत से और अपनी पूरी काबिलीयत से लड़ता नहीं है ? तुम्हारा कर्ज भी तुम्हारे दुश्मन की तरह ही है। उन्होंने तुम्हें बेबीलोन से भगा दिया। तुमने उन्हें अकेला छोड़ दिया और वे तुमसे ज्यादा ताकतवर हो गए। अगर तुम एक योद्धा की तरह उनसे लड़े होते तो तुम अब तक उन्हें हरा चुके होते और अपने शहर के सम्मानित नागरिक बन चुके होते; लेकिन तुम्हारे पास ऐसी रूह नहीं है, जो उन सबसे लड़ सके और तुम्हारा फख्र जाता रहा और तुम इतने नीचे गिर गए कि सीरिया में गुलाम बनकर रह गए।'

''मैंने उसके बेरहम आरोपों और उनके बचाव में पेश किए तमाम तर्कों पर काफी सोचा, लेकिन मेरे पास कुछ कर पाने का मौका नहीं था। तीन दिन बाद सीरा ने एक नौकरानी के जरिए मुझे बुलवाया।

''उसने कहा, 'मेरी माँ एक बार फिर बहुत बीमार हैं। मेरे पति के बाड़े से दो ऊँटों को तैयार करो, उन पर पानी से भरा मशक और जरूरी सामान बाँधो। हमें लंबे सफर पर निकलना है। मेरी नौकरानी तुम्हें रसोईवाले तंबू के पास खाना दे देगी।' मैंने भी ऊँट तैयार करने शुरू कर दिए और यह देखकर हैरान रह गया कि नौकरानी ने जो रसद की मात्रा मुझे बाँधने के लिए दी थी, वह एक दिन के सफर के लिहाज से काफी ज्यादा थी। सीरा की माँ के पास पहुँचने में एक दिन से कम वक्त लगता था। नौकरानी पीछेवाले ऊँट को लेकर चली, जबकि मैं आगेवाले ऊँट पर था और सीरा भी मेरे साथ थी। जब हम उसकी माँ के घर पहुँचे, तब तक काफी अँधेरा हो चुका था। सीरा ने नौकरानी को छुट्टी दे दी और मुझसे बोली, 'दाबासिर, क्या तुम्हारे अंदर आजाद इनसान की रूह है या गुलाम की ?'

''मैंने जिद करते हुए कहा, 'एक आजाद इनसान की रूह मेरे अंदर है।'

'' 'अब तुम्हारे पास इसे साबित करने का मौका है। मालिक बहुत

ज्यादा शराब पी चुका है और उसके सुरक्षा प्रमुख भी नशे में चूर हैं। इन ऊँटों को लेकर भाग जाओ। इस थैले में कपड़े हैं, जिन्हें पहनकर तुम मालिक जैसे लगने लगोगे। मैं कहूँगी कि जब मैं अपनी माँ से मिलने गई हुई थी, तभी किसी समय तुम ऊँटों को चुराकर भाग गए।'

"मैंने उससे कहा, 'आपका दिल महारानियों जैसा है। मेरी ख्वाहिश है कि मैं आपकी झोली भी खुशियों से भर दूँ।'

"इस पर उसने जवाब दिया, 'बीवी से दूर भागे हुए और अजनबियों के बीच खुशियाँ नहीं मिलतीं। अपने घर के रास्ते पर निकल जाओ और रेगिस्तान के खुदा से अपनी सलामती की दुआ करो, क्योंकि तुम्हें बहुत दूर जाना है और हो सकता है कि तब तक तुम्हारा खाना व पानी सब खत्म हो जाए।'

"मैं उससे ज्यादा दरख्वास्त नहीं कर सकता था; लेकिन मैंने काफी गर्मजोशी से उसका शुक्रिया अदा किया और रात में ही निकल पड़ा। मैं उस अजनबी देश के बारे में बहुत कुछ नहीं जानता था और बेबीलोन की दिशा में जानेवाले रास्ते को लेकर भी सुनिश्चित नहीं था। फिर भी, मैं बहादुरी से रेगिस्तान से पहाड़ की तरफ बढ़ चला। एक ऊँट को मैं चलाता था और दूसरे को खींचता था। सारी रात और अगले पूरे दिन मैं सफर करता रहा। मुझे पता था कि जो गुलाम अपने मालिकों की संपत्ति चुराकर भागते हैं, उनके पकड़े जाने का अंजाम क्या होता है।

"उस दिन देर शाम मैं किसी रूखे से देश में जा पहुँचा था, जो रेगिस्तान की तरह ही वीरान था। तीखी चट्टानें मेरे भरोसेमंद ऊँटों के पैर छीले दे रही थीं और जल्दी ही वे चलने में दर्द महसूस करने लगे थे। मुझे न तो कोई इनसान नजर आ रहा था, न जंगली जानवर और जल्दी ही मेरी समझ में आ गया कि यह जगह इस तरह क्यों वीरान है।

"वह सफर कुछ ऐसा था कि बहुत कम लोग ही जिंदा बचते थे अपनी दास्तान सुनाने के लिए। दिन-ब-दिन हम थके हुए कदमों से आगे बढ़ते गए। हमारे पास से खाना और पानी खत्म हो गया। सूरज की तपिश बेरहम थी। नौवें दिन के अंत में मैं ऊँट के ऊपर से नीचे गिर पड़ा। तब मुझे अहसास

हुआ कि मैं कितना कमजोर हो चुका था कि दोबारा ऊँट के ऊपर मुझसे चढ़ा नहीं जा रहा था। मुझे लगने लगा कि मैं इस अनजान देश में मरने के लिए ही आया हूँ। मैं वहीं जमीन पर गिर पड़ा और सो गया। जब सुबह की पहली रोशनी पड़ी, तब मेरी नींद खुली। मैं बैठ गया और खुद को देखने लगा। सुबह की हवा में ठंडक थी। मेरे ऊँट भी मुझसे ज्यादा दूर नहीं थे। मेरे लिए चारों तरफ दूर तक फैला हुआ वीरान बरबाद देश मौजूद था, जहाँ चट्टानों व बालू और काँटेदार चीजों के अलावा न पानी का निशान था और न इनसान तथा न ऊँटों के खाने के लिए ही कुछ नजर आ रहा था।

''क्या ऐसा होने वाला था कि इस शांति में मेरा अंत लिखा है? मेरा मन एकदम साफ था, जैसा कि इससे पहले मुझे कभी ऐसा अहसास नहीं हुआ था। मेरे शरीर की अहमियत बेहद मामूली हो चुकी थी। मेरे झुलसे और लहूलुहान होंठ, मेरी सूखी व सूज चुकी जीभ, मेरा खाली पेट, सबकुछ दुःख और दर्द का चरम पार कर चुके थे।

''मैंने एक बार फिर अपने सामने दूर तक देखा और अपने आप से एक बार फिर सवाल किया कि क्या मेरे अंदर एक गुलाम की रूह है या एक आजाद इनसान की? मुझे स्पष्ट रूप से महसूस हुआ कि अगर मेरी रूह गुलामोंवाली है तो मुझे संघर्ष करना छोड़ देना चाहिए और इस रेगिस्तान में ही पड़े रहकर अपनी मौत का इंतजार करना चाहिए, जो कि किसी भगोड़े गुलाम का एकदम उचित अंजाम है। लेकिन अगर मेरे अंदर एक आजाद इनसान की रूह है तो? निश्चित रूप से मुझे खुद को बेबीलोन की तरफ धकेलना चाहिए; उन लोगों का कर्ज चुकता करना चाहिए, जिन्होंने मुझ पर भरोसा किया था; अपनी पत्नी के लिए खुशियाँ वापस लानी चाहिए, जो वास्तव में मुझसे प्रेम करती है और अपने माँ-बाप के लिए शांति व सुकून का इंतजाम करना चाहिए।

''सीरा ने कहा था, 'तुम्हारे ऊपर लदा कर्ज तुम्हारा सबसे बड़ा दुश्मन है, जिसकी वजह से तुमको बेबीलोन से भागना पड़ा।' यह वाकई सही बात है। मैंने एक पुरुष की तरह अपनी जगह पर टिके रहने से क्यों इनकार कर दिया?

मैंने क्यों अपनी बीवी को उसके पिता के पास वापस जाने की इजाजत दी?

''तभी एक अनोखी घटना हुई। सारा संसार एकदम अलग से रंग में नजर आने लगा। ऐसा लगा, मानो मैं किसी रंगीन पत्थर से दुनिया को देख रहा था, जिसे अचानक हटा लिया गया हो। अंत में, मुझे जीवन के असल मूल्यों का पता चला।

''रेगिस्तान में मैं नहीं मरने वाला! एक नई सोच मेरे अंदर नजर आई, मुझे लगा कि उसके अनुसार मुझे करने की जरूरत है। पहले मुझे बेबीलोन वापस जाना चाहिए और मुझे हर उस आदमी से मिलना चाहिए, जिसका मुझ पर उधार है। मुझे उनको बताना चाहिए कि इतने बरसों तक भटकने एवं बदकिस्मती भरे दिन गुजारने के बाद मैं अपना कर्ज चुकाने के लिए आया हूँ और यह काम मुझे जितनी जल्दी हो सके, पूरा करना है। इसके बाद मुझे अपनी बीवी के लिए घर बनाना चाहिए और एक ऐसा नागरिक बनना चाहिए, जिस पर मेरे माँ-बाप गर्व कर सकें।

''मेरे ऊपर लदे कर्ज मेरे दुश्मन हैं; लेकिन जिन लोगों ने मुझे उधार दिया था, वे मेरे दोस्त थे और उन्होंने मुझ पर भरोसा किया था।

''मैं बड़ी मुश्किल से अपने काँपते हुए कमजोर पैरों पर खड़ा हो पा रहा था। भूख से क्या फर्क पड़ता है? प्यास से क्या फर्क पड़ता है? ये सब ज्यादा कुछ नहीं, बल्कि बेबीलोन की राह की घटनाएँ मात्र हैं। मेरे अंदर एक आजाद इनसान की रूह है, जिसे वापस लौटकर अपने दुश्मनों से जीतना है और अपने दोस्तों को इनाम देना है। मैं यह महान् निश्चय करके रोमांचित हो उठा।

''मेरी खुश्क आवाज सुनकर मेरे ऊँटों की मुरझाई हुई आँखें एक बार फिर चमक उठीं। काफी मशक्कत और तमाम प्रयास के बाद वे अपने पैरों पर खड़े हो पाए। दुःखद जिद के साथ उन्हें उत्तर की ओर बढ़ाया गया। मेरी अंतरात्मा कह रही थी कि उसी ओर हमें बेबीलोन मिलेगा।

''आगे बढ़ने पर हमें पानी मिला। फिर हम ज्यादा उर्वर देश की तरफ बढ़ने लगे, जहाँ घास और फल नजर आने लगे। हमें बेबीलोन का पिछला

हिस्सा मिला, क्योंकि आजाद इनसान की रूह परेशानियों की शृंखला को हल करने और उन्हें दूर करने के लिए जीवन की तरफ देखती है। वहीं इसके उलट, एक गुलाम की रूह हमेशा कराहते हुए कहती है—मैं क्या कर सकती हूँ, मैं तो केवल गुलाम हूँ?

"तुम क्या कहते हो, तरकाड? क्या तुम्हारे खाली पेट ने तुम्हारी सोच को बिल्कुल स्पष्ट किया या नहीं? क्या तुम उस राह पर आगे बढ़ना पसंद करोगे, जो तुम्हारे आत्मसम्मान को आगे बढ़ाती हो? क्या तुम दुनिया को उसके असली रंग में देख पाओगे? क्या तुम अपना ईमानदार कर्ज चुकता करने की इच्छा रखते हो? हालाँकि कर्ज तो तुम पर बहुत होंगे और एक बार फिर तुम बेबीलोन के सम्मानित नागरिक बनना चाहोगे?"

उस युवक की आँखें भर आईं। वह अपने पैरों पर खड़ा हुआ और बोला, "तुमने मुझे नई राह दिखाई है। मैं समझ चुका हूँ कि मेरे अंदर एक आजाद इनसान की रूह समाई हुई है।"

इस कहानी को दिलचस्पी लेकर सुन रहे एक शख्स ने पूछा, "लेकिन तुमने अपना कर्ज लौटाने में कितनी ईमानदारी बरती?"

दाबासिर ने जवाब दिया, "जहाँ दृढ़ इच्छा हो, वहाँ रास्ता मिल ही जाता है। मेरे पास अब मजबूत इरादे हैं तो मैं रास्ते की तलाश में निकल पड़ा। पहले मैं हर उस शख्स के घर पहुँचा, जिससे मैंने कर्ज ले रखा था और उनसे तब तक की मोहलत माँगी, जब तक मैं कमाने न लगता, ताकि कर्ज चुका सकूँ। उनमें से ज्यादातर ने खुशी-खुशी मुझसे मुलाकात की। बहुतों ने मुझे बुरा-भला भी कहा; लेकिन तमाम लोगों ने मुझे मदद का भी प्रस्ताव दिया। एक ने तो वाकई मेरी मदद की, जिसकी मुझे बेहद जरूरत थी। वह सोना उधार देनेवाला मैथन था। जब उसे पता चला कि मैं सीरिया में ऊँटों की देखभाल करता था तो उसने मुझे नेबातुर के पास भेजा। वह ऊँट कारोबारी था। उसे हाल में ही बादशाह से ठीक-ठाक ऊँटों के तमाम झुंड खरीदने की इजाजत मिली थी, ताकि यात्रा के लिए ऊँट तैयार किए जा सकें। उसके साथ ऊँटों के मामले में मेरा भी ज्ञान बढ़ा। धीरे-धीरे मैं ताँबे व चाँदी के हर सिक्के का

कर्ज चुकाने लगा। सब चुकता करने के बाद मैं एक बार फिर अपने शहर में सिर उठाकर चलने लगा और यह महसूस करने लगा कि लोगों के बीच मेरा सम्मान लौट आया है।''

दाबासिर एक बार फिर अपने खाने की तरफ मुखातिब हुआ, ''कौशकोर, तुम घोंघे, खाना ठंडा हो गया।'' उसने इतनी तेज आवाज में उसे पुकारा कि आवाज रसोई तक पहुँच गई, ''मेरे लिए ताजा भुना हुआ मीट ले आओ। तरकाड के लिए भी एक बड़ा हिस्सा लेकर आना। यह मेरे पुराने दोस्त का बेटा है और भूखा है। यह मेरे साथ ही खाएगा।''

इस तरह बेबीलोन के ऊँट व्यापारी दाबासिर की कहानी खत्म हुई। अपनी रूह से उसकी मुलाकात तब हुई, जब उसे असल सच्चाई समझ में आई—वह सच्चाई, जिसके बारे में केवल बुद्धिमान लोगों को ही पता था और उसके समय से बहुत पहले से वे उस सच्चाई के मुताबिक आगे बढ़ रहे थे।

इस सच्चाई ने सदियों से उन लोगों की मदद की है, जो परेशानी में घिरे थे और उन्हें अपना अहसास कराकर सफलता के शिखर पर पहुँचा दिया। यह क्रम लगातार चलता आ रहा है और उन लोगों के पक्ष में होता है, जो अनुभव और उसकी ताकत को पहचानते हैं। हर उस शख्स के हित में हालात होते हैं, जो इन बातों का खयाल रखता है—

जहाँ मजबूत इरादे होंगे, रास्ता बनाया जा सकता है।

□

बेबीलोन की दीवारें

बेबीलोन से मिट्टी की पट्टियाँ
सेंट स्विथिन्स कॉलेज
नॉटिंघम यूनिवर्सिटी
नेवॉर्क–ऑन–ट्रेंट, नॉटिंघम
21 अक्तूबर, 1934
प्रो. फ्रैंकलिन काल्डवेल
केयर ऑफ ब्रिटिश साइंटिफिक एक्सपेडिशन
हिल्लाह, मेसोपोटामिया

27 अक्तूबर, 1934

प्रिय प्रोफेसर—

बेबीलोन के खँडहरों में जो आपने हालिया खुदाई कराई और वहाँ से जो पाँच मिट्टी की पट्टियाँ हासिल हुई हैं, वे आपके पत्र के साथ एक ही नाव से यहाँ पहुँच गई हैं। मैं इन्हें पाकर कितना अभिभूत हूँ, यह मैं बता नहीं सकता और मैंने कई घंटे का सुनहरा समय इन पर खुदे चिह्नों का अनुवाद करने में बिताया है। मैंने आपके पत्र का पहले ही जवाब भेज दिया होता; लेकिन मैं चाहता था कि अनुवाद पूरा करके उसे चिट्ठी के साथ नत्थी करके ही आपके पास भेजा जाए। पट्टियाँ बिना किसी नुकसान के सुरक्षित तरीके से यहाँ तक पहुँच पाई हैं, जो दरशाता है कि इनको कितना सँभालकर आपने रखा और

इसकी पैकिंग भी बेहतरीन तरीके से की गई। इसके लिए आपका धन्यवाद।

हम यहाँ प्रयोगशाला में जिस कहानी का आकलन कर रहे हैं, उसके बारे में जानकर आप चौंक जाएँगे। धुँधले और बेहद पुराने इतिहास से रोमांस व रोमांच की बातों की उम्मीद की जा सकती है। 'अरेबियन नाइट्स' जैसी चीज के बारे में तो आप जानते ही हैं। जब हम दाबासिर की परेशानियों के बारे में खुलासा करते हैं और यह समझते हैं कि अपना कर्ज चुकाने में उसे कितनी मशक्कत करनी पड़ी तो कोई भी यह महसूस कर सकता है कि इन बीते पाँच हजार सालों में दुनिया के हालात में जरा भी बदलाव नहीं आया है।

आप जानते हैं, यह विचित्र है; लेकिन ये पुराने शिलालेख मुझे चीरकर रख देते हैं, जैसा कि मेरे छात्र कहते हैं। कॉलेज प्रोफेसर होने के कारण मेरा एक विचारवान् इनसान होना अहम है और मेरे पास ज्यादातर विषयों को लेकर व्यावहारिक जानकारी होना जरूरी है। फिर भी इस पुराने साथी से, जो कि बेबीलोन के खँडहर में धूल से अब तक दबा हुआ था और वहाँ से निकलकर इसने अपनी दास्तान के जरिए जिस तरह से मुझे हैरान किया है, उस तरह कर्ज चुकाने की सीख के बारे में तो मैंने आज तक कहीं न पढ़ा था और न किसी से सुना था। इसी के साथ सोना हासिल करने की भी मेरे अंदर तड़प जाग उठी है, ताकि मैं भी अपने बटुए में सोने की खनक सुन सकूँ।

मैं तो कहूँगा कि बेहद खुशनुमा विचार हैं और साथ ही दिलचस्प तो यह है कि उसकी ये बातें आज के दौर में भी उसी तरह सटीक साबित होंगी, जितनी वे प्राचीन बेबीलोन में सच्ची थीं। श्रीमती श्रीयूसबरी और मैं उसकी योजना को अपने मामलों पर लागू करके देखना चाह रहे हैं। उम्मीद है कि हमारे मामलों में इससे एक अलग रोशनी मिल सकेगी।

आपके नेक काम के लिए आपको ढेरों शुभकामनाएँ और आपके साथ अगले किसी अवसर पर सहयोग के लिए बेसब्री से मैं इंतजार करूँगा। मैं हूँ,

आपका भरोसेमंद

अल्फ्रेड एच. श्रियूसबरी

डिपार्टमेंट ऑफ आर्कियोलॉजी

पहली पट्टी

अब, जबकि चाँद पूरा है फलक पर, मैं दाबासिर, जो हाल में ही सीरिया में गुलामी करके लौटा हूँ और इस जिद के साथ लौटा हूँ कि मैं अपने सारे कर्ज चुका दूँगा और अपने शहर बेबीलोन में अपना खोया हुआ सम्मान वापस हासिल करूँगा। इस वादे के साथ मैं इस मिट्टी की पट्टी पर अपने तमाम मामलों को स्थायी रिकॉर्ड के तौर पर दर्ज करा रहा हूँ, ताकि मुझे अपनी बड़ी इच्छाएँ हासिल करने में इनसे मदद मिल सके।

मेरे अच्छे दोस्त मैथन, जो कि सोना उधार देने का काम करता है, की बुद्धिमत्ता भरी सलाह के आधार पर मैंने एक निश्चित योजना पर चलने का फैसला किया है। उसके मुताबिक, इस तरह से मैं कर्ज से बाहर निकलकर एक आत्मसम्मान की जिंदगी गुजार सकूँगा।

इस योजना में तीन उद्देश्य शामिल हैं, जो कि मेरी उम्मीद और मेरी इच्छा हैं।

पहला, योजना मेरे भविष्य की खुशहाली तय करेगी। इसलिए मेरी कमाई का दसवाँ हिस्सा मेरी बचत में जाएगा। मैथन का यह कहना बिल्कुल सही है—

वह इनसान, जो कि अपने बटुए में सोना व चाँदी—दोनों रखता है और जिसे खर्च करने की उसे जरूरत नहीं होती, वह अपने परिवार के प्रति अच्छा होता है और बादशाह के प्रति निष्ठावान् भी रहता है।

वह शख्स, जिसके पास गिने-चुने ताँबे की मुहरें होती हैं, वह अपने परिवार और बादशाह के प्रति उदासीन रहता है।

लेकिन जिस शख्स के पास बटुए में एक फूटी कौड़ी नहीं होती, वह अपने परिवार के प्रति निर्मम होता है और साथ ही बादशाह के प्रति भी निष्ठा नहीं रख पाता। ऐसा इसलिए, क्योंकि उसके अपने ही दिल में कड़वाहट भरी होती है।

इसलिए, वही शख्स बुद्धिमान कहा जाता है, जो अपने बटुए से सिक्कों

की खनखनाहट कम नहीं होने देता, साथ ही अपने दिल में परिवार के प्रति प्रेम और बादशाह के प्रति निष्ठा भी बनाए रखता है।

दूसरा, मेरी यह भी योजना है कि मैं अपनी अच्छी बीवी को हर तरह से सहयोग करूँगा और अच्छे कपड़े लाकर दूँगा। मेरी बीवी ने अपने पिता का घर छोड़कर मेरे साथ निष्ठा बरती है, जो मेरे लिए विशेष अहमियत रखती है। मैथन का भी यह कहना है कि अपनी भरोसेमंद बीवी का विशेष खयाल रखना चाहिए। इससे पति के दिल में आत्मसम्मान की भावना तो बढ़ती ही है, साथ ही उसकी ताकत और अपने उद्देश्यों के प्रति दृढ़ता भी बढ़ती है।

इस तरह, मेरी कमाई का 7/10वाँ हिस्सा मेरे घर, पहनने के कपड़ों और खाने-पीने पर खर्च होगा। इसके अलावा, थोड़ा-बहुत अतिरिक्त खर्च भी होना जरूरी है, ताकि हमारे जीवन में मनोरंजन और खुशियों की कमी न होने पाए। मैथन ने यह भी ध्यान रखने को कहा है कि मेरी कमाई के 7/10वें हिस्से से ज्यादा खर्च जरूरी चीजों पर नहीं किया जाना चाहिए। इसी में सारी योजना की सफलता का राज छिपा है। मुझे इसी तरह से अपने जीवन पर खर्च करना है। न तो मुझे फिजूलखर्ची करनी है और न ही वह चीज खरीदनी है, जिसकी कीमत मैं न चुका सकूँ।

दूसरी पट्टी

तीसरा, यह योजना है कि मेरी कमाई से मेरे कर्ज का भी भुगतान होता रहे।

इसलिए, हर बार जब भी पूरा चाँद फलक पर होगा, अपनी आमदनी का 2/10वाँ हिस्सा मैं ईमानदारी से अपने उन लोगों को वापस करूँगा, जिन्होंने मेरे साथ अच्छा व्यवहार रखा और मेरे बुरे समय में साथ दिया तथा जिन्होंने जरूरत के समय मुझे उधार देने में संकोच नहीं किया और जिनके प्रति मैं आभारी भी हूँ। इस तरह, एक तय समय में निश्चित रूप से मेरा सारा कर्ज चुकता हो जाएगा।

इसलिए, मैं यहाँ हर उस व्यक्ति का नाम दर्ज करने जा रहा हूँ, जिसका मैं कर्जदार हूँ और साथ ही मैं उसके कर्ज का ब्योरा भी ईमानदारी से दर्ज करूँगा।

फहरू, कपड़े बुननेवाला, 2 चाँदी, 6 ताँबा।

सिंजर, सोफा बनानेवाला, 1 चाँदी।

अहमर, मेरा दोस्त, 3 चाँदी, 1 ताँबा।

जनकार, मेरा दोस्त, 4 चाँदी, 7 ताँबा।

अश्कमिर, मेरा दोस्त, 1 चाँदी, 3 ताँबा।

हरिंसिर, गहने बनानेवाला, 6 चाँदी, 2 ताँबा।

दियरबेकर, मेरे पिता के दोस्त, 4 चाँदी, 1 ताँबा।

अल्कहद, मकान मालिक, 14 चाँदी।

मैथन, सोना साहूकार, 9 चाँदी।

बिरेजिक, किसान, 1 चाँदी, 7 ताँबा।

यहाँ से आगे, अलग–थलग। समझा नहीं जा सका।

तीसरी पट्टी

इन कर्ज देनेवालों का हिसाब मैंने जोड़ा, जो कि 119 सिक्के चाँदी के और 141 सिक्के ताँबे के निकले, यानी इतने का मैं कर्जदार हूँ। चूँकि मेरे पास चुकाने के लिए रकम नहीं थी, इसलिए अपनी परेशानी भरे दिन में मैंने अपनी बीवी को अपने पिता के घर लौट जाने को कहा। मुझे अपना शहर छोड़ना पड़ा और मैं वह काम तलाशने लगा, जिसमें आसानी से कमाई हो सकती थी। इसका नतीजा यह हुआ कि मेरे ऊपर आफत आ गई और मैं इतना नीचे जा पहुँचा, जहाँ केवल गुलामी ही मेरे हिस्से में रह गई थी; क्योंकि गुलामी से नीचे और कोई काम रह नहीं गया था।

अब मैथन ने मुझे राह दिखाई है कि कैसे मैं अपना कर्ज छोटे–छोटे

हिस्से में बाँटकर अपनी कमाई में से कुछ हिस्सा निकालकर चुका सकता हूँ। इससे मुझे यह अहसास होता है कि मेरी फिजूलखर्ची और जिम्मेदारियों से मेरे भाग जाने का कितना बड़ा नुकसान हुआ है।

इसलिए, मैं अपने कर्जदाताओं के पास पहुँचा और उन्हें अपने हालात के बारे में बताया कि मेरे पास ऐसा कोई संसाधन नहीं है, जिससे कि मैं कर्ज चुका सकूँ। मेरे पास सिर्फ कमाने की क्षमता है और मैं अपनी आमदनी का 2/10वाँ हिस्सा कर्ज चुकाने के तौर पर अलग रखने के लिए तैयार हूँ और ईमानदारी से यह कर्ज चुकाऊँगा। मैं किसी भी हालत में इतना कर्ज चुकाने की स्थिति में हूँ, इससे ज्यादा नहीं। इसलिए अगर वे धैर्य रखें तो कुछ ही समय में मैं अपनी सारी देनदारी चुका दूँगा।

अहमर, जिसे मैं अपना सबसे अच्छा दोस्त समझता था, उसने मुझे काफी भला-बुरा कहा और मैंने भी उसे शर्मिंदा करके ही छोड़ा। बिरेजिक, जो कि किसान था, ने मुझसे अपील की कि मैं सबसे पहले उसका कर्ज चुकता करूँ, क्योंकि उसे सबसे ज्यादा पैसे की जरूरत है। मकान मालिक अल्कहद मेरे प्रस्ताव से असहमत था और उसने जिद की कि वह मुझे तब तक परेशान करता रहेगा, जब तक मैं उसका बकाया चुका नहीं देता हूँ।

इसके अलावा, सभी ने खुशी-खुशी मेरा प्रस्ताव स्वीकार कर लिया। इसलिए मैं अब ज्यादा दृढ़ता के साथ अपनी योजना पर आगे बढ़ूँगा। मैं यह समझ चुका हूँ कि किसी का कर्ज चुकाना ज्यादा आसान है, बजाय कि उससे दूर भागने के। हो सकता है कि मैं अपने कुछ कर्जदाताओं की जरूरतें और इच्छाएँ पूरी नहीं कर पाता हूँ, तो भी कोई गम नहीं है। मैं सभी-के-साथ बिना भेदभाव के अपनी कोशिश जारी रखूँगा।

चौथी पट्टी

एक बार फिर चाँद फलक पर पूरा है। इस दौरान मैंने कड़ी मेहनत की और मेरा मन भी बिल्कुल आजाद था। मेरी अच्छी पत्नी ने कर्जदाताओं को

रकम लौटाने के मेरे उद्देश्य में मेरा साथ दिया। चूँकि हमारा अडिग फैसला ज्यादा समझदारी भरा था, इसलिए पिछले महीने मैंने काफी अच्छी कमाई की, जिसकी बदौलत मैं स्वस्थ और अच्छे पैरोंवाले तमाम ऊँट खरीद सका। वे ऊँट नेबातुर के लिए थे, जो 19 चाँदी के सिक्कों में बिके।

इस रकम को मैंने अपनी योजना के मुताबिक ही बाँटा। इसका दसवाँ हिस्सा मैंने अपने लिए बचाया और 7/10वाँ हिस्सा अपनी अच्छी पत्नी को दे दिया, जिसके ऊपर घर का खर्च सँभालने का जिम्मा था। 2/10वाँ हिस्सा मैंने अपने कर्जदाताओं में बाँट दिया। इसमें जितनी संभव हो सकती थी, उतनी समानता बरतते हुए जरूरत के अनुसार कुछ ताँबे के सिक्कों से मैंने समायोजित किया।

मुझे अहमर तो नहीं दिखा, लेकिन उसके हिस्से का उधार मैंने उसकी पत्नी के हवाले कर दिया। बिरेजिक तो इतना खुश हुआ कि उसने मेरे हाथ चूम लिये। बूढ़ा अल्कहद ही कुछ चिड़चिड़ा-सा दिखा और उसने जल्दी-जल्दी रकम लौटाने को मुझसे कहा। इसके जवाब में मैंने उससे कहा कि अगर मुझे अच्छा खाने को मिलेगा और मैं चिंता से मुक्त रहूँगा, तो केवल इसी बदौलत मैं तेजी से कर्ज चुकता कर पाऊँगा। बाकी सबने रकम लौटाने पर मेरा शुक्रिया अदा किया और मेरे प्रयासों की तारीफ की।

इस तरह, एक और महीना पूरा हुआ। मेरा कर्ज सिमटकर केवल चाँदी के 4 सिक्के तक आ गया, साथ ही मेरी बचत के हिस्से में चाँदी के 2 सिक्के भी हो गए, जिस पर मेरे सिवा किसी का मालिकाना हक नहीं था। मेरा दिल भी हलका हो गया, जो काफी समय से दबाव में था।

एक बार फिर चाँद फलक पर पूरा नजर आया। मैंने मेहनत से काम तो किया, लेकिन इस बार उतनी सफलता नहीं मिली। मैं कुछ ही ऊँट खरीदने में सक्षम हो सका। इससे मैं केवल 11 चाँदी के सिक्के ही कमा पाया। इसके बावजूद मेरी अच्छी पत्नी और मैं अपनी योजना के अनुसार ही आगे बढ़ते रहे। इस महीने हमने कोई नई पोशाक नहीं खरीदी और खाने में भी हरी सब्जियों पर हमें ज्यादा निर्भर रहना पड़ा। एक बार फिर, मैंने खुद को

कमाए हुए 11 सिक्कों का 1/10वाँ हिस्सा बचत के तौर पर सौंपा, जबकि इसके 7/10वें हिस्से पर हमने महीने भर गुजारा किया। मैं तब हैरान रह गया, जब अहमर ने कर्ज की रकम लौटाने पर मेरी तारीफ की, हालाँकि इस बार मैंने छोटी रकम ही उसे चुकाई। बिरेजिक ने भी ऐसा ही किया। अल्कहद तो गुस्से में फट पड़ा; लेकिन जब मैंने उससे कहा कि ठीक है, रकम नहीं चाहिए तो वापस कर दे, तब वह भी शांत हो गया। बाकी सभी, पहले की ही तरह, रकम मिलने से संतुष्ट थे।

अगला महीना पूरा होने पर मेरी खुशी का ठिकाना नहीं था। मेरी मुलाकात बेहतरीन ऊँटों का एक शानदार झुंड लेकर आ रहे व्यापारी से हुई, जिससे मैंने कुछ बेहतरीन ऊँट खरीद लिये। इस बार मेरी कमाई चाँदी के 42 सिक्कों तक जा पहुँची। इस महीने मैंने और मेरी अच्छी पत्नी ने बेहद जरूरी कपड़े और सैंडल खरीदे। इसके साथ ही हमने अच्छा खाना भी खाया, जिसमें मीट और मुरगी के पकवान शामिल थे।

इस बार हमने अपने कर्जदाताओं को चाँदी के 8 सिक्कों से ज्यादा का भुगतान किया, यहाँ तक कि इस बार अल्कहद ने भी कोई प्रतिरोध नहीं किया।

हमारी योजना जबरदस्त सफलता के साथ आगे बढ़ रही थी और हम कर्ज से धीरे-धीरे बाहर निकल रहे थे तथा अपनी बचत के माध्यम से खुद को भी अमीर बनाते जा रहे थे।

तीन महीने के बाद इस मिट्टीवाली पट्टी पर मैं आखिरी बार कुछ दर्ज करने जा रहा हूँ। हर बार जब भी मैंने कमाया, उसका दसवाँ हिस्सा खुद को सौंप दिया। हर बार मेरी अच्छी पत्नी और मैंने कमाई के 7/10वें हिस्से पर महीने भर गुजारा किया। इस दौरान कुछ दौर ऐसा आया, जब हमारा गुजारा काफी मुश्किल से चला। हर बार मैंने अपने कर्जदाताओं को 2/10वाँ हिस्सा चुकता किया।

अब मेरे बटुए में चाँदी के 21 सिक्के हैं और वे पूरी तरह मेरे हैं। इससे मेरा सिर गर्व से ऊँचा हो गया है और मैं अपने दोस्तों के बीच एक बार फिर सम्मान पाने लगा हूँ।

मेरी बीवी हमारे घर को बेहतरीन तरीके से रखती है और वह अब शानदार चोंगा भी पहनने लगी है। अब हम खुशी-खुशी रहने लगे हैं।

जिस योजना पर हमने काम किया, उसकी अहमियत बेपनाह हैं। इससे बड़ा सबूत और क्या होगा कि इसने एक गुलाम रह चुके शख्स को अपने समाज में इज्जत दिला दी।

पाँचवीं पट्टी

एक बार फिर महीना पूरा हुआ और मुझे याद आ रहा है कि पिछली बार मिट्टी की पट्टी पर रिकॉर्ड लिखे हुए काफी लंबा समय बीत चुका है। बारह महीने इस दौरान बीत गए, लेकिन आज मैं रिकॉर्ड दर्ज करना नहीं छोड़ सकता, क्योंकि आज मेरे ऊपर से कर्ज का बोझ हमेशा-हमेशा के लिए हट गया और मैं कर्ज से आजाद हो गया। आज के दिन मेरी अच्छी पत्नी, मेरी शुक्रगुजार रूह ने जमकर जश्न मनाया और हमने शानदार पकवानों को छककर खाया। हमने अपनी दृढ़ता के बल पर एक बहुत बड़ी उपलब्धि हासिल कर ली थी।

जब मैं अपने कर्जदाताओं के पास आखिरी बार पहुँचा तो बहुत सारी चीजें हुईं, जिन्हें मैं हमेशा याद रखना चाहूँगा। अहमर ने अपने खराब व्यवहार के लिए मुझसे माफी माँगी और कहा कि मैं हमेशा से उसके सबसे पसंदीदा दोस्तों में से एक रहूँगा।

बूढ़े अल्कहद का व्यवहार भी रकम पाने के बाद बुरा नहीं रहा और उसने कहा, ''भले ही तुम कभी मिट्टी के नरम टुकड़े की तरह रहे हो, लेकिन समय ने तुमको तोड़-मरोड़कर काँसे में ढाल दिया और तुम्हारी शान भी बढ़ गई। आगे भी अगर तुम्हें सोने या चाँदी की जरूरत हो तो मेरे पास बिना हिचक चले आना।''

केवल वही ऐसा शख्स नहीं था, जिसने मुझे ऊँचा सम्मान दिया, तमाम अन्य लोगों ने भी मुझसे अदब से बात की। मेरी बीवी की नजर में मुझे

लेकर खास चमक नजर आती थी, जो किसी भी शख्स में जज्बा भरने के लिए काफी थी।

इन सबके बावजूद, यह केवल उस योजना की सफलता थी, जिस पर चल कर मुझे राहत नसीब हुई। इस वजह से न केवल मेरे सारे कर्ज चुकता हो गए, बल्कि मेरे बटुए में सोने व चाँदी के सिक्कों की खनक भी गूँजने लगी। जो भी सफलता का स्वाद चखना चाहते हैं, उन्हें मैं इस योजना पर चलने की सलाह दूँगा। अगर यह किसी गुलाम को अपना सारा कर्ज चुका पाने की क्षमता से लैस कर सकता है और बटुए को सोने से भर सकता है तो क्या यह योजना किसी इनसान को उसकी आजादी पाने में मदद नहीं करेगी? मेरा काम अभी खत्म नहीं हुआ है। मैं यह जान चुका हूँ कि अगर मैं इस योजना पर आगे चलता रहा तो जल्दी ही मेरी गिनती अमीरों में होने लगेगी।

सेंट स्वीथिन्स कॉलेज
नॉटिंघम यूनिवर्सिटी
नॉटिंघम, नेवॉर्क-ऑन-ट्रेंट
प्रो. फ्रैंकलिन काल्डवेल,
केयर ऑफ ब्रिटिश साइंटिफिक एक्सपिडिशन,
हिल्लाह, मेसोपोटामिया

7 नवंबर, 1936

प्रिय प्रोफेसर—

बेबीलोन के खँडहरों की खुदाई में अगर आपको वहाँ के पूर्व निवासी, एक ऊँट कारोबारी, जिसका नाम दाबासिर था, उसका भूत मिले तो कृपया मेरा एक काम कर दीजिएगा। उसे बताइएगा कि लंबा अरसा पहले मिट्टी की पट्टी पर उकेरे अस्पष्ट लेखों की वजह से यहाँ इंग्लैंड में कॉलेज के लोग ताउम्र उसके शुक्रगुजार रहेंगे।

आपको शायद याद हो कि साल भर पहले मैंने जो आपको लिखा था

कि श्रीमती श्रीयूसबरी और मैं खुद कर्ज से उबरने की उनकी योजना पर प्रयोग करके देखूँगा और उसी समय से अपने पास सोना जमा करना शुरू करूँगा, ताकि उसकी खनक सुन सकूँ। आपको शायद ही यकीन हो, पर इस योजना पर काम करने के लिए मैंने अपनी खुद की चुनी तंगहाली के बारे में अपने साथियों को भी नहीं बताया।

अपने पुराने ढेर सारे कर्ज को लेकर बरसों तक हम डरावनी शर्मिंदगी भरे माहौल में रह रहे थे और मैं इस बात से बेहद चिंतित था कि हो सकता है कि मेरे खिलाफ कर्जदाता कोई षड्यंत्र रचते हुए मेरे कॉलेज में मेरी शिकायत न कर दें, जिसकी वजह से मुझे कॉलेज ही छोड़ना पड़ जाए। जितना संभव हो सकता था, हम कर्ज चुकाते गए और अपनी आमदनी में से संबंधित कर्ज की किस्त निचोड़ते गए। इसके बावजूद हमारी कठिनाइयाँ कम होने का नाम नहीं ले रही थीं। इसके अलावा, हमें सारी खरीदारी के लिए ऊँची दर पर क्रेडिट लेने के लिए बाध्य किया जा रहा था।

मैं ऐसे दुष्चक्र में फँसा हुआ था कि मेरे हालात बद से बदतर होते जा रहे थे। हमारा संघर्ष निरर्थक साबित होता जा रहा है। हम किसी किफायती घर में भी नहीं जा सकते थे, क्योंकि हमने मकान मालिक से भी कर्ज ले रखा था। ऐसा कुछ भी नजर नहीं आ रहा था कि हम अपने हालात को सुधारने के लिए कुछ कर पाते। हम बेबस हो चले थे।

तभी आपका जान-पहचानवाला शख्स हमारे सामने आ गया—बेबीलोन का वह पुराना ऊँट कारोबारी, जिसके पास एक ऐसी योजना थी, जिस पर हमने भी काम करना तय किया। उसने हँसते-खेलते हमें अपने सिस्टम पर चलने के लिए व्यग्र कर दिया। हमने अपने सारे कर्जों की सूची बनाई और मैंने उसे हर उस शख्स को दिखाया, जिससे हमने कर्ज ले रखा था।

मैंने उन लोगों को समझाया कि जिस तरह से हमारे साथ हालात बने हुए हैं, उससे कर्ज चुका पाना हमारे लिए लगभग असंभव है। वे खुद भी आँकड़ों को देखकर आसानी से इसे समझ सकते थे। फिर मैंने समझाया कि हम उसी स्थिति में कर्ज चुकता कर पाएँगे, जबकि हम अपनी आमदनी का

20 फीसदी हिस्सा बिल्कुल अलग रख दें और प्रो-राटा के आधार पर उसे विभाजित करें। इस तरह से चलकर हम लगभग दो साल में अपना कर्ज चुका सकेंगे। तब इस अवधि के उस दौरान हम नकद आधार पर चलेंगे और नकद खरीदारी के तौर पर हम उन्हें आगे भी लाभ पहुँचा सकेंगे।

वे लोग वाकई सहयोगी प्रकृति के थे। हमारा सब्जीवाला एक बुद्धिमान बुजुर्ग साथी था। उसने योजना कुछ इस तरह से बनाई कि वह सभी को अच्छी लगी। उसने कहा, "अगर आप अपनी सारी खरीदारी का भुगतान करेंगे और साथ ही अपने कर्ज का भी कुछ हिस्सा चुकता करेंगे तो जो आपने अब तक किया है, वह आपके लिए बेहतर होगा। इस तरह आप तीन साल में अपने कर्ज से मुक्ति पा जाएँगे।"

अंततः मैंने उन सभी के नाम से एक कानूनी समझौता-पत्र तैयार किया, जिसमें यह जिक्र था कि मैं अपनी आमदनी का 20 फीसदी कर्ज चुकता करने में दूँगा और बदले में मेरे कर्जदाता मुझे अनावश्यक परेशान नहीं करेंगे।

इसके बाद मैं अपने परिवार के साथ बैठकर यह तय करने में जुट गया कि बाकी बचे 70 फीसदी से मैं अपने घर का खर्च कैसे चलाऊँगा। हम इस बात के लिए कटिबद्ध थे कि हमें बचत के तौर पर 10 फीसदी रकम हर हाल में रखनी ही है, ताकि उसकी भी खनक हमें सुनाई देती रहे। चाँदी और संभवतः सोने की सोच ही बेहद ललचानेवाली थी।

बदलाव हमारे लिए किसी रोमांचक सफर की तरह लगने लगा था। इस तरह से योजनाबद्ध तरीके से चलना हमें आनंददायक लग रहा था और यह भी कि हम अपनी आमदनी के 70 फीसदी हिस्से से कैसे गुजर करेंगे, यह सोचकर ही हम विस्मय में थे। हमने मकान के किराए से इसकी शुरुआत की और हम इसमें उचित स्तर की कमी करने में सफल हुए। इसके बाद हमने अपनी पसंदीदा ब्रांड की चाय एवं अन्य सामग्रियों पर ध्यान केंद्रित किया और हैरतअंगेज तरीके से हमने पाया कि कितनी सहजता से हम बेहतर गुणवत्तावाली अन्य सामग्रियाँ खरीदकर आसानी से घर का खर्च चला सकते हैं।

मेरी यह दास्तान एक पत्र के हिसाब से काफी लंबी है; लेकिन कुछ भी हो, हमारे लिए नया अनुभव ज्यादा कठिन साबित नहीं हुआ। हमने हर चीज का सहजता और प्रसन्नता से प्रबंधन किया। हमें इस तरह की व्यवस्था से इतना सुकून मिल रहा था कि हमारे पास बताने के लिए शब्द नहीं बचे हैं। और तो और, अब हमें अपने बीते दिनों की तरह प्रताड़ना भी नहीं झेलनी पड़ रही थी।

मैं आपको उस अतिरिक्त 10 फीसदी बचत का किस्सा भी बताता हूँ, जिससे हमने तय किया था कि हम सिक्कों की खनखनाहट सुनने के लिए बचाएँगे। ऐसा नहीं हो सकता कि मैं उसका जिक्र न करूँ। कुछ समय तक हमने उस बचत की खनखनाहट महसूस भी की। कृपया आप मुझ पर इतनी जल्दी हँसिएगा नहीं। आपने देखा कि हमारी योजना का यह खिलंदड़ी हिस्सा था। यह वाकई काफी मजेदार अनुभव है कि आपको जिस पैसे की जरूरत नहीं है, उसे आप इकट्ठा करना शुरू कर दें। इसे बचाने में जो आनंद मिलता है, वह इसे खर्च करने में नहीं हासिल हो सकता।

जब हमने इसकी भरपूर खनखनाहट सुनकर दिल को सुकून पहुँचा लिया, तब हमने इसका एक फायदेमंद इस्तेमाल तलाश लिया। हमने एक निवेश योजना चुन ली और उसमें से अपनी आमदनी का 10 फीसदी हिस्सा हर महीने डालने लगे। यह तरीका हमारी पीढ़ी के लिए सबसे ज्यादा सुकूनदेह साबित हो रहा है। हर महीने की तनख्वाह से कुछ भी खर्च करना शुरू करने से पहले मैं इसके लिए चेक काटता हूँ।

यह जानकर मुझे बहुत तसल्ली मिलती है कि मेरा निवेश धीरे-धीरे बढ़ रहा है और यह मेरे अंदर सुरक्षा का भाव भी जगाता जा रहा है। जब मेरे पढ़ाने के दिन पूरे होंगे, तब तक यह बढ़कर एक सुखद संख्या के स्तर तक पहुँच जाएगा और तब यह आमदनी हमारा खयाल रखने लायक हो चुकी होगी।

ये सारी चीजें मेरे उसी पुराने चेक के माध्यम से चुकाई जा रही हैं। इस पर विश्वास करना कठिन है, लेकिन है यह पूरी तरह से सच। हमारे सारे कर्ज धीरे-धीरे चुकता हो गए और ठीक उसी समय में हमारा निवेश भी बढ़ता

रहा। यही नहीं, हम वित्तीय रूप से पहले की अपेक्षा अब और बेहतर होते गए। कौन विश्वास कर सकता है कि एक वित्तीय योजना के अनुसार चलने और बिना किसी योजना के इधर-उधर भटकने में जमीन-आसमान का अंतर है, जो कि अंततः परिणाम से स्पष्ट साबित होता है।

अगले साल के अंत तक, जबकि हमारे पुराने बिल लगभग चुकता हो चुके होंगे, तब हमारे पास अपना निवेश बढ़ाने के और भी ज्यादा विकल्प होंगे। यही नहीं, तब हम घूमने के लिए भी कहीं दूर निकल सकेंगे। हमने यह भी दृढ़ निश्चय किया है कि किसी भी स्थिति में हम अपने घर का खर्च आमदनी के 70 फीसदी से ऊपर नहीं ले जाएँगे।

अब आप समझ सकते हैं कि हम उस पुराने साथी के लिए निजी तौर पर अतिरिक्त शुक्रिया क्यों भेज रहे हैं, क्योंकि उसने हमें इस धरती पर नरक से निकाल कर बचाया है।

वह जानता था। वह इन सब से गुजरा था। वह चाहता था कि उसके अपने कड़वे अनुभव से दूसरों को लाभ मिले। यही वजह रही कि घंटों बैठकर उसने मिट्टी की पट्टी पर ये कठिन संदेश दर्ज किए।

वह अपने पीड़ित साथियों को वास्तविक संदेश देना चाहता था। वह संदेश, जो कि आज से पाँच हजार साल पहले भी बेबीलोन के खँडहरों से निकला था, वह उतना ही सच्चा और उतना ही अहम है, जितना उस दिन, जब वह संदेश दफन हुआ था।

आपका भरोसेमंद

अल्फ्रेड एच. श्रीयूसबरी

डिपार्टमेंट ऑफ आर्कियोलॉजी

□

बेबीलोन का सबसे खुशकिस्मत आदमी

बेबीलोन का व्यापारी युवराज शारू नाडा पूरे गर्व के साथ अपने कारवाँ का नेतृत्व करता था। उसे उम्दा कपड़े पसंद थे और महँगे कपड़े पहनने का विशेष शौक था। उसे बेहतर नस्ल के जानवर पसंद थे और अपने खास अरबी नस्ल के घोड़े पर वह आसानी से सवार हो जाता था। उसे देखकर कोई भी उसकी वास्तविकता भाँप नहीं सकता था। निश्चित रूप से कोई भी उसे देखकर यह आभास नहीं लगा सकता था कि अंदर से वह बहुत परेशानियों से घिरा हुआ है।

दमिश्क से सफर काफी लंबा था और रास्ते में पड़नेवाले रेगिस्तान किसी की भी राह मुश्किल करने के लिए काफी थे। उसे इन सबकी परवाह नहीं थी। अरबी जनजातियाँ बेखौफ होती हैं और अमीर कारवाँ को लूटने के लिए लालायित रहती हैं। वह इन सब बातों से डरता नहीं था, क्योंकि उसके साथ सुरक्षा दस्ते के तौर पर घुड़सवार सुरक्षाकर्मी चलते थे।

अपने साथ जिस युवा को वह दमिश्क से लेकर आ रहा था, वह काफी परेशान था। उसका नाम हदन गुला था, जो कि बहुत पहले कभी उसका साझीदार रहे अरद गुला का पोता था। वह अरद गुला का एहसानमंद था और मानता था कि उसका कर्ज वह कभी चुका नहीं पाएगा। वह अपने पोते के लिए कुछ करना चाहता था; लेकिन वह इस बारे में जितना ही विचार करता जाता था, उतना ही उसकी जवानी की चंचलता के कारण धरा–का–धरा रह जाता था।

उस युवक की अँगूठियों और कान के गहनों को देखकर वह सोचने

लगा, 'वह सोचता है कि गहने केवल पुरुषों के लिए हैं, फिर भी उसके दादा के मजबूत चेहरे की आड़ उसे लेनी पड़ रही है। लेकिन उसके दादा ने कभी महँगे कपड़े नहीं पहने। फिर भी मैंने उसे आने दिया तो इस उम्मीद के साथ कि शायद मैं उसकी मदद कर पाऊँ और वह कारोबार की कहीं से शुरुआत कर सके तथा अपने पिता की नकारात्मक विरासत न ओढ़ ले।

हदन गुला अचानक उसके सोच में बाधा डालकर उसे हकीकत की दुनिया में आया। उसने नाडा से पूछा, "आप इतना कठिन जीवन क्यों जीते हैं, जिसमें ज्यादातर लंबा सफर करना पड़ता है ? क्या आपने जीवन का आनंद लेने के लिए कभी समय नहीं निकाला ?"

शारू नाडा मुसकराया। उसने दोहराया, "जीवन का आनंद लेने के लिए।¨ अगर तुम शारू नाडा होते तो जीवन का आनंद लेने के लिए क्या करते ?"

हदन ने कहा, "अगर मेरे पास तुम्हारे जैसी संपत्ति होती तो मैं एक राजकुमार की तरह रहता। मैं तो कभी भी इस तपते रेगिस्तान की तरफ आता ही नहीं। मेरे पास जितनी जल्दी रकम आती, उतनी जल्दी मैं उसे खर्च कर देता। मैं महँगे कपड़े पहनता और एक-से-एक नायाब गहने बनवाता। मुझे ऐसी ही जिंदगी पसंद है। उसे ही जीना कहते हैं।" इस पर दोनों ठहाके लगाने लगे।

शारू नाडा ने बिना सोचे उससे कहा, "तुम्हारे दादा गहने नहीं पहनते थे।" फिर उससे मजाक में बोला, "क्या तुम काम करने के लिए कोई समय नहीं छोड़ोगे ?"

हदन गुला ने तुरंत जवाब दिया, "काम करने के लिए गुलाम हैं।"

शारू नाडा को यह अटपटा लगा, लेकिन उसने इस बात का जवाब नहीं दिया, बल्कि खामोशी ओढ़ ली और ढलान खत्म होने तक वैसे ही बना रहा।

नीचे पहुँचकर उसने अपने घोड़े को रोका और हरी घाटी की तरफ इशारा करते हुए बोला, "देखो, उधर घाटी है। नीचे दूर तक देखोगे तो तुम्हें बेबीलोन की दीवारें हलकी-हलकी नजर आएँगी। वह जो मीनार दिख रही

है, वह बेल के मंदिर की मीनार है। अगर तुम्हारी आँखें तेज हैं तो तुम वहाँ ऊँचाई पर लगातार जलती आग से उठता हुआ धुआँ भी देख सकते हो।''

उसकी बात सुनकर हदन गुला ने कहा, ''तो यह है बेबीलोन! मेरी हमेशा से दुनिया के सबसे रईस शहर को देखने की तमन्ना थी। बेबीलोन, जहाँ मेरे दादा ने अपनी किस्मत को सँवारना शुरू किया था। आज अगर वह जिंदा होते तो हम अपने बुरे हालात में पिस न रहे होते।''

उसकी बात सुनकर शारू ने कहा, ''भाई, धरती पर उनके लिए जितना समय तय था, वे तो बिताकर चले गए और तय समय से ज्यादा उनकी रूह को धरती पर क्यों रोकने की बात कर रहे हो; जबकि तुम और तुम्हारे पिता उनके अच्छे कामों को आसानी से आगे बढ़ा सकते हो?''

हदन ने कहा, ''अफसोस इस बात का है कि हम दोनों के पास ही उनके जैसा हुनर नहीं है। मेरे पिता और मैं खुद उस राज को नहीं जानते कि कैसे सोने की मुहरों को अपनी तरफ खींचा जाता है।''

शारू नाडा ने कोई जवाब नहीं दिया, बल्कि अपने घोड़े की लगाम ढीली कर उसे आगे बढ़ाया और कुछ सोचता हुआ घाटी की तरफ बढ़ने लगा। उनके पीछे-पीछे पूरा कारवाँ बढ़ता चला जा रहा था और साथ-ही-साथ काफिले के कदमों से उठती धूल से आसपास लाली-सी छा गई। कुछ समय बाद वे बादशाह के राजमार्ग पर पहुँच गए और दक्षिण की तरफ सींचे हुए खेतों की तरफ बढ़ने लगे।

वहाँ एक खेत में काम कर रहे तीन लोगों की तरफ शारू नाडा का ध्यान गया। वे कुछ जाने-पहचाने-से लग रहे थे। हास्यास्पद है! एक शख्स चालीस साल के बाद भी एक खेत से नहीं निकल सका और बाकी के दो लोग भी उसी जगह खेती करते नजर आए। फिर भी, उसकी अंतरात्मा कह रही थी कि वह उन लोगों को जानता है कि वे एक जैसे ही हैं। उनमें से एक की पकड़ अनिश्चित थी। वह हल चला रहा था। बाकी दोनों मेहनत से बैलों के पीछे-पीछे चले आ रहे थे। बैलों को चलते रहने के लिए वे अप्रभावी तरीके से उन पर लाठी बरसा रहे थे।

चालीस साल बाद भी वह इन लोगों से ईर्ष्या कर रहा था। वह सोच रहा था कि कितनी खुशी-खुशी जगहों की अदला-बदली वह कर सकता था। लेकिन अब कितना अंतर हो चुका है। उसने गर्व से अपने पीछे आते काफिले को देखा, जिसमें उसके करीने से चुने हुए ऊँट और गधे थे, साथ ही दमिश्क से लाए जा रहे बेशकीमती सामानों का ढेर था। सबकुछ पर उसका मालिकाना हक था।

उसने उन किसानों की तरफ इशारा करते हुए कहा, ''ये चालीस साल से इसी खेत को जोत रहे हैं।''

हदन ने कहा, ''वे देख-रेख कर रहे हैं; लेकिन तुमने यह कैसे जाना कि ये वही लोग हैं?''

शारू नाडा ने जवाब दिया, ''मैं हमेशा से इन्हें यहाँ देखता आया हूँ।''

उसके दिमाग में बीती घटनाएँ तेजी से घूमने लगीं। वह क्यों नहीं अपना बीता हुआ कल दफन करके वर्तमान में सुख से जी पा रहा है? फिर उसे एक तसवीर और घटना याद आ गई। उसे मुसकराता हुआ अरद गुला याद आ गया। उसके और उसकी सनकी युवावस्था के बीच की बाधा मानो आपस में घुल गई।

लेकिन वह ऐसे ऊँचे जज्बेवाले युवक की मदद कैसे कर सकता था, जिसके विचारों में खर्चीलापन हो और जिसने अपने हाथों में महँगे जेवरात डाल रखे हों? वह ऐसे ढेर सारे लोगों को काम दे सकता था, जो काम करना चाहते थे; लेकिन उन लोगों के लिए उसके पास कोई काम नहीं था, जो खुद को काम से ऊपर मानते थे। फिर भी वह अरद गुला का कर्जदार था और उसके लिए दिल-ओ-जान से कुछ करने के लिए सोचता था। आखिर उसने और अरद गुला ने कभी भी अधूरे मन से कोई काम नहीं किया था। वे हलके किस्म के इनसान नहीं थे।

इसी उधेड़बुन में अचानक उसके दिमाग में एक विचार कौंधा। तमाम किंतु, परंतु और आपत्तियाँ थीं वहाँ। उसे निश्चित रूप से अपने परिवार और अपनी स्थिति पर विचार करना था। यह क्रूर हो सकता है; यह दिल

दुखानेवाला भी हो सकता है। तत्काल फैसले लेने की काबिलीयत के चलते उसने सारी आपत्तियाँ दरकिनार कर दीं और आगे बढ़ने का फैसला कर लिया।

शारू नाडा ने हदन गुला से पूछा, "क्या तुम जानना चाहोगे कि तुम्हारे दादा और मैं कैसे साझीदारी में काम करने को तैयार हुए थे और वह किस कदर फायदेमंद रहा था?"

हदन ने कहा, "बिल्कुल मैं जानना चाहता हूँ कि आप लोगों ने किस तरह से इतना बड़ा खजाना तैयार किया? मुझे उसके बारे में जानने की जरूरत है।"

शारू नाडा ने उसके जवाब का इंतजार नहीं किया और अपनी बात जारी रखते हुए बोला, "हमने उन लोगों के साथ काम शुरू किया था, जो वहाँ खेती करते हुए नजर आ रहे हैं। तब मैं तुम्हारी ही उम्र का था। लोगों के साथ मैं खेत जोतने में लगा हुआ था और जब मैं अच्छे बूढ़े इनसान मेकिद्दो की बगल से हल लेकर हिलते-डुलते हुए निकला तो उसने खेत जोतने के मेरे तरीके को देखकर मेरा मजाक उड़ाया। मेकिद्दो भी सीकड़ से बँधा मेरे ही बगल में खेत जोतने में लगा हुआ था। उसने कहा, 'इसे देखो, कितना आलसी आदमी है यह! हल पकड़नेवाला जरा सा भी जोर नहीं लगा रहा है कि खेत गहराई से जोते, न तो बैलों को पीटनेवाला ही उन्हें तेज चलाने पर जोर दे रहा है। इस तरह की खराब जुताई से अच्छी फसल की उम्मीद कैसे की जा सकती है?'

हदन गुला ने हैरत से भरकर पूछा, "क्या तुम भी मेकिद्दो के साथ सीकड़ से बँधे हुए थे?"

शारू ने कहा, "हाँ, हमारे गले पर काँसे का पट्टा बँधा रहता था और ऊपर से भारी सीकड़ भी होती थी। उसकी बगल में भेड़ें चुरानेवाला जबादो भी था। मैं हारून में उसे जानता था। अंत में एक आदमी था, जो डकैत था और उसने हमें अपना नाम नहीं बताया था। हमने अंदाजा लगाया कि वह नाविक रहा होगा, क्योंकि उसने नाविकों की शैली में आपस में गुँथे हुए साँपों की तसवीरें अपने सीने पर गोदवा रखी थीं। हम लोगों को इस तरह से बाँधा

गया था कि एक साथ चार लोग जुताई कर सकें।''

हदन गुला ने हैरानी से पूछा, ''तुम लोग क्या गुलामों की तरह सीकड़ से बाँधे गए थे?''

''क्या तुम्हारे दादा ने तुम्हें कभी यह नहीं बताया कि हम गुलाम थे?''

''वे अकसर आपके बारे में बात करते थे, लेकिन उन्होंने कभी इस ओर इशारा नहीं किया।''

शारू नाडा ने उसकी आँखों में आँखें डालकर देखते हुए कहा, ''वे ऐसे इनसान थे कि तुम किसी भी तरह के राज उनको बताकर भरोसा कर सकते थे। तुम भी कुछ इसी तरह के इनसान हो, जिस पर मैं भरोसा कर सकता हूँ। मैं गलत तो नहीं हूँ?''

''आप मेरी खामोशी पर भरोसा कर सकते हैं, लेकिन मैं हैरान हूँ। मुझे बताइए कि आप लोग गुलाम कैसे बन गए?''

शारू नाडा ने अपने कंधे उचकाते हुए कहा, ''कोई भी शख्स खुद को गुलाम बना सकता है। मैं तो अपने भाई की बेवकूफी का शिकार बन गया था। एक झगड़े में उसने अपने दोस्त को ही मार डाला। मुझे मेरे पिता ने उसकी विधवा के साथ जोड़ दिया, ताकि मेरे भाई को कानूनी दाँव-पेच में न उलझना पड़े। जब मेरे पिता इतनी चाँदी इकट्ठा नहीं कर सके कि मुझे उस विधवा से छुड़ा सकें तो उस महिला ने गुस्से में आकर मुझे एक गुलाम व्यापारी के हाथों बेच दिया।''

हदन गुला ने प्रतिक्रिया जताते हुए कहा, ''कितने शर्म की बात है! और यह तो अन्याय है! फिर आपको आजादी कैसे हासिल हुई?''

शारू ने कहा, ''मैं जल्दी ही उस पर आऊँगा, लेकिन अभी नहीं। मुझे अपनी पूरी कहानी बताने दो। जैसे ही हम उनकी बगल से गुजरे, खेत जोतनेवाले ने टोपी उतारकर और दिखावे के अदब में झुकते हुए हम पर तंज कसते हुए कहा, 'बादशाह के मेहमानो, बेबीलोन में स्वागत है। वे तुम्हारा शहर की दीवार पर इंतजार कर रहे हैं, जहाँ दावतखाना फैला हुआ

है, मिट्टी की ईंट और प्याज का सूप रखा हुआ है।' यह कहकर वे सभी ठहाके लगाकर हँसने लगे।

"डकैत गुस्से से भर उठा और उनको कोसने लगा। मैंने उससे पूछा, 'इसका क्या मतलब है कि बादशाह वहाँ दीवारों पर हमारा इंतजार कर रहे हैं?'

" 'शहर की दीवारों तक तुमको ईंट ढोकर तब तक ले जानी होगी, जब तक कि तुम्हारी कमर टूट नहीं जाती है। हो सकता है कि वे तुम्हें इस कदर पीटें कि कमर टूटने से पहले ही तुम्हारी मौत हो जाए।'

" 'वे मुझे नहीं पीटेंगे। मैं ही उन्हें मार डालूँगा।'

"तभी मेकिद्दो बोल उठा, 'मुझे यह बात हजम नहीं हो रही कि जो गुलाम मेहनत से काम करते हैं, उन्हें मालिक पीटने या मार डालने को लेकर इच्छुक होंगे। मालिकों को तो अच्छे गुलामों से कोई शिकायत नहीं होनी चाहिए, बल्कि उनके साथ तो अच्छा व्यवहार करना चाहिए।'

"जाबादो ने प्रतिक्रिया में कहा, 'कौन मेहनत से काम करना चाहता है! वे खेत जोतनेवाले बुद्धिमान लोग हैं। वे अपनी कमर नहीं तुड़वा रहे हैं। उन्हें जैसे वे हैं, वैसे ही छोड़ा हुआ है।'

"मेकिद्दो ने कहा, 'टाल-मटोल करके आप बच नहीं सकते। अगर आप एक हेक्टेयर खेत जोतते हैं तो वह एक दिन के हिसाब से संतोषजनक काम माना जाएगा और कोई भी मालिक इस बात को जानता है। लेकिन उसी जगह अगर आप आधा हेक्टेयर खेत ही जोतते हैं तो यह निश्चित रूप से कामचोरी माना जाएगा। मैं कामचोर नहीं हूँ। मुझे काम करना पसंद है और मैं कोई भी काम अच्छी तरह करना चाहता हूँ, क्योंकि मैं यह अच्छी तरह जानता हूँ कि काम ही हमारा सबसे अच्छा दोस्त है। इसी वजह से मेरे पास हर वह अच्छी चीज है, जो मैं हासिल करना चाहता था, जिसमें मेरे खेत, गायें और फसलें—सबकुछ शामिल है।'

"जाबादो ने मजाक उड़ाते हुए कहा, 'हाँ, और अब वे चीजें कहाँ हैं? मैंने पाया है कि चतुराई से काम करना या बिना काम किए कुछ हासिल करना

ज्यादा मायने रखता है। जाबादो को देखना, अगर उसे दीवारों के लिए बेचा जाता है तो वह पानी का थैला या ऐसा ही कोई आसान काम पकड़ लेगा और यह ठीक उसी समय होगा, जब तुम जैसे लोग ईंट ढोने में अपनी कमर तुड़वा रहे होंगे।' यह कहते हुए उसने बेवकूफों की तरह हँसना शुरू कर दिया।

"पूरी रात मेरी आतंक के साए में बीती। मुझे रात भर नींद नहीं आई। मैं पहरेदार को आगाह करने के लिए बनाई गई रस्सी के पास ही बैठा रहा और जब सभी सो गए तो मैंने पहरेदार गोडोसो का ध्यान अपनी तरफ खींचा। सुरक्षा ढाँचे में वह सबसे पहले पड़ता था। वह उन अरबी डाकुओं में से एक था, जो इस तरह का दुष्ट था कि अगर उसने आपका बटुआ लूटा तो वह आपका गला भी काटने में नहीं हिचकेगा।

"मैंने फुसफुसाते हुए उससे कहा, 'मुझे बताओ, गोडोसो, जब हम बेबीलोन पहुँचेंगे तो क्या हमें दीवारें बनाने के लिए बेच दिया जाएगा?'

"उसने सतर्कता के साथ पूछा, 'क्यों जानना चाहते हो?'

"मैंने उससे गुहार की कि 'क्या तुम नहीं समझ सकते हो? मैं नौजवान हूँ। मैं जीना चाहता हूँ। मैं नहीं चाहता कि मैं लगातार काम करता रहूँ और दीवारों पर मौत होने तक पीटा जाता रहूँ। क्या ऐसा मौका मुझे मिल सकता है कि मुझे कोई अच्छा मालिक मिल जाए?'

"उसने फुसफुसाते हुए मुझसे कहा, 'मैं तुम्हें कुछ बताता हूँ। तुम अच्छे साथी हो। गोडोसो को परेशान मत करो। ज्यादातर समय हम पहले गुलामों के बाजार में जाते हैं। ध्यान से सुनो। जब खरीदार आते हैं तो तुम उनसे कहो कि तुम अच्छा काम करते हो, अच्छे मालिकों के लिए मेहनत करना पसंद करते हो। तुम खुद को ऐसा पेश करो कि वे तुमको खरीद लें। अगर तुम उनके हाथों नहीं बिके तो अगले दिन तुम्हें ईंट ढोने के लिए भेज दिया जाएगा, जो कि बेहद कठिन काम है।'

"जब वह चला गया, तब मैं गरम रेत में लेट गया। ऊपर तारों को देखता रहा और काम के बारे में सोचता रहा। जब मेरे सबसे अच्छे दोस्त मेकिद्दो ने कहा था, 'मेहनत से काम करने के बारे में तो मुझे हैरत हुई थी कि क्या

वह वाकई मेरा सबसे अच्छा दोस्त है। निश्चित रूप से वह मेरा सबसे अच्छा दोस्त होगा, अगर उससे मुझे कुछ मदद मिलती है तो।'

जब मेकिद्दो सुबह उठा तो मैंने उसके कानों में फुसफुसाते हुए अच्छी खबर के बारे में बताया। यह हमारे जीवन में उम्मीद की एकमात्र किरण थी, जो बेबीलोन की ओर हमारे रास्ते में पड़ रही थी। जब हम दीवारों के पास पहुँचे, तब तक शाम हो चुकी थी और हम लोगों की कतारें देख पा रहे थे। लोग चींटियों की तरह नजर आ रहे थे, जो रास्ते के मुताबिक ऊपर और नीचे चढ़ते हुए नजर आ रहे थे। हम और नजदीक पहुँचे तो यह देखकर चौंक गए कि हजारों की संख्या में लोग काम कर रहे थे। कुछ लोग खंदक खोद रहे थे, जबकि कुछ मिट्टी की ईंट में कीचड़ मिला रहे थे। सबसे बड़ी संख्या ईंट ढोनेवालों की थी, जो बड़ी टोकरियों में ईंटें रखकर ऊँचाई की तरफ चढ़ रहे थे, जहाँ मिस्त्री* दीवार बनाने में जुटे हुए थे।

''गोडसो सही कह रहा था। हमें शहर के मुख्य द्वार से गुलामों के लिए बनाई गई जेल में ले जाया गया और अगली सुबह बाजार में हमारी परेड कराकर एक बाड़े में रख दिया गया। वहाँ बाकी के डरे-सहमे लोग हुजूम में खड़े हो गए और पहरेदारों की चाबुक पर आगे बढ़ना जारी रखे हुए थे, ताकि खरीदार उनका मुआयना कर सकें। मेकिद्दो और मैं हर उस शख्स से आगे बढ़कर बात कर रहे थे, जो हमें बोलने का मौका दे रहा था।

''गुलामों का व्यापारी अपने साथ सिपाही भी ले आया था, जो बादशाह के पहरेदार थे, जिन्होंने डकैत को बेड़ियों से बाँध रखा था और जब भी वह

---

* प्राचीन बेबीलोन में हुए चर्चित कामों में वहाँ की दीवारें, मंदिर, झूलते बगीचे और विशालकाय नहरें शामिल हैं, जिन्हें गुलाम मजदूरों की मदद से बनाया गया था। उन गुलामों में मुख्यत: युद्धबंदी शामिल थे, जिन्होंने अपने साथ होनेवाले अमानवीय बरताव के बारे में विस्तार से बताया है। कामगारों की इस फौज में बेबीलोन और इसके प्रांतों के भी गुलाम शामिल थे, जिन्हें चोरी या वित्तीय गड़बड़ियों के आरोपों में पकड़ा जाता था। उस दौर में यह प्रचलन में था कि कर्ज लेने के लिए, कानूनी फैसलों या अन्य जरूरतें पूरी करने के बदले लोग अपनी बीवियों या बच्चों को गिरवी रखते थे। किसी नकारात्मक स्थिति में जिन्हें गिरवी रखा जाता था, उन्हें गुलामी के लिए बेच दिया जाता था।

प्रतिरोध करता था, तब वे उसकी पिटाई करते थे। जब वे उसे आगे लेकर चले गए, तब मुझे उसके लिए बेहद अफसोस हुआ।

''मेकिद्दो को लगा कि जल्दी ही हम अलग हो जाएँगे। जब कोई खरीदार नजदीक नहीं था, उसने मुझे प्रभावित करने के लिए तत्परता से बात की कि मुझे भविष्य में कितना अहम काम करना है। कुछ लोग इससे नफरत करते हैं। वे इसे अपना दुश्मन समझते हैं, लेकिन इसे अपना दोस्त समझना ज्यादा ठीक रहता है। तुम भी इसे पसंद करो। इस चीज पर मत जाओ कि यह कठिन है। अगर तुम सोचो कि तुम्हारे अंदर यह काबिलीयत है कि तुम अच्छा घर बना सकते हो तो इससे फर्क नहीं पड़ेगा कि तुम कितनी दूर से प्लास्टर के लिए पानी ले आ रहे हो या बीम कितना भारी है। मुझसे वादा करो, लड़के, कि तुम्हें अगर कोई मालिक मिल गया तो तुम उसके लिए जितनी कठिन हो सके, उतनी मेहनत करोगे। अगर वह तुम्हारे काम को न सराहे तो उस पर ध्यान मत दो। याद रखो कि अच्छी तरह किया गया काम उस शख्स को अच्छा महसूस कराता है, जो उसे अंजाम देता है। एक किसान को अपनी तरफ आता देखकर वह शांत हो गया। वह करीब आया और हमें परखनेवाले अंदाज में देखने लगा।

''मेकिद्दो ने उसके खेतों और फसलों के बारे में पूछा। जल्दी ही वह किसान को समझाने में सफल हो गया कि वह उसके बेहद काम का है। इसके बाद गुलामों की डील के साथ आक्रामक मोल-भाव के बाद उस किसान ने अपने लबादे के अंदर से मोटा बटुआ निकाला और जल्दी ही मेकिद्दो अपने नए मालिक के साथ आँखों से ओझल हो गया।

''कुछ अन्य लोग भी सुबह के दौरान बेचे गए। दोपहर में गोडोसो ने उसे गुप्त रूप से बताया कि गुलामों का जो व्यापारी है, वह बहुत खराब है और अगली रात तक टिकने वाला नहीं है; लेकिन बाकी बचे हुए गुलामों को शाम ढलने के बाद वह बादशाह के चुने हुए खरीदारों के पास लेकर जाएगा। मैं कुछ व्याकुल हो गया, जब मैंने देखा कि एक मोटा, लेकिन अच्छी प्रकृतिवाला शख्स दीवार की ओर बढ़ा चला आया और पूछा कि वहाँ मौजूद

लोगों में कोई अच्छा बावर्ची है क्या?

''मैं उसके पास पहुँचा और बोला, 'आपके जैसा बेहतरीन बावर्ची क्यों निम्न स्तर का बावर्ची खोज रहा है? क्या यह आसान नहीं होगा कि मेरे जैसे इच्छुक शख्स को आप सिखाकर अपने तरीके से ढालें? मुझे देखिए। मैं नौजवान हूँ, तगड़ा हूँ और काम करने का इच्छुक भी हूँ। मुझे एक मौका दीजिए। मैं आपके लिए सोने और चाँदी से बटुए भरने में अपनी पूरी ताकत लगा दूँगा।'

''वह मेरी इच्छा से प्रभावित हुआ और व्यापारी से मुझे लेकर मोल-भाव करने लगा। उस व्यापारी का ध्यान अब तक मुझ पर नहीं गया था, लेकिन अब वह मुझे देख रहा था कि मैं अपनी बातों से किसी को रिझाने में समर्थ हूँ, वहीं मेरी सेहत भी अच्छी है और मेरी कद-काठी भी ठीक है। अचानक मैं एक हट्टे-कट्टे बैल के तौर पर नजर आने लगा, जिसको किसी कसाई को बेचा जाना है। अंत में, मेरी खुशी का ठिकाना तब न रहा, जब सौदा पक्का हो गया। मैं अपने नए मालिक के साथ निकल पड़ा। उस समय मैं यही सोच रहा था कि मैं बेबीलोन का सबसे खुशकिस्मत इनसान हूँ।

''मेरा नया घर करीब-करीब मेरी पसंद का ही था। मेरे मालिक नाना-नाइद ने मुझे सिखाया कि अहाते में मौजूद पत्थर की ओखल में कैसे जौ को पीसा जाता है, तंदूर को कैसे जलाया जाता है और कैसे शहद के केक तैयार करने के लिए तिल का आटा पीसते हैं। जहाँ सारा अनाज रखा जाता था, वहाँ मेरे लिए एक सोफा रखा था। घर की देखरेख करनेवाली एक बुजुर्ग गुलाम स्वस्ति मुझे अच्छे से खिलाती थी और इस बात से बेहद खुश थी कि मैं भारी कामों में उसकी मदद कर देता हूँ।

''यहाँ मेरे लिए बेहतरीन मौका था कि मैं अपने मालिक के लिए बेशकीमती साबित हो सकता था और मैं उम्मीद कर रहा था कि मुझे अपनी आजादी का भी यहाँ से मौका मिल सकता है।

''मैंने नाना-नाइद से पूछा कि कैसे आटा सानते हैं और फिर उसे पकाते कैसे हैं। सीखने की मेरी इच्छा जानकर वह बेहद प्रभावित हुआ। बाद में जब

मैं उसे अच्छे से करने लगा तो मैंने उससे शहदवाला केक बनाना भी सीखा। धीरे-धीरे मैंने सबकुछ बनाने और पकाने में महारत हासिल कर ली। मेरा मालिक आलसी बनकर खुश था, लेकिन स्वस्ति ने मालिक के इस रवैए से असहमति में अपना सिर हिलाया। उसने घोषणा कर दी, 'किसी भी शख्स के लिए काम न करना बेहद खराब है।'

''मुझे महसूस हुआ कि अब समय आ गया है कि मुझे किसी तरह से अपनी कमाई करने और अपनी आजादी के लिए मुहरें जुटाने का काम शुरू कर देना चाहिए। दोपहर में जब पकाने का काम खत्म हो जाता था तो मैंने सोचा कि क्यों न नाना-नाइद से बात करके दोपहर बाद के लिए कोई फायदेमंद काम तलाश लूँ और अपनी कमाई का हिस्सा मैं भी रखूँ। फिर मैंने यह भी सोचा कि क्यों न शहदवाला केक ज्यादा मात्रा में बनाऊँ और उसे शहर की सड़कों पर मौजूद भूखे लोगों में बाँटता चलूँ!

''मैंने अपनी योजना नाना-नाइद के सामने कुछ इस तरह से रखी, 'केक पकाने के बाद क्या दोपहर बाद का अपना समय मैं अपने कमाने के लिए इस्तेमाल कर सकता हूँ? आप भी मेरी कमाई में से कुछ हिस्सा रख सकते हैं और मैं भी कुछ बचा लूँगा, ताकि अपनी जरूरतों और इच्छाओं के अनुरूप खर्च कर सकूँ।'

''उसने कबूल किया, 'ठीक है, ठीक है।' जब मैंने उसे अपनी योजना के बारे में बताया कि मैं शहर में घूम-घूमकर शहद केक बेचना चाहता हूँ तो वह और भी खुश हुआ। उसने सुझाव भी दिया, 'हम कुछ इस तरह से काम करेंगे कि तुम दो सिक्के का एक केक बेचोगे। उसमें से आधी रकम मेरे लिए रहेगी, जिससे आटा व शहद और केक पकाने के लिए लकड़ी खरीदने का भुगतान किया जाएगा। इसके बाद जो रकम बचेगी, उसमें से हम और तुम आधा-आधा रखेंगे।'

''मैं उसके इस उदार व्यवहार से बेहद प्रभावित था कि मैं जो कुछ भी बेच पाऊँगा, उसका एक-चौथाई अपने लिए बचाकर रख पाऊँगा। उस रात देर तक जाग कर मैंने एक थाली बनाई, जिस पर मैं केक सजाऊँगा। नाना-

नाइद ने मुझे अपना पहना हुआ पुराना लबादा दे दिया, ताकि मैं बेहतर नजर आ सकूँ और स्वस्ति ने उसे सिलने व धुलने में मेरी मदद कर दी।

''अगले दिन मैंने कुछ अधिक शहद केक तैयार किए। वे पककर भूरे हो गए और थाल में बेहद आकर्षक दिखने लगे। उन्हें लेकर मैं सड़क की तरफ निकल गया और लोगों का ध्यान खींचने के लिए ऊँची आवाज में अपने सामान की हाँक लगाने लगा। पहले तो किसी ने भी केक में दिलचस्पी नहीं ली और मैं हताश होने लगा। फिर भी मैंने अपना क्रम जारी रखा और दोपहर बाद जब लोगों के भूख लगने का क्रम शुरू हुआ तो उन्होंने मेरी नई चीज को भी चखना शुरू किया। इस तरह से मेरे केकों की भी बिक्री शुरू हो गई। देखते-ही-देखते मेरा थाल खाली हो गया।

''नाना-नाइद मेरी इस सफलता पर बेहद खुश हुआ और उसने खुशी-खुशी मुझे मेरा हिस्सा दे दिया। मेरी तो खुशी का ठिकाना ही नहीं था, क्योंकि जीवन में पहली बार मैंने अपनी कमाई का हिस्सा हासिल किया था। अब मुझे लगने लगा कि मेकिद्दो की बात में कितना दम था, जो उसने कहा था कि कोई भी मालिक अपने गुलामों के किए अच्छे कामों की तारीफ जरूर करता है। उस रात मैं इस कदर रोमांचित था कि मुझे ठीक से नींद नहीं आई। अब मैंने जोड़-घटाना शुरू किया कि इस तरह से कमाई करते हुए मैं साल भर और उससे आगे के सालों में कितना बचा लूँगा और मुझे मेरी आजादी के लिए कितनी रकम जुटाने की जरूरत है।

जैसे-जैसे मेरा केक बेचने का क्रम बढ़ने लगा, मेरे स्थायी ग्राहक भी बढ़ने लगे। एक दिन तो कोई और नहीं, बल्कि तुम्हारे (हमद गुला) दादा अरद गुला मुझसे टकरा गए। वे कपड़ों के व्यापारी थे और एक शहर से दूसरे शहर सड़कों पर घूम-घूमकर घरेलू औरतों के कपड़े बेचते थे। उनका माल उनके गधे पर लदा होता था और एक काला गुलाम उनके साथ चलता था। वे दो केक अपने लिए और दो अपने गुलाम के लिए खरीदते थे। केक खाने के दौरान वे अकसर मुझसे बातें भी करते थे।

''तुम्हारे दादा ने एक दिन मुझसे कुछ ऐसी बात कही, जो मुझे हमेशा

के लिए याद हो गई। उन्होंने कहा, 'लड़के, मुझे तुम्हारा यह केक बहुत पसंद है; लेकिन उससे भी बढ़कर जो चीज मुझे पसंद है, वह तुम्हारा इसे पेश करने का शानदार तरीका और तुम्हारा उत्साह। तय है कि इस तरह का सोच तुमको सफलता के लंबे रास्ते पर ले जा सकती है।'

''लेकिन तुम इस बात को कैसे समझ सकते हो, हदन गुला, कि तुम्हारे दादा की इन बातों के उस गुलाम लड़के के लिए क्या मायने हैं, जो कि उतने बड़े शहर में अकेला है और जो कुछ उसके पास है, उसी के बल पर वह संघर्ष कर रहा है, ताकि शर्मिंदगी के दलदल से वह किसी तरह बाहर निकलने की राह पा सके।

''धीरे-धीरे समय गुजरता गया। कई महीने बीत गए और मैं सिक्के जोड़ता गया। मेरा बटुआ मोटा होता गया। अब उसका वजन देखकर मुझे सुकून मिलने लगा। जैसा कि मेकिद्दो ने कहा था, मेहनत मेरी सबसे अच्छी दोस्त साबित होने लगी। मैं खुश था, लेकिन स्वस्ति को चिंता होने लगी थी।

''उसने विरोध करते हुए कहा, 'तुम्हारा मालिक मुझे लग रहा है कि अपना ज्यादातर समय जुआघरों में बिताने लगा है।'

''एक दिन मेरी मुलाकात सड़क पर ही अपने दोस्त मेकिद्दो से हो गई और उसे देखकर मेरी खुशी का ठिकाना न रहा। वह तीन गधों पर सब्जियाँ लादकर बाजार की तरफ जा रहा था। उसने कहा, 'मेरा काम काफी अच्छा चल रहा है। मेरा मालिक मेरे अच्छे कामों की तारीफ करता है और अब मैं उसका फोरमैन बन गया हूँ। देखो, वह खरीद-बिक्री के लिए मुझ पर इतना भरोसा करता है, साथ ही वह मेरे परिवार के लिए भी भेजता रहता है। काम से मुझे कठिन परेशानी से बाहर निकलने में काफी मदद मिली है। किसी दिन यह मुझे मेरी आजादी दिलाने में भी मददगार साबित होगा और तब मैं अपना खुद का खेत खरीद सकूँगा।'

समय गुजरता रहा और नाना-नाइद मेरे घर लौटने को लेकर और बेचैन रहने लगा। जैसे ही मैं घर पहुँचता, वह हिसाब-पुस्तक लगाने बैठ जाता और मेरे हिस्से की रकम मुझे देकर बाकी अपने पास रख लेता; साथ ही उसने

कहा कि मैं आगे भी उसके केक के लिए बाजार तलाशूँ और केक की बिक्री बढ़ा सकूँ तो बेहतर रहेगा।

"अकसर मैं शहर के मुख्य द्वार से बाहर भी निकल जाता था। मैं दीवार बनानेवाले गुलामों की निगरानी करनेवालों को भी केक के लिए प्रेरित करने पहुँच जाता था। अस्वीकार्य जगह पर लौटने की बात से मैं घृणा करता था; लेकिन उन निगरानी करनेवाले पहरेदारों को मैंने उदार खरीदार के रूप में पाया। एक दिन मैं जाबादो को देखकर हैरत में पड़ गया, जो कि एक कतार में खड़ा होकर अपनी बारी का इंतजार कर रहा था, ताकि ईंट ले जा सके। वह मरियल-सा हो गया था और झुक गया था। उसकी पीठ पर पहरेदारों के चाबुकों से पिटाई और चोटों के निशान भरे पड़े थे। मैंने उसे केक पकड़ाया, जिसे उसने अपने मुँह में एक भूखे जानवर की तरह कूँच डाला। उसकी आँखों में केक के प्रति लालच बढ़ता देख मैं वहाँ से अपना केकवाला थाल लेकर भाग निकला।

"एक दिन अरद गुला ने मुझसे कहा, 'तुम इतनी कड़ी मेहनत क्यों करते हो? यह लगभग वही सवाल है, जो तुमने मुझसे पूछा था, याद है तुम्हें?' मैंने उसे काम को लेकर मेकिद्दो की कही बात के बारे में बताया और यह भी बताया कि किस तरह यह मेरी सबसे अच्छी दोस्त साबित हो रही है। मैंने उसे गर्व से अपना भरा हुआ बटुआ दिखाया और उसे विस्तार से बताया कि मैं किस तरह अपनी आजादी खरीदने के लिए पैसे बचा रहा हूँ।

"उन्होंने मुझसे पूछा, 'आजाद हो जाओगे तो क्या करोगे?'

"मैंने जवाब दिया, 'तब मैं व्यापारी बनने की इच्छा रखता हूँ।'

"उन्होंने मुझ पर भरोसा जताते हुए कहा, 'यह तो मैंने कभी सोचा ही नहीं था। तुम नहीं जानते कि मैं भी गुलाम हूँ। मैं अपने मालिक के साथ साझेदारी में हूँ फिलहाल।' "

यह सुनकर हदन गुला भड़क उठा और बोला, "चुप रहो! अब मैं एक शब्द झूठ नहीं सुनूँगा, जिससे कि मेरे दादा की और बेइज्जती हो। वे बिल्कुल गुलाम नहीं थे।" हदन की आँखें गुस्से से लाल हो गई थीं।

शारू नाडा बिल्कुल शांत था। उसने जवाब दिया, ''मैं उनका सम्मान करता हूँ कि वे अपनी बदकिस्मती से लड़े और ऊपर उठे तथा दमिश्क के गण्यमान्य नागरिक के रूप में जाने जाते हैं।

''उनके पोते हो तुम तो क्या तुम भी उसी मिट्टी के बने हो? क्या तुम हकीकत कबूल करने की क्षमता रखते हो या गलत भ्रम में रहना पसंद करोगे?''

हदन गुला ने अपनी काठी सीधी की। गहरी भावना से दबी आवाज में उसने जवाब दिया, ''मेरे दादा सभी के लिए प्रिय थे। उन्होंने अनगिनत अच्छे काम किए। जब सूखा पड़ा तो क्या उनके पास रखे सोने से मिस्र में अनाज नहीं खरीदा गया और क्या उनके काफिले ने दमिश्क से अनाज यहाँ पहुँचाया, ताकि कोई भूखा न मरे? अब आप मुझसे यह कह रहे हैं कि वह बेबीलोन में कभी एक तिरस्कृत गुलाम के तौर पर भी अपना समय गुजार चुके हैं?''

शारू नाडा ने इस पर कहा, ''अगर वे बेबीलोन में ही गुलाम रह गए होते तो वे निश्चित रूप से तिरस्कृत रहते, लेकिन जब वे अपने प्रयासों के बल पर दमिश्क की महान् शख्सियत बने तो खुदा ने निश्चित रूप से उनकी बदकिस्मती को माफ कर दिया और उनको सम्मान से नवाजा।''

शारू नाडा ने आगे कहा, ''उन्होंने मुझे बताया था कि कभी वे गुलाम रह चुके थे। उसके बाद उन्होंने मुझे यह भी बताया था कि वे अपनी आजादी के लिए किस कदर परेशान रहते थे। अब चूँकि उनके पास काफी पैसा था कि वे कुछ भी खरीद सकते थे तो वे इस बात को लेकर परेशान रहते थे कि वे उस पैसे से क्या करें। उनसे सामान की बिक्री बढ़ नहीं रही थी और मालिक का समर्थन खो देने का डर उनके अंदर बैठता जा रहा था।

''मैंने उनके अनिर्णय की स्थिति का विरोध किया और कहा, 'अपने मालिक का साथ छोड़ दें। एक बार फिर आजाद इनसान की तरह रहना शुरू करें। एक आजाद इनसान की तरह व्यवहार करें और उसी की तरह सफल बनें। यह तय करें कि आप हासिल क्या करना चाहते हैं और तब आपका काम आपको वह चीज हासिल करके देगा। उन्होंने कहा था कि मैंने उनकी

कायरता* पर उन्हें शर्मिंदा करके अच्छा किया और तब उन्होंने अपनी राह पकड़ी।'

''एक दिन मैं मुख्य द्वार से एक बार फिर बाहर जा रहा था और यह देखकर हैरान रह गया कि वहाँ भारी भीड़ जमा थी। जब मैंने किसी से माजरे के बारे में पूछा तो उसने कहा, 'क्या तुमने नहीं सुना? एक भगोड़े गुलाम ने बादशाह के पहरेदार की हत्या कर दी थी। आज उसे न्याय के लिए यहाँ लाया गया है और आज उसे उसके अपराध के लिए तब तक कोड़े मारे जाएँगे, जब तक वह मर नहीं जाएगा। यहाँ तक कि बादशाह भी इस घटना के चश्मदीद बनेंगे।'

''वहाँ कोड़े बरसानेवाली जगह पर इस कदर भीड़ थी कि मैं चाहकर भी उस तरफ नहीं जा पा रहा था कि कहीं किसी के धक्के से थाल में रखे मेरे केक गिरकर खराब न हो जाएँ। इसलिए मैं एक अधूरी दीवार पर चढ़कर लोगों के सिर के ऊपर से वहाँ के हालात देखने लगा। मैं ऐसी जगह पर था, जहाँ से मुझे नेबुचादनेजर अपने सोने के रथ पर आते हुए नजर आए। मैंने इससे पहले ऐसा शानदार नजारा, ऐसे शानदार कपड़े और रथ के चारों तरफ जड़े सोने व मखमल के कपड़े से लकदक इनसान नहीं देखा था।

''हालाँकि जिस पर कोड़े बरसाए जा रहे थे, मैं उसे तो नहीं देख पा रहा था, लेकिन उस गरीब गुलाम की चीख जरूर मेरे कानों तक पहुँच रही थी। मैं इस बात से हैरान था कि हमारे बादशाह जैसा सभ्य, श्रेष्ठ और खूबसूरत इनसान इस तरह की प्रताड़ना कैसे देख सकता है! यही नहीं, वह तो अपने

---

* प्राचीन बेबीलोन में गुलाम प्रथा, हालाँकि जैसी हमें नजर आती है, असंगत थी; लेकिन वह कानून के जरिए कठोरता से नियंत्रित थी। उदाहरण के लिए, गुलाम को किसी भी तरह की संपत्ति खरीदने का अधिकार था, यहाँ तक कि दूसरे अन्य गुलामों को भी यह हक था, जिन पर किसी मालिक का दावा न रहता हो। गुलामों को यह छूट थी कि वे जिससे चाहें, शादी कर सकते हैं। लड़की गुलाम हो या नहीं, इससे शादी पर फर्क नहीं पड़ता था। आजाद महिलाओं के बच्चे भी आजाद थे। शहर के ज्यादातर व्यापारी गुलाम थे। उनमें से ज्यादातर अपने मालिकों के साथ साझेदारी व्यवस्था के तहत कारोबार करते थे और अपने अधिकार-क्षेत्र में वे रईस भी थे।

साथियों के साथ इस दु:खद घटना पर हँस रहा था और हास-परिहास भी कर रहा था। मैं जान चुका था कि वह निर्दयी है और इसलिए उसने गुलामों से दीवार बनवाने जैसे अमानवीय काम का आदेश दे रखा था।

''कोड़े खाकर जब उस दोषी गुलाम की मौत हो गई तो उसकी लाश को पास के ही एक खंभे से रस्सी के सहारे उलटा लटका दिया गया, ताकि हर कोई उसे देख सके। भीड़ छँटने लगी तो मैं लाश के पास पहुँचा। उसके बालों से भरे सीने पर मैंने वह टैटू बना देखा, जिसमें दो साँप आपस में गुँथे हुए थे। मैं समझ गया कि यह वही डाकू था।

''अगली बार जब मैं अरद गुला से मिला तो वह बिल्कुल बदला हुआ इनसान नजर आ रहा था। वह पूरे जोश से भरा हुआ था और मुझे देखते ही मेरा अभिवादन करके बोला, 'ठहरो, जिस गुलाम को तुम जानते थे, वह अब आजाद हो चुका है। तुम्हारे शब्दों में जादू था। पहले ही मेरे सामानों की बिक्री और मेरा लाभ बढ़ता जा रह है। मेरी पत्नी भी खुशी से फूली नहीं समा रही है। वह भी एक आजाद औरत है। वह मेरे मालिक की भतीजी ही है। उसकी इच्छा है कि हम किसी दूसरे शहर में जाकर बस जाएँ, जहाँ कोई यह न जानता हो कि मैं कभी गुलाम रहा था। इस तरह हमारे बच्चे अपने पिता की बदकिस्मती के किस्सों से भी दूर रह सकेंगे। मेरे काम और मेरी मेहनत मेरे सबसे बड़े मददगार साबित हुए हैं। इसी के बल पर मुझे अपना आत्मविश्वास हासिल करने और कारोबारी कला को बढ़ाने में मदद मिली।'

''उनकी बात सुनकर मैं भी खुशी से झूम उठा कि मैं भले ही मामूली-सा ही सही, लेकिन उनका कर्ज चुका पाया और उन्हें उसी तरह आत्मविश्वास से लबरेज कर पाया, जैसा कभी उन्होंने मुझे किया था।

''एक शाम स्वस्ति मेरे पास गहरा दु:ख लेकर पहुँची और बोली, 'तुम्हारा मालिक परेशानी में है। मुझे उसको लेकर डर लग रहा है। कुछ महीने पहले वह जुए की मेज पर काफी कुछ हार गया था। उसने किसान को न तो अनाज का पैसा दिया है और न ही शहद का, न ही उसने उधार देनेवाले का कर्ज ही चुकता किया है। वे उससे बहुत नाराज हैं और धमका रहे हैं।'

"मैंने बिना सोचे उसे जवाब दिया, 'हमें उसकी परेशानी पर क्यों चिंता करनी चाहिए? हम उसके रखवाले तो हैं नहीं।'

" 'बेवकूफ युवक, तुम समझ नहीं रहे हो। उसने जिससे कर्ज लिया है, वहाँ तुम्हें गिरवी रखा है। कानून के मुताबिक वह तुम पर दावा कर सकता है और बेच भी सकता है। मैं नहीं जानती कि क्या करना चाहिए। वह एक अच्छा मालिक है। क्यों, ओह, क्यों उस पर आफत आ गई?'

"स्वस्ति का डर बेवजह नहीं था। अगली सुबह जब मैं केक पकाने का काम कर रहा था, तभी साहूकार एक आदमी के साथ वहाँ पहुँचा। उसका नाम साजी था। उस आदमी ने मुझे ऊपर से नीचे तक देखा और कहा कि मैं करता हूँ।

"साहूकार ने मेरे मालिक के लौटने का इंतजार नहीं किया, बल्कि स्वस्ति से कह गया कि वह मुझे लेकर जा रहा है। मैंने केवल हलके-फुलके कपड़े ही पहन रखे थे और मेरी कमर से मुहरों से भरा मेरा बटुआ सुरक्षित बँधा हुआ था। आनन-फानन में मुझे वहाँ से ले जाया गया, जबकि मेरा केक पकाने का काम अधूरा ही छूटा हुआ था।

"मेरी प्यारी उम्मीदें नए तरह के तूफान में उसी तरह उड़ चुकी थीं, जैसे जंगल से पेड़ उखड़कर आँधियों में उफान मारते हुए समुद्र में जा गिरते हैं। एक बार फिर एक जुआघर और जौ की मदिरा मेरे लिए त्रासदी का सबब बन चुकी थी।

"साजी एक उजड्ड और कर्कश आदमी था। जब वह मुझे लेकर शहर की सड़कों से निकल रहा था, तब मैंने उसे बताया था कि मैं नाना-नाइद के लिए कौन सा अच्छा काम कर रहा था और मैंने उम्मीद जताई थी कि आगे मैं उसके लिए भी अच्छा काम करूँगा। लेकिन उसके जवाब से मैं निरुत्साहित हो गया।

" 'मुझे यह काम पसंद नहीं है। मेरे मालिक को भी यह पसंद नहीं है। बादशाह ने उससे मुझे बड़ी नहर बनाने के काम में लगाने के लिए कहा है।' मालिक ने साजी से कुछ और गुलाम खरीदने को भी कहा था, जो मेहनत

से काम कर सकें और जल्दी-से-जल्दी काम खत्म कर दें। वाह, बड़ा काम कोई इतनी जल्दी कैसे खत्म कर सकता है?

''ऐसे रेगिस्तान की कल्पना करो, जहाँ एक भी पेड़ न हो, बल्कि छोटी-छोटी झाड़ियाँ हों और ऊपर दहकता हुआ सूरज इस कदर तपिश से भरा हो कि बड़े बरतनों में भरा पीने का पानी भी बहुत गरम हो जाए और पीते ही न बने। फिर इनसानों की कतार की तसवीर की कल्पना करो, जिन्हें गहराई में खुदाई करते जाना है और कीचड़ से भरी बालटियों को ऊपर नरम व कीचड़वाले रास्ते से पहुँचाना है। यह काम दिन उगने से लेकर देर शाम तक करना है। वह तसवीर मन में उकेरो, जिसमें हमें गर्त में खाना दिया जा रहा हो और जहाँ हम किसी सूअर की तरह अपने आप को खींच रहे हों। सोने के लिए हमारे पास न तो तंबू थे, न किसी तरह का बिस्तर। मैंने अपने आपको कुछ ऐसे ही हालात में पाया। मैंने अपना बटुआ एक सुरक्षित जगह गड्ढा खोदकर छिपा दिया और वहाँ एक पहचान का चिह्न बना दिया; लेकिन मैं सोच रहा था कि क्या दोबारा मैं अपनी मुहरें वापस पा सकूँगा?

''पहले तो मैंने काफी मन से काम किया, लेकिन जैसे-जैसे महीने गुजरने लगे, मेरा जोश ठंडा पड़ने लगा। इसके बाद मुझे लू लग गई और बुखार से मेरा शरीर टूटने लगा। मेरी भूख घट गई और मैं जरा सा ही मटन व सब्जियाँ खा पा रहा था। रात में मुझे नींद नहीं आती थी और मैं करवटें बदलकर ही रह जाता था।

''अपनी बदहाली में मुझे जाबादो की याद आई और मैंने सोचा कि उसकी कामचोरी एवं काम करके पीठ तुड़वाने से बचने के लिए कोई जबरदस्ती नहीं रही होगी। फिर मुझे उसका आखिरी बार मिलना याद आया और मैंने तब जाना कि उसकी योजना ठीक नहीं थी।

''फिर मुझे उस डाकू की याद आई और उसके साथ ही उसकी कड़वाहट भी और मैंने सोचा कि क्या उसकी तरह लड़कर तथा मारकर कुछ हासिल हो सकता है। वहाँ मेरी नजर के सामने उसका लहूलुहान शरीर घूम गया। इस तरह मुझे उसकी भी योजना बेकार लगी।

''अंत में मुझे मेकिद्दो की याद आई। कठोरता से काम करने के चलते उसके हाथ में घट्टे-से पड़ गए थे; लेकिन उसके दिल पर किसी तरह का बोझ नहीं था और उसके चेहरे पर मुसकान तैर रही थी। उसकी योजना मुझे सबसे अच्छी लगी।

''भले ही मैं मेकिद्दो की तरह काम करने का इच्छुक था, फिर भी वह मेरी तरह कठोर परिश्रम नहीं कर सकता था। मेरे काम ने मुझे खुशी और सफलता क्यों नहीं दिलाई? क्या यह केवल परिश्रम था, जिसने मेकिद्दो को खुशहाली दिलाई या खुशी और सफलता महज ऊपरवाले की मरजी पर निर्भर है? क्या मुझे अपना बाकी का जीवन भी ऐसे ही काम करते हुए गुजारना होगा और मेरे हिस्से में दुःख व परेशानियाँ ही रहेंगी? मेरी खुशहाली और सफलता की इच्छा अधूरी ही रहेगी? ये सारे सवाल मेरे दिमाग में उमड़ते-घुमड़ते रहते थे और इनका मेरे पास कोई जवाब नहीं था। वास्तव में, मैं बुरी तरह से उथल-पुथल में था।

''कुछ दिनों बाद मुझे लगने लगा कि मैं अपना धैर्य व ऊर्जा खोने वाला हूँ और मेरे सवाल अब तक बिना जवाब के ही थे। तभी साजी को मेरे पास भेजा गया। मेरे मालिक की तरफ से एक संदेशवाहक मुझे वापस बेबीलोन ले जाने के लिए भेजा गया था। मैंने अपने कीमती बटुए को खोदकर वापस निकाला, अपने पास बचे हुए फटे-पुराने चीथड़े कपड़ों को खुद पर लपेटा और अपने रास्ते पर आगे बढ़ गया।

''मैं जब अपने रास्ते पर बढ़ चला तो वे ही विचार भँवर की तरह मुझे घेरे हुए थे और बुखार से तपते मेरे दिमाग में उथल-पुथल मचाए हुए थे। मुझे लग रहा था कि मैं अपने पैतृक शहर हारून में गाए जानेवाले एक गीत के बोलों को जी रहा हूँ—

बवंडर की तरह इनसान को घाव करो
तूफान की तरह उसे घुमाओ
जिससे पार न कोई पा सके
जिसकी किस्मत न कोई बता सके।

''क्या मेरी किस्मत में लिखा था कि मुझे इस तरह से सजा भुगतनी है; क्योंकि ऐसा कुछ था, जिसे मैं जानता नहीं था और इस तरह से मुझे सिखाया गया। ऐसी कौन सी नई परेशानियाँ और बाधाएँ हैं, जो अब भी मेरा इंतजार कर रही हैं ?

''जब हम मेरे मालिक के घर के अहाते में पहुँचे तो मेरे आश्चर्य का ठिकाना न रहा। मैंने अरद गुला को मेरा इंतजार करते पाया। उसने उतरने में मेरी मदद की और मुझे ऐसे गले लगा लिया, मानो उसका बिछड़ा भाई मिल गया हो।

''जब हम अपने रास्ते पर बढ़ चले तो मैं उसके पीछे-पीछे ऐसे चल रहा था मानो अपने मालिक के पीछे गुलाम चलता हो; लेकिन उसने इसकी इजाजत नहीं दी। उसने अपना हाथ मेरे कंधे पर रखा और बोला, 'मैंने हर जगह तुम्हारी तलाश की। जब मैं तुम्हारे मिलने की उम्मीद छोड़ चुका था, तभी मेरी मुलाकात स्वस्ति से हुई, जिसने मुझे उस साहूकार के बारे में बताया। उसी साहूकार ने मुझे तुम्हारे अच्छे मालिक के बारे में बताया। उसने मेरे सामने बेहद सख्त सौदा किया और मुझे बहुत ज्यादा रकम देनी पड़ी। लेकिन तुम तो बेशकीमती हो, दोस्त। तुम्हारा दर्शन और तुम्हारा सोच हमेशा ही मेरे लिए प्रेरणा एवं नई सफलता की वजह बनी है।'

''मैंने उसे टोका, 'मेरा नहीं, मेकिद्दो का दर्शन।'

''उन्होंने कहा, 'मेकिद्दो और तुम्हारी—दोनों की। तुम दोनों का ही शुक्रिया। हम दमिश्क जा रहे हैं और एक साझेदार के तौर पर मुझे तुम्हारी जरूरत है। देखो, एक पल में तुम आजाद हो जाओगे!' इतना कहकर उन्होंने अपने लबादे से मेरे नाम लिखी एक मिट्टी की पट्टी निकाली। उसे उन्होंने अपने सिर के ऊपर उठाया, घुमाया और रास्ते के पत्थर पर इतनी जोर से पटक दिया कि उसके सैकड़ों टुकड़े हो जाएँ। पूरे उत्साह से वे उसे तब तक कुचलते रहे, जब तक वह पट्टी चूर-चूर नहीं हो गई।'

''उनके प्रति सम्मान से मेरी आँखें भर आईं। मैं जानता था कि मैं बेबीलोन का सबसे खुशकिस्मत इनसान हूँ।

"तुमने देखा कि दुःख भरे इस समय में काम ही मेरा सबसे बेहतरीन दोस्त साबित हुआ। काम करने की मेरी इच्छा ने मुझे दीवार बनानेवाले गुलामों की जमात में बिकने से बचाए रखा। तुम्हारे दादा को भी इसने इस कदर प्रभावित किया कि उन्होंने मुझे अपना साझीदार बनाने का फैसला कर लिया।"

इस पर हदन गुला ने सवाल किया, "क्या काम ही मेरे दादा के सोने के खजाने का वह गुप्त रहस्य था?"

शारू नादा ने जवाब दिया, "जब मैंने उन्हें जानना शुरू किया, तब उनका यही एकमात्र रहस्य था। तुम्हारे दादा को काम करना पसंद था। ऊपरवाले ने उनके प्रयासों को सराहा और खुलकर उनको इनाम दिया।"

हदन गुला पूरी तरह सोच-विचार कर बोला, "मैंने भी यह समझना शुरू कर दिया है। जो लोग उनकी मेहनत और उससे हासिल सफलता की तारीफ करते थे, उन लोगों को उनके काम ने उनका दोस्त बना दिया। काम के बल पर उन्होंने दमिश्क में भरपूर सम्मान हासिल किया। काम के बल पर ही उन्होंने वह सबकुछ हासिल किया, जो मैंने स्वीकार किया; और मैं यही सोचता हूँ कि केवल काम ही गुलामों के लिए सबसे सटीक चीज है।"

शारू नादा ने टिप्पणी की, "पुरुषों के लिए जीवन ढेर सारी खुशियों से भरा हुआ है। हर चीज की अपनी जगह है। मुझे इस बात की खुशी है कि काम करना केवल गुलामों के लिए आरक्षित नहीं है। अगर ऐसा होता तो मैं अच्छी-अच्छी खुशियों से महरूम रह जाता। मैंने बहुत सारी चीजों का आनंद लिया, लेकिन काम करके जो खुशी मुझे मिली, उसकी जगह कोई नहीं ले सका।"

शारू नादा एवं हदन गुला बेबीलोन की ऊँची दीवारों के साए में पहुँच चुके थे और उनके आसपास वह काँसे से बना बुलंद दरवाजा आने ही वाला था, जिसे शहर का मुख्य द्वार कहा जाता है। उनके मुख्य द्वार पर पहुँचते ही पहरेदारों ने दौड़कर उनका संज्ञान लिया और सम्मानित नागरिकों को शहर में आया हुआ देखकर पूरे अदब से उनका स्वागत किया। शारू नादा अपना सिर ऊँचा किए हुए शहर में दाखिल हुआ और उसके पीछे-पीछे उसका

काफिला भी धीरे-धीरे शहर की सड़कों पर बढ़ता चला गया।

हदन गुला ने एक राज की बात बताई, ''मैं हमेशा से अपने दादा की ही तरह बनना चाहता था। इससे पहले मुझे यह अहसास ही नहीं हुआ था कि वे किस तरह के इनसान थे। आपने मुझे उनके बारे में बताकर मेरी आँखें खोल दीं। अब मैं समझ गया हूँ। मैं पहले से ज्यादा उनका अदब करने लगा हूँ और खुद के प्रति ज्यादा जिम्मेदार महसूस करने लगा हूँ। मुझे लगता है कि आपने उनकी सफलता की असल वजह जो मुझे बताई, उस कर्ज को मैं शायद ही चुका पाऊँ। आज के बाद से मैं भी सफलता की उस चाबी का इस्तेमाल करूँगा। मैं बिल्कुल उसी तरह शुरुआत करूँगा, जैसे कि उन्होंने की थी। मेरे लिए किसी भी तरह के गहनों और महीन कपड़ों से ज्यादा मायने मेरी मेहनत रखती है।''

इतना कहकर हदन गुला ने अपने कानों और उँगलियों से तुच्छ गहने निकाल फेंके। इसके बाद उसने घोड़े की लगाम कसकर उसे धीमा कर दिया और काफिले के नेता के पीछे-पीछे गहरे सम्मान के साथ चलने लगा।

□

बेबीलोन का ऐतिहासिक खाका

इतिहास के पृष्ठों में बेबीलोन जैसे किसी अन्य खुशहाल देश का जिक्र नहीं मिलता। इसके नाम से ही धन-संपदा और शान-ओ-शौकत का तिलिस्म उभरता था। सोने और गहनों का यहाँ खजाना भी जबरदस्त था। इस तरह के शहर को लेकर कोई भी स्वाभाविक तौर पर यह कल्पना कर सकता है कि वह किसी जबरदस्त प्राकृतिक संसाधनों से घिरे जंगलों एवं खानों से घिरा होगा और उसकी भौगोलिक स्थिति भी ठीक-ठाक ही होगी; लेकिन इस शहर के मामले में ऐसा बिल्कुल नहीं था। यह शहर फरात नदी के पीछे की तरफ समतल बंजर घाटी क्षेत्र में स्थित था। इस शहर में न जंगल था, न खदानें थीं, यहाँ तक कि मकान बनाने के लिए पत्थर भी यहाँ मौजूद नहीं थे। इसके अलावा, यह शहर स्वाभाविक कारोबारी रास्ते पर भी नहीं स्थित था। यहाँ की भौगोलिक परिस्थिति के चलते काफी कम मात्रा में बारिश होती थी, जिससे फसलें भी नहीं उग पाती थीं।

बेबीलोन मानवीय क्षमताओं का जीता-जागता उदाहरण था, जो न्यूनतम उपलब्ध संसाधनों में लक्ष्य हासिल करने की उसकी जबरदस्त काबिलीयत को साबित करता था। इस बड़े शहर में जितने भी संसाधन उपलब्ध थे, वे सब वहाँ के रहनेवालों ने ही अपने हिसाब से विकसित किए थे। एक-से-एक शानदार रईसाना चीजें वहाँ के बाशिंदों ने ही तैयार की थीं।

बेबीलोन में प्राकृतिक संसाधन के नाम पर केवल दो तरह के ही प्राकृतिक संसाधन उपलब्ध थे—उपजाऊ मिट्टी और नदी में भरपूर पानी। उस

समय उपलब्ध बेहतरीन इंजीनियरिंग का नमूना कहें या कुछ और, बेबीलोन के इंजीनियरों ने बाँधों व नहरों की मदद से नदी के पानी को शहर की तरफ मोड़ा। यह नहर काफी दूर से बंजर इलाके को पार कर शहर आती थी और जीवनदायी पानी से मिट्टी को उपजाऊ बनाती थी। इस काम को दुनिया के इंजीनियरिंग इतिहास में पहला वैज्ञानिक काम माना जाता है। इस सिंचाई व्यवस्था से यहाँ व्यापक मात्रा में फसलें उगाना संभव किया जा सका और ऐसी सिंचाई व्यवस्था दुनिया में इससे पहले कभी नहीं देखी गई थी।

खुशकिस्मती से लंबे अस्तित्व के दौरान बेबीलोन लगातार ऐसे शासकों के नियंत्रण व देखरेख में रहा, जिनकी देशों को जीतने और लूट-मार की महत्त्वाकांक्षा बेहद सीमित थी। हालाँकि बेबीलोन भी कई युद्धों में शामिल रहा, लेकिन ज्यादातर स्थानीय और बचाव के लिए ही लड़े गए। ये युद्ध उन देशों ने बेबीलोन पर थोपे, जो इसकी धन-संपदा को ललचाई नजरों से देखते थे और अपने कब्जे में करने के लिए लालायित रहते थे। बेबीलोन के उल्लेखनीय शासक अपने इतिहास को साथ लेकर चलते थे; क्योंकि वे अपने अनुभव ज्ञान, परिश्रम और न्याय के लिए जाने जाते थे। बेबीलोन के शासकों में अपने अहं को पूरा करने के लिए विश्व-विजय जैसा अभियान चलाने की भी अकड़ नहीं थी, जिसमें वे बेवजह संसाधनों की बरबादी करते।

शहर के तौर पर अब बेबीलोन अस्तित्व में नहीं है। जब वह ऊर्जावान् मानवीय शक्ति, जिसने हजारों साल पहले उस शहर को बनाया और उसे बरकरार रखा, जब वह वहाँ से लुप्त हुई तो जल्दी ही वह शहर भी खँडहर में बदल गया। शहर का वह क्षेत्र एशिया में स्थित है और स्वेज नहर से 600 मील की दूरी पर स्थित है। इसके दक्षिण में फारस की खाड़ी पड़ती है। यह शहर भूमध्य रेखा के ऊपर 30 डिग्री अक्षांश पर स्थित था और व्यावहारिक तौर पर आज के एरिजोना के युमा शहर की तरह ही इसकी भौगोलिक स्थिति थी। इसका मौसम बिल्कुल इस अमेरिकी शहर की तरह गरम और सूखा रहता था।

कभी फरात की खाड़ी का सबसे उर्वर इलाका एक बार फिर आज धूल

उड़ाती बंजर जमीन के रूप में तब्दील हो चुका है। यहाँ की सूखी तेज हवा में जीवित रहने के लिए छोटी-मोटी घासों और झाड़ियों को संघर्ष करना पड़ता है। उपजाऊ जमीन, विशालकाय शहर और कारोबारियों के लंबे-लंबे काफिले इतिहास में दफन हो चुके हैं। अरब की छोटी-छोटी घुमंतू टोलियाँ ही यहाँ संघर्षपूर्ण जीवन बिता रही हैं और एकमात्र बाशिंदे के रूप में यहाँ स्थित हैं। इसकी यह दशा ईसा युग की शुरुआत से ऐसी ही बनी हुई है।

इस घाटी के चारों तरफ मिट्टी से बने कच्चे पहाड़ हैं। सदियों से यात्रियों के लिए उनकी ज्यादा अहमियत नहीं थी। पुरातत्त्ववेत्ताओं का ध्यान अंततः वहाँ तब गया, जब उस शहर के खँडहरों से मिट्टी के बरतनों के टूटे अवशेष और ईंटें कभी-कभी होनेवाली भारी बारिश में बहकर नीचे की तरफ आने लगीं। यूरोपीय और अमेरिकी संग्रहालयों की तरफ से चलाए गए खोजी अभियानों के तहत यहाँ की खुदाई में हैरतअंगेज चीजें पाई गईं। फावड़े और बेलचों ने जल्दी ही यह साबित कर दिया कि इन पहाड़ियों पर कोई प्राचीन शहर रहा होगा। इन्हें संभवतः 'शहर का कब्रिस्तान' कहा जाता रहा होगा।

बेबीलोन भी उनमें से एक था। बीस सदियों से ज्यादा समय तक यहाँ हवाओं के थपेड़ों ने इस पर रेगिस्तान की धूल चढ़ा दी। मूलतः ईंटों से बनाई गई दीवारें धीरे-धीरे एक बार फिर मिट्टी में समा चुकी थीं। कभी धनाढ्यों का शहर कहे जानेवाले बेबीलोन की आज यही दशा है। यह गर्द के ढेर से ज्यादा अब कुछ नहीं रहा। यह इतने लंबे समय से छोड़ा हुआ है कि कोई यह सोच भी नहीं सकता था कि यहाँ शान-ओ-शौकत से भरपूर शहर बसता रहा होगा, जब तक कि यहाँ खुदाई नहीं की गई। यही नहीं, कोई इस शहर का नाम तक नहीं जानता था। सदियों से पड़ी गर्द को सावधानीपूर्वक हटाकर इस शहर को एक बार फिर खोजा गया। यहाँ की सड़कें और मंदिरों एवं महलों के खँडहरों को खोजकर इसकी भव्यता से दुनिया को रू-बरू किया जा सका।

बहुत से वैज्ञानिकों का मानना है कि बेबीलोन की सभ्यता दुनिया में दर्ज रेकॉर्ड के मुताबिक सबसे पुरानी रही होगी। दुनिया के इतिहास में इससे पुरानी सभ्यता का जिक्र नहीं मिलता है। तमाम वैज्ञानिक अध्ययन बताते हैं कि यह

सभ्यता लगभग 8,000 साल पुरानी होगी। एक दिलचस्प तथ्य इससे जुड़ा वह तरीका है, जिससे इसकी प्राचीनता की तारीख का पता चलता है। बेबीलोन के खँडहरों से बेहद दिलचस्प चीजें मिलीं। उदाहरण के लिए, तारीखें तय करनेवाले तरीकों के बारे में बेबीलोनवासियों को अच्छी तरह पता था। सूर्य ग्रहण के विस्तृत वर्णन यहाँ मिले हैं। आधुनिक खगोलविदों ने उन लोगों के तय किए तौर-तरीकों के आधार पर आसानी से उस समय की गणना कर ली, जब बेबीलोन में ग्रहण लगता रहा होगा। इस आधार पर वैज्ञानिकों ने आज के कैलेंडर के हिसाब से बेबीलोन के समय का पता लगा लिया।

इस तरह से यह साबित हुआ कि 8,000 साल पहले सुमेरित उस इलाके में रहते थे, जिसे 'बेबीलोनिया' कहते हैं। उनका शहर दीवारों से चारों तरफ से घिरा हुआ था। हम केवल यह अटकल ही लगा सकते हैं कि ऐसे शहर कितनी सदियों तक अस्तित्व में रहे होंगे। इसकी रक्षा करनेवाली दीवारों के पीछे महज बर्बर जातियाँ ही नहीं रहती थीं, बल्कि पढ़े-लिखे और ज्ञानी बाशिंदे भी यहाँ बसते थे। जहाँ तक लिखित इतिहास से हमें जानकारी मिलती है, बेबीलोन के लोग दुनिया के सबसे पहले इंजीनियर, खगोलविद्, गणितज्ञ और वित्त विशेषज्ञ होने के साथ-साथ ऐसे पहले लोग थे, जिनके पास लिख सकनेवाली भाषा थी।

पहले ही जिक्र किया जा चुका है कि सिंचाई व्यवस्था कुछ इस तरह से तैयार की गई थी कि इसने बंजर घाटी को खेती के स्वर्ग में बदल दिया था। यहाँ की नहरों के अवशेष अब भी देखे जा सकते हैं, भले ही ज्यादातर नहरें समय के साथ बालू से भर उठी हों। कुछ नहरें तो इस आकार की थीं कि जब वे पानी से रहित होती थीं तो उनमें से एक साथ एक दर्जन घोड़े उसकी तलहटी से दौड़ाए जा सकते थे। आकार के हिसाब से तुलना की जाए तो वर्तमान में कोलोराडो और उटा की विशालकाय नहरें ही उनके सामने टिक पाएँगी।

घाटी की जमीन को सिंचाई से लैस करने के साथ-साथ बेबीलोन के इंजीनियरों ने इसी आकार-प्रकार से मिलता-जुलता एक और बड़ा काम कर दिखाया था। विस्तृत ड्रेनेज सिस्टम तैयार कर लोगों ने दजला एवं फरात

नदियों के मुहाने पर दलदली इलाका विकसित किया था और इस जग्ह को भी खेती के लिए उपयुक्त बनाने में सफलता हासिल की थी।

ग्रीक यात्री और इतिहासकार हेरोडोटस ने बेबीलोन का दौरा तब किया था, जब वह अपने स्वर्णिम काल में था। पर उसने केवल बाहरी यात्री के तौर पर ही थोड़ी-बहुत जानकारी दी थी। उसके लेखों से शहर की बनावट के बारे में पता चलता है और लोगों के रहन-सहन एवं रीति-रिवाजों के बारे नें कुछ जिक्र किया था। उसने वहाँ की मिट्टी की उल्लेखनीय उपजाऊ क्षमता का भी जिक्र किया है और गेहूँ व जौ की व्यापक पैदावार के बारे में भी बताया है।

बेबीलोन की शान-ओ-शौकत भले ही समय के साथ खत्म हो गई, लेकिन वहाँ के बाशिंदों का ज्ञान और अनुभव हमारे लिए सुरक्षित बचा रहा। इसके लिए हम उनके रिकॉर्ड तैयार करने के तौर-तरीकों के ऋणी हैं। उस दौर में कागज की खोज नहीं हुई थी। इसके बावजूद उन्होंने नम मिट्टी से तैयार पट्टियों पर कठिन परिश्रम से महत्त्वपूर्ण चीजें तैयार कीं। एक रिकॉर्ड जब तैयार हो जाता था तो वे उसे पका लेते थे और उसे कठोर पट्टी में बदल लेते थे। आकार में वे पट्टियाँ 6 गुणा 8 इंच और मोटाई लगभग 1 इंच की होती थी।

मिट्टी की इन पट्टियों, जैसा कि वे सामान्य तौर पर कही जाती थीं, का बहुतायत में कुछ इस तरह इस्तेमाल होता था, जैसे कि हम आधुनिक काल में लेखन के तौर-तरीकों का प्रयोग करते हैं। इन पट्टियों पर ही ऐतिहासिक घटनाएँ, कविताएँ, इतिहास, शाही आदेश की टिप्पणियाँ, इकरारनामा और यहाँ तक कि चिट्ठियाँ भी इसी पर लिखी जाती थीं और संदेशवाहकों के माध्यम से सुदूर शहरों में भेजी जाती थीं। उदाहरण के लिए, एक पट्टी मिली, जो कि शहर के एक दुकानदार की रही होगी और उसके तमाम रिकॉर्डों में पाई गई थी। उस पट्टी में उस दौर में प्रचलन में रही तारीख के साथ एक ग्राहक के नाम का जिक्र था और कहा गया था कि वह एक गाय ले आया और उसके बदले में उसने सात बोरी गेहूँ का सौदा किया, जिसमें से तीन उसी समय दे दी गईं, जबकि बाकी चार के लिए ग्राहक की मरजी पर छोड़ दिया गया।

खँडहर हो चुके शहर में सुरक्षित तरीके से दफन ऐसे रिकॉर्ड को

पुरातत्त्ववेत्ताओं ने ऐसी पट्टियों की पूरी–की–पूरी लाइब्रेरी खोज निकाली थी। इसमें सैकड़ों–हजारों पट्टियाँ रही होंगी।

बेबीलोन के शानदार आश्चर्यों में इस शहर को घेरनेवाली जबरदस्त दीवार का जिक्र भी शामिल है। इतिहासकार इनकी तुलना दुनिया के सात आश्चर्यों में शामिल मिस्र के पिरामिडों से करते हैं। रानी सेमिरामिस को इसका श्रेय जाता है, जिसने इतिहास में पहली बार शहर के चारों तरफ दीवारें खड़ी करवाईं। इससे पहले किसी शहर को दीवारों से नहीं घेरा जाता था। आधुनिक इतिहासकारों को वास्तविक दीवारों का जिक्र या सबूत नहीं मिलता है और न ही उनकी ऊँचाई के बारे में ही पता करने का उनके पास कोई माध्यम है। शुरुआती लेखकों के जिक्र के आधार पर यह कहा जा सकता है कि इन दीवारों की ऊँचाई 50 से 60 फीट रहती होगी और इन्हें जली हुई ईंटों से तैयार किया जाता रहा होगा तथा पानी से भरी खंदक खोदकर दीवार को और सुरक्षा प्रदान की जाती रही होगी।

लिखित रिकॉर्ड के आधार पर इतिहास में चर्चित दीवार बनाने का जिक्र ईसा के 600 साल पहले ही मिलता है, जिसे राजा नबोपोलासर ने तैयार कराया था। उसने इस कदर विशालकाय दीवार का निर्माण कराना शुरू किया था कि वह खुद उस दीवार को पूरा होते देखने के लिए जीवित नहीं बचा था। इस दीवार को पूरा कराने का जिम्मा उसके बेटे नेबुचादनेजार पर आ गया था, जिसका नाम इतिहास में दर्ज है और लोग इस नाम से काफी वाकिफ भी हैं। दीवारों की ऊँचाई और लंबाई ही हक्का–बक्का करने के लिए काफी हैं। ऐसा कहा जाता है कि इनकी ऊँचाई 160 फीट रही होगी, जो कि वर्तमान में 15 मंजिला ऊँची इमारत के बराबर रही होगी। वहीं दीवार की लंबाई नौ और ग्यारह मील के आसपास मानी गई। बताया जाता है कि दीवार की चौड़ाई कुछ ऐसी थी कि उस पर से छह घोड़ों से लैस रथ आराम से दौड़ाया जा सकता था। उस विशालकाय दीवार का भी ज्यादातर ढाँचा ध्वस्त हो चुका है और नाममात्र की नींव और इसके बाहरी हिस्से में बनाई गई खाई ही बची हुई है। बेबीलोन की बरबादी में अरब लड़ाकों की भी कम भूमिका नहीं है, जिन्होंने

दीवारों को ही तहस-नहस नहीं किया, बल्कि यहाँ की ईंट उखाड़कर अपने लिए जरूरी निर्माण कार्य के लिए कहीं और उठा ले गए।

उस दौर में जीत की महत्त्वाकांक्षा से लैस दुनिया भर के लड़ाकों ने बेबीलोन की दीवारों के विरुद्ध जंग छेड़ी। कई बार यहाँ के बादशाहों को इन लड़ाकों ने चारों तरफ से घेरकर दफन कर देने का प्रयास किया; लेकिन ज्यादातर बार वे नाकाम ही साबित हुए। उस दौर में आक्रमण करनेवाली सेनाओं को हलके में नहीं लिया जा सकता है। इतिहासकारों का कहना है कि उस दौर में कम-से-कम 10 हजार घोड़े से लैस सैनिक, 25 हजार रथ तथा 1,200 पैदल सिपाहियों की टुकड़ी होती थी और उनका खयाल रखने के लिए 1,000 लोग साथ चलते थे। युद्ध के लिए आगे बढ़ने से पहले दो से तीन साल रसद और हथियार जुटाने में लगते थे, तब सेनाएँ कूच करती थीं।

बेबीलोन शहर आज के आधुनिक शहरों से मिलती-जुलती शैली में व्यवस्थित किया गया था। उसमें सड़कें और दुकानें स्थित थीं। शहर में घूम-घूमकर सामान बेचनेवाले भी अपनी सेवाएँ देते थे। अद्भुत मंदिरों में पुजारी बैठाए गए थे। शहर के अंदर शाही महल से जुड़ी चीजें भी रहती थीं। उसकी दीवारें शहर के अन्य घरों की दीवारों के मुकाबले ज्यादा ऊँची होती थीं।

बेबीलोनवासी कला में माहिर लोग थे। इसमें शिल्पकारी, चित्रकारी, बुनाई, सोने के कामों एवं धातु के हथियारों के निर्माण और कृषि कार्यों में इस्तेमाल होनेवाले सामान को वे बखूबी तैयार करते थे। उनके स्वर्णकारों ने एक-से-एक बेहतरीन नक्काशीवाले गहने तैयार किए थे। बहुत से नमूने, जो वहाँ खुदाई में पाए गए, वे वहाँ के रईस नागरिकों की कब्र में उनके साथ ही दफनाए गए होते थे। अब उन गहनों को दुनिया के तमाम अग्रणी संग्रहालयों में सहेजकर रखा गया है।

उस दौर में जब दुनिया के अलग-अलग हिस्सों में लोग पत्थर की कुल्हाड़ी से पेड़ों पर अपने शिकार ढूँढ़ते और धनुष-बाण से लड़ाइयाँ करते थे, तब बेबीलोन के लोग कुल्हाड़ी, बरछी-भाले और बाण बनाने में धातु का इस्तेमाल करते थे।

बेबीलोन के लोग वित्तीय और कारोबारी मामलों में भी काफी चतुर थे। अब तक हम जितना जानते हैं, लेन-देन के लिए इस्तेमाल होनेवाले पैसे-रुपए, वचन-पत्र और संपत्ति के लिखित दस्तावेज तैयार करने के वे मूल खोजकर्ता थे।

बेबीलोन के भीतर कभी भी बाहरी सेनाएँ प्रवेश नहीं कर सकीं और यह सिलसिला ईसा के जन्म के 540 साल पूर्व तक बरकरार रहा। इस दौरान भी बेबीलोन की दीवारों पर कब्जा नहीं किया जा सका। बेबीलोन के पतन की कहानी भी अजीबोगरीब है। साइरस, जो कि उस दौर का बड़ा हमलावर था, बेबीलोन शहर पर हमला करने के लिए बेताब था और शहर की अभेद्य दीवारों पर कब्जा करने की ताक में था। बेबीलोन के बादशाह नेबोनिडस के सलाहकार उसे यह समझाने में कामयाब हो गए कि लड़ाई शुरू होने से पहले ही वह साइरस से मिल आए और इससे पहले कि वह शहर को घेरे, उसे लड़ाई में हरा दिया जाए। बेबीलोन की सेना के हारने के बाद नेबोनिडस शहर से भाग गया। इसके बाद साइरस शहर के खुले मुख्य द्वार से अंदर घुस गया और उसने बिना किसी संघर्ष के शहर पर कब्जा कर लिया।

इसके बाद शहर की शक्ति व प्रतिष्ठा धीरे-धीरे क्षीण होती गई और सौ साल के अंदर इस शहर को छोड़कर लोग कहीं और चले गए। हवाओं और रेगिस्तानी तूफानों के चलते धीरे-धीरे यह शहर इतिहास में दफन हो गया। जिस मिट्टी से उठकर इस शहर ने पूरी दुनिया को अपनी तरफ खींचा था और दूसरों के लिए स्वप्न सरीखी एवं ईर्ष्या की वजह बनती थी, यह शहर उसी मिट्टी में दोबारा मिल चुका था। बेबीलोन फिर कभी न उठने के लिए गिरा, लेकिन मानव सभ्यताएँ हमेशा इसकी ऋणी बनी रहेंगी।

इसके मंदिरों की गौरवशाली दीवारें भले ही समय के साथ जीर्ण-शीर्ण होकर ध्वस्त हो गई हों, लेकिन बेबीलोन ने जिस ज्ञान के प्रकाश को दुनिया में फैलाया, वह अनंत काल तक टिका रहेगा।

□□□